^{거창} 가네들에서
^{서울} 태평로까지

거창 가네들에서 서울 태평로까지

초판 1쇄 인쇄	2014년 12월 08일
초판 1쇄 발행	2014년 12월 15일

지은이　이 종 인
펴낸이　손 형 국
펴낸곳　(주)북랩

편집인	선일영	편집	이소현, 김아름, 이탄석
디자인	이현수, 신혜림, 김루리	제작	박기성, 황동현, 구성우
마케팅	김회란, 이희정		

출판등록　2004. 12. 1(제2012-000051호)
주소　　서울시 금천구 가산디지털 1로 168, 우림라이온스밸리 B동 B113, 114호
홈페이지　www.book.co.kr
전화번호　(02)2026-5777　　　팩스　　(02)2026-5747

ISBN　　979-11-5585-409-9 03810(종이책)　　979-11-5585-410-5 05810(전자책)

이 도서의 국립중앙도서관 출판예정도서목록(CIP)은 서지정보유통지원시스템 홈페이지(http://seoji.nl.go.kr)와
국가자료공동목록시스템(http://www.nl.go.kr/kolisnet)에서 이용하실 수 있습니다.
(CIP제어번호 : CIP2014035549)

이 종 인 인 생 길

거창
가네들에서
서울
태평로까지

북랩 book Lab

내가 그리워질 때면

자서전은 한 인간이 살아온 과정을 기록하는 글이지만 누구나 쉽게 쓰지 못한다. 나도 한평생을 그저 그렇게 살아온 터라 '나의 인생길'을 기록으로 남긴다는 것은 왠지 부끄럽고 쑥스러운 일이라 생각되어 자서전은 쓰지 않겠다고 생각했다.

그러던 내가, 어느 날 책상 앞에 앉아 끙끙거리면서 '내가 걸어온 길'을 쓰기 시작했다. 그토록 쓰지 않겠다던 나에게 한순간 상황 변화를 가져오게 한 계기는 무엇일까. 아마 원주시의 노인복지관 문예창작반에서 수필 공부를 하면서인 것 같다. 그동안 삶의 경쟁에 시달려 늘 긴장되고 굳어 있던 내 마음이 글공부를 통하여 서정적으로 바뀌었고, 특히 '자서전 쓰기 특강' 공부를 하면서 마음이 변했다.

나는 자서전을 쓰기 위해 지금까지 배운 대로 각종 자료를 수집했다. 가족관계기록부와 공직 때의 인사기록 카드, 각종 사진첩, 그동안 주고받은 편지 등등, 그리고 나, 가족, 내 삶과 주변의 시대적 상황들을 기록하고 서로 연계도 시켜보았다. 또 가족 관계 연대표도 만들었고, 이를 토대로 생을 수년 단위로 나눈 집필 계획표도 작성했다. 쓰는 방법은 가능한 한 문학성이 깃든 수필 형식으로 쓰려고 노력했으나 한 인간의 삶을 기록으로 나타내는 글이므로 쉽지 않았다.

자서전은 내 생애를 탄생과 성장, 발전 시기와 직장 시절, 외국 여행과 퇴직 후의 생활로 나누어 집필했다. 내용은 나와 삶을 항상 같이 해 온 가족 친지들과 함께 생활했던 즐거운 일들, 슬프고 괴로웠던 일들, 직장에서 일어난 일들, 세상에 내놓기 부끄러워 꼭꼭 숨겨온 일들, 또한 내 삶에 대한 반성 등이다.

　글 속에서 내 생애의 아름다운 추억과 귀감이 되고 교훈이 될 만한 것들은 아마도 나와 관계가 있는 내 주변, 누군가의 기억 속에 남을 것이라고 생각한다.

　먼 길을 떠난 후 사랑하는 가족들이 내가 그리워질 때, 나와 함께 한 삶을 기록한 자서전을 읽으면 나에 대한 그리움이 내 무덤을 찾을 때보다 더욱 애틋해질 것이라고 본다. 또한 자서전을 쓰는 것은 나의 살아온 과정을 한 권의 문학 작품으로 승화시키는 아름다운 삶의 한 단면이라고도 본다.

　이런 자서전을 쓸 수 있도록 동기부여와 작성하는 과정을 열성적으로 지도해 주신 문예창작반 장현심 선생님과 작가 김경애 선생님, 최청무 선생님, 그리고 자서전반 동료들께 감사를 드린다.

이　종　인　　　인　생　길

제1부
탄생

1

가네들에 울린 고고성

    내 고향 거창은 경남의 최서북부에 위치해 있으며, 소백산맥의 준령을 경계로 덕유산을 비롯하여 높은 산들로 둘러싸여 있다. 군郡의 중심부는 해발 200m의 내륙 산간 분지로 전형적인 대륙성 기후를 이루고 있어 풍수해가 적어 살기 좋은 고장으로 옛부터 이름난 곳이다.

    특히 내가 태어난 곳 '가네들'은 뒤에는 거창의 상징인 금귀봉이 늠름한 자세로 우뚝 솟아 있고, 앞에는 건너들을 지나 아홉 산이 병풍처럼 쭉 뻗쳐 있다. 그리고 옆으로는 거창 한들을 건너 저 멀리 감악산이 가로놓여 있다. 우리 동네는 그런 산들과 논밭들이 어우러져 있는 곳, 나지막한 동산 아래에 위치한 아름다운 농촌 마을이었다.

    '가네들'이란 이름의 내력은 마을 앞에 큰 돌이 서 있어서 돌 그늘이 마을까지 이르렀다고 해서 처음에는 그늘돌이라는 것이 거늘들, 가너들로 변하였다. 조선 중기에 '그늘 음陰' 자가 좋지 않다 하여 '볕 양陽' 자로 '돌 석石' 자를 '들 평坪' 자로 바꿔서 양평이라 하였다. 그래서 지금은 가네들을 양평리로 바꿔 부르고 있다.

    나는 그곳에서 인생의 첫 울음을 터트렸다. 1941년 6월 16일, 얼마 안 있으면 해가 서산으로 뉘엿뉘엿 넘어갈 즈음 아버지 이덕기 씨와 어머니 전기숙 씨 사이에서 온 가족들의 축복 속에서 첫아들로 태어났다.

가족들은 조부모님을 비롯하여 부모님, 삼촌들, 고모들 모두 합하여 10여 명이 넘는 대식구였다. 아버지는 공무원이었고, 할아버지는 증조할아버지로부터 많은 재산을 물려받아 20여 마지기가 넘는 논밭을 가꾸고 살았으며, 말도 타고 다니는 한량이었다.

나는 태어날 때 엎어져 태어났다 하여 이름을 '업식이'라 불렀고, 그것은 초등학교 입학할 때까지 계속 그렇게 불렀다. 지금의 이름은 벽진 이씨 집안 항렬이 '종' 자 돌림이어서 '종인'이라고 바꾸어 호적에 등재하였다. 또한 당시는 일제 강점기라 한때 이름을 '풍길'이라고도 불렀다.

그렇게 태어난 나는 열차도 다니지 않고, 교통 통신 시설도 열악한 아주 낙후된 그곳에서 자랐다. 모든 일은 두 다리로 걸어서 다녀야만 해결할 수 있는 곳이었다. 농사를 지을 때도 지게와 괭이, 호미와 낫 등 재래식 농기구나 가축을 이용하는 것이 고작이었다. 얼마나 문명 세계와 단절된 곳에서 순응하며 살아왔는지 고등학교 시절에 짜장면을 처음 먹어 보았고, 군대 갈 때 기차를 처음 타 본 순박한 시골 촌뜨기였다.

그런 환경에서 태어나고 자란 내가 어떤 과정을 거쳐 살아왔고, 어떤 노력을 하며 이 험난한 세파를 헤쳐 왔는지, 내 인생행로의 그 흔적들이 여기에 담겨 있다.

2
가족들의 사랑 속에서

아기가 태어나기를 애타게 기다려온 가족들 때문인지, 아니면 정화수 떠놓고 아들 낳게 해 달라고 늘 간절히 기도한 할머니의 덕분인지 부모님께서 결혼하신 지 1년 만에 내가 태어났다. 그래서 나는 온 가족들의 사랑을 한 몸에 듬뿍 받고 자랐다. 태어날 때부터 몸집이 크고 잘생겼다 하여 집안 할머님들께서 더욱 사랑하셨다. 특히 머리가 하얀 증조할머니는 아예 내 곁에서 떠나지를 않으셨다. 고모님들도 내가 예뻐서 한번 안고 싶고, 업어 줄라치면 아이 다친다고 할머님들한테 야단을 맞았다 한다. 그래서 주로 어르신들의 사랑 속에서 무럭무럭 자랐다.

우리 동리는 150여 호가 살고 있는, 농촌에서는 큰 마을이었다. 웃담부터 안산 밑까지 소 구루마(달구지)가 다닐 정도로 비교적 큰길이 나 있고, 그 길의 오른쪽으로 여섯 갈래, 왼쪽으로 세 갈래 작은 길이 나 있어 그 길옆으로 출입문을 내고 집들이 들어서 있었다.

비가 오는 날이면 하수구가 없어 그 길들이 수로 역할을 했다. 동리 바로 앞에는 넛들에 물을 대기 위한 큰 도랑이 가로질러 항상 많은 물이 흘러갔고, 그 앞을 조금 지나면 거창 시내를 가로지르는 영호강의 지류인 아월천이 넓은 백사장을 끼고 유유히 흐르고 있었다.

나는 그곳에서 친구들과 날마다 재미있게 놀며 자랐다. 동리가 크다 보니 또래 친구들이 많았다. 우리들이 노는 곳은 동사 앞 공터나 길거리, 시냇가나 백사장, 안산 밑이 놀이터였지만 늘 재미가 있었다.

놀이라야 돼지 오줌통에 공기를 넣어 공을 만들어 차며 놀았고, 딱지치기, 구슬치기, 자치기, 숨바꼭질, 술래잡기가 고작이었다. 때로 집에서 놀 때는 목침으로 기차놀이도 하고 꼰(고누)도 두고, 공기놀이와 반두께미(소꿉놀이) 놀이도 하면서 놀았다. 그와 같이 나는 전형적인 농촌 마을에서 선조들의 어릴 적 놀이 문화를 고스란히 이어받아 그대로 향유했다.

곳곳에 각종 놀이 시설이 설치되어 있고, 집에서는 수많은 종류의 장난감들을 가지고 노는 도시 어린이들과는 노는 차원이 원천적으로 달랐다. 어머니 뱃속에서부터 태아 교육을 받고, 태어나자마자 산후조리원에서 보호를 받으며 곧이어 어린이집과 유치원에서 교육을 받고, 사설학원에서 테마별로 학습을 익히는 요즈음 도시 어린이들과는 비교할 수 없는 나의 어린 시절이었다.

문명의 혜택을 거의 받지 못하고 자랐지만 내가 태어난 고향은 푸른 산과 맑게 흐르는 강이 있고, 언제나 기분을 상쾌하게 해 주는 맑고 깨끗한 공기가 있었다. 그리고 마음껏 뛰어 놀 수 있는 공간들이 여기저기 널려 있어 큰 위험 부담도 없었다. 그리고 나를 지극히 사랑해 주는 가족들이 늘 곁에 있어 마음 놓고 잘 자랐다.

어머니는 대식구가 사는 한 가정의 맏며느리로서 일이 많아서였는지, 아니면 앞 뒷머리가 튀어나온 짱구머리가 좋다는 속설을 몰라서였는지, 또는 내가 너무나 순둥이라서 눕히면 눕히는 그대로 마냥 누워 있어서였는지, 내 뒷머리는 깎아지른 절벽같이 납작하게 되었다. 얼굴이 둥근데다가 뒷머리마저 납작해서 넓적하게 보였는지 친구들이 '넙딕이'라고 별명을 지어 불렀다.

그런가 하면 동리 어른들이나 먼 친척 어른들이 나를 볼 때면 키가 크고 얼굴이 둥글고 서글서글하게 잘생겼다 하여 '하! 그놈, 관상官相으로 잘생겼다.'고 늘 말했다. 그래서인지 우리 동리에서는 장차 군수감이 태어났다고 하여 '군수'라고도 별명을 지어 불렀다. '넙딕이'라는 별명은 내가 미울 때 불렀고, '군수'라는 별명은 내 이름과 함께 일상적으로 불렸다.

문명사회와는 거리가 멀고 환경이 열악한 농촌사회에서도 무탈하게 잘 자란 것은 내 곁에 항상 나를 포근히 감싸주고 무한한 사랑을 베풀어 준 가족들이 있기 때문이라고 생각했다.

3
잊히지 않는 기억들

우리 인간들이 살아가는 곳에는 도시나 농어촌 할 것 없이 항상 즐거움만이 있는 것은 아니다. 위험 요소도 함께 있다. 인간들 스스로가 잘못해서 또는 주어진 환경이 잘못되어서, 늘 예상치 않은 일들이 왕왕 일어나곤 한다. 나도 여기에는 예외가 아니었다. 자라면서 어린 마음에 어떤 충격과 감동을 받아서인지 지금까지 내 머릿속에 그 기억들이 생생하다.

손톱의 아픈 사연

내가 사는 시골집의 방바닥은 그 당시 물품이 귀해서인지 아니면 경제적 어려움 때문인지 비닐이나 장판 같은 매끈매끈한 제품으로 깔지 못하고 돗자리를 깔고 살았다. 돗자리는 오래되면 낡아 손가락으로 긁게 되면 부스러지고 그것에 찔리는 수가 많다. 멋도 모르고 돗자리를 긁다가 오른쪽 검지 손톱 밑을 찔리게 되었다. 그것이 덧이 나, 곪고 몹시 아파 고생을 많이 했다. 여러모로 치료를 받았으나 완치되지 못하고 결국 손톱이 빠지고 말았다.

그 손톱은 다시 원형대로 재생되지 못하고 변형된 보기 싫은 손톱으로 되살아났다. 손톱이 거의 빠진 것 같은 상태의 재생 모습은 나를 실망케 했다. 그 후 어려운 분들을 만날 때는 혹시 볼까 싶어 중지 손가락으로 덮어버리는 습관까지 생겼다. 손가락의 아픈 사연 때문인지, 아니면 변형된 손톱 때문인지 그 일을 잊지 못한다.

✿ 세상을 등질 뻔

동네 앞을 흐르는 아월천은 평소에는 물이 많지 않으나 비가 오는 날이면 엄청난 양의 흙탕물이 도도하게 흘러갔다.

비가 온 후의 어느 여름날 오후, 강 안쪽은 물이 깊어 들어가지 못하고 언저리에서만 친구들과 멱을 감고 놀았다. 그때 나는 삼베로 만든 소매가 없는 윗도리를 입고 있었다. 벗기가 거북스러워 옷을 입은 채 강가에서만 헤엄치며 놀았다. 그런데 그만 실수로 강물에 휩쓸려 떠내려갔다. 내 수영 실력으로서는 도저히 헤엄쳐 나올 수가 없었다.

물살에 휘말려 점점 더 깊은 곳으로 빠져 들어갔다. 다행히 우리들과 함께 멱을 감고 있었던 '영도'라는 형이 기적적으로 나를 구해 줬다. 내가 입고 있었던 삼베 윗도리 덕분에 잡기가 쉬워서 구해내기가 수월했다고 했다. 하마터면 이 세상 사람이 되지도 못했을 끔찍한 사건이었다. 그 후 영도 형네는 무슨 사유인지 다른 곳으로 이사를 했다. 그리고는 영영 만나지 못했다. 그러나 '영도'라는 그 형의 이름만큼은 내 마음속에 영원히 남아 있다.

✿ 하마터면 우물 속으로

우리 동리는 윗담과 아랫담, 그리고 건너담, 이렇게 세 구역으로 나뉘었다. 우리 집은 아랫담에 있었다. 우리 집에서 길을 따라 건너담으로 갈려면 돌아가 야 하기 때문에 곧잘 샛길을 이용했다. 샛길에는 집이 세 채가 있었는데 그 한복판 즈음에 둥그런 우물이 테두리는커녕 뚜껑도 없이 설치되어 있었다. 그 우물을 뛰어 넘어야만 건너담에 갈 수 있었다.

어느 초겨울 날, 둘째 삼촌이 나를 등에 업고 건너담에 가기 위해 집을 나섰다. 쉽게 가려고 샛길을 이용했다. 그러려면 그 우물을 뛰어 넘어야 한다. 초겨울이라 우물 주변에 살얼음이 얼어 있었다. 그런데도 그 우물을 뛰어넘다가 그만 얼음에 미끄러져 기우뚱했다. 하마터면 우리는 깊은 우물에 빠질 뻔했다. 어린 내가 얼마나 큰 충격을 받고 놀랐는지 모른다.

아무리 어렵게 사는 시골이지만 여러 사람이 수시로 왕래하는 곳에 최소한의 안전장치도 없었다니, 삼촌도 어린 나를 업은 채 그런 위험한 곳을 뛰어넘는 어리석은 행동을 했다니, 참으로 한심스럽다. 지금도 그 기억이 생생하다.

칭찬의 교육적 가치

시골 농가에서는 집집마다 소 먹일 꼴을 뜯기 위해 망태가 몇 개씩은 있다. 우리 집에도 큰 망태는 있었으나 어린 나에게 알맞는 망태는 없었다. 할아버지께서 나에게 꼭 맞는 조그마하고 앙증맞게 생긴 예쁜 망태를 만들어 주셨다.

어느 날, 나는 생전 처음 그 망태를 메고 꼴을 뜯으러 친구들과 같이 들로 갔다. 우리는 꼴 뜯는 것보다 노는 것에 정신이 팔려 있었다.

해가 서산으로 뉘엿뉘엿 넘어갈 무렵 노는 것을 멈추고 집으로 향했다. 그런데 노는 데 정신이 없어 그만 꼴을 망태의 반 조금 넘게 뜯었다. 꼴을 망태에 가득 채우지 못한 것이 어린 마음에도 가족들 보기가 민망했던가 보다. 집에 들어가기 직전에 통싯간 어귀에 망태를 내려놓고 꼴을 부풀려 가득 뜯은 것같이 보이려 했다. 그때 마침 집에서 나오시는 어머니와 마주쳤다. 얼마나 당황했는지 몰랐다. 그러나 어머니는 나를 얼싸안으셨다.

"아이고! 내 새끼. 이렇게 꼴을 많이 뜯었어? 오늘 처음 나가서 많이도 뜯었네. 우리 새끼 정말로 수고했다."

어머니는 나를 토닥여 주셨다.

나는 너무 부끄러워 어찌할 바를 몰랐다. 그러나 내심으로는 안도의 한숨을 내쉬었다.

그날, 어머니는 내가 가족들을 속이려는 것을 알면서도 모른 체했을 게다. 그것은 어린 내가 큰 상처를 받을까 봐 포용력을 발휘한 것이라 생각한다. 그 후 내가 평생 동안 살아오면서 남을 속이지 않고 거짓말을 하지 않는 올바른 삶을 살게 한 계기가 된 것 같다. 그래서 '칭찬'의 교육적 가치는 '꾸중'보다 훨씬 크다는 점도 알게 됐다.

🌿 질주

어느 날, 무슨 사유인지 나는 어머니로부터 호된 질책을 받았다. 얼마나 화가 나셨는지 나를 때리려고 해서 나는 도망쳤다. 그런데 어머니는 동리 입구까지 계속 따라왔다. 나는 잡히지 않으려고 죽을힘을 다해 뛰었다. 그때 동리 입구 도랑가에서 친구들과 놀고 있던 집안 문기 아저씨가 내 모습을 보고 '저놈, 뭘 잘못했기에 저렇게 혼쭐나게 도망치느냐'면서 웃는 모습이 보였다. 어린 나이에도 내 행동이 얼마나 창피했는지 그 웃음이 지금도 뇌리에 선하다.

이 종 인 인 생 길

제2부
시련 속의 성장

1
배움의 시작

일곱 살이 되면서 초등학교에 입학했다. 내가 다닌 초등학교는 월천 초등학교였는데 면소재지 서변리에 위치해 있었다. 학교 주변에는 주택들과 면사무소, 파출소, 국도변에는 술도가와 몇몇 상점들이 드문드문 놓여 있었다. 학교 정문 입구에는 아름드리 미루나무들이 우람하게 서 있었고, 오른쪽에는 사택, 왼쪽에는 텃밭이 있었다. 학교 건물은 남향으로 일자 건물이었고, 앞에는 넓은 운동장이, 그 양옆에는 축구 골대와 앞에는 철봉, 시소 등 운동기구들이 설치되어 있었다.

우리 동네에서 학교까지는 걸어서 30여 분 정도 걸렸다. 학교를 가려면 동리 앞의 아월천을 건너야 했다. 여름철 물이 많을 때를 제외하고는 그냥 건넜다. 겨울에는 동리 어른들이 만들어 준 섶다리를 이용하였다. 그리고 건너들의 넓은 들판을 지날 때는 농사일과 통행을 위해 만들어 놓은 소로를 따라 가야만했다. 소로 옆에는 논에 물을 주기 위한 도랑이 있었다. 그 중간에 사지마을 사람들을 위한 물레방앗간도 있었다.

학교를 가느라고 그 길을 6년 동안 빠지지 않고 다녔다. 비가 많이 와서 냇물이 넘쳐 아월천을 건널 수 없을 때는 멀리 거창읍과 가조면

사이의 길에 놓여 있는 넓은 콘크리트 다리를 이용해서라도 끈질기게 학교에 갔다. 염천 더위에도, 눈보라가 세차게 휘몰아치는 그 추운 한 겨울에도.

반 학생들은 60여 명이었다. 우리 동네서는 또래 여덟 명이 같이 입학했다. 나를 포함하여 중기, 헌덕이, 병구, 동원이, 우징이, 정길이, 그리고 여자 종남이였다. 그중 공부는 내가 제일 잘했고, 반 전체에서는 항상 5등 이내에 들었다. 정길이가 제일 못했다. 정길이는 시험 볼 때마다 거의 빵점을 받았다. 그래서 우리는 정길이를 빵떡이라고 별명 지어 불렀다. 싸움은 중기가 제일 잘했다. 아마 우리보다 1년 먼저 태어난 때문일 것이다.

우리는 학교를 오고 갈 때 삼삼오오 짝을 지어 다녔다. 학교에서는 공부 시간에만 열심히 공부를 했다. 쉬는 시간이나 방과 후에는 공도 차고 온갖 놀이로 시간을 보냈다. 집에 올 때에도 노는 것이 반이었다. 겨울철에는 벼를 베어낸 논에서 볼을 차기도 하고 자치기도 하였다.

여름철 길옆 도랑에 물이 흐를 때는 우리가 신고 다니는 검은 고무신을 벗어 배를 만들어 누구 배가 먼저 빨리 가는지 경쟁도 했다. 그러다가 고무신이 그만 물에 빠져 버릴 때가 있었다. 그럴 때면 빠진 곳에서부터 세 발짝 안에 고무신을 찾아야 했다. 그렇지 않으면 못 찾는다는 속설 때문에 고무신을 찾느라고 정신들이 없었다. 그래도 찾지 못할 경우가 종종 있었다. 그날은 집에 돌아가면 부모님으로부터 혼이 나곤 했다.

여름철 오후에는 소에게 꼴을 먹이러 갔다. 동리 입구 안산 밑의 나무그늘에 보통 20~30여 마리의 동네 소들이 매여 있었다. 학교에 갔다 온 오후에 목동들이 되어 우리들은 인근 산으로 소들을 몰고 갔다. 오늘은 이 산, 내일은 저 산, 그리고 모레는 또 다른 산으로 옮겨가면서 소에게 꼴을 먹이러 다녔다.

산에서는 소들을 풀어 놓고 그들을 감시하기 위해 아래치기, 웃치기, 옆치기로 편을 갈랐다. 옆치기는 양쪽으로 나눠 두 편이 되었다. 편을 가를 때는 보통 가위바위보로 결정짓거나 아니면 연장자가 정해 주곤 했다. 그렇게 해서 소들이 멀리 가거나 아래쪽 논밭에 심어 놓은 농작물 먹는 것을 막았다. 각 편들은 끼리끼리 노래도 하고 장난도 치면서 무료함을 달랬다. 아래치기들은 때때로 밀 서리와 콩 서리도 하면서 즐겼다. 그래서 아래치기가 제일 인기가 좋았다.

해가 서산으로 뉘엿뉘엿 넘어갈 때면 우리들은 각자 소를 찾아 몰고 집으로 왔다. 이때 우리들은 소 등에 앉기도 하고 서서 몰기도 하는 등 곡예를 부렸다. 또한 겨울이면 추수가 다 끝난 논밭 양지바른 쪽에서 연날리기 경연도 했다. 얼음 위에서 썰매를 타고, 팽이 돌리기도 하였다. 나의 초등학교 시절은 재미있는 나날의 연속이었다.

시골 아이들은 학교를 다녀도 도시 아이들과 달리 공부만 하는 것이 아니었다. 집안일과 부모님의 농사일도 도와야 하는, 그야말로 공부와 생업이 공존하는 환경에서 자랐다.

배움은 학교 입학과 동시에 시작되었다. 학교에서는 공부하며 지식을 넓히고 친구들과 어울려 사회성을 길렀으며, 집에서는 부모님께서 하시는 일을 도움으로써 사회생활에 적응하는 방법을 하나하나 터득해 나갔다.

2
어린 남매를 남겨두고 어찌

초등학교 3학년 때였다. 학교를 다녀와 집 마당에 들어서자마자 할머니께서 어머니가 돌아가셨다고 했다. 그저 멍할 뿐이었다. 눈물도 나지 않았다. 어머니는 폐결핵을 앓다가 돌아가셨다. 방에도 못 들어가게 했다. 폐결핵은 전염성이 강할 뿐만 아니라 당시의 의술로는 치유가 불가능한 병이었기 때문이다. 지금의 암보다도 더 무서운 병이었다. 장례 때까지 강아지를 묶어서 한 방에 있게 했다. 병균이 전부 강아지에게 옮겨가서 사람에게 전염되는 것을 방지하기 위한 원시적인 방법이었다.

그때 나는 아홉 살이었고 여동생은 여섯 살이었다. 어린 남매를 남겨두고 어머니는 영원히 돌아올 수 없는 먼 곳으로 떠나셨다. 다시는 포근한 어머니의 품에 안겨지는 행복감을 누릴 수 없게 되었다. 어머니의 끝없는 자애와 헌신도, 이 세상 무엇보다 크고 넓은 사랑도 느끼지 못하고 자랄 것이 뻔했다.

그런데도 왜 슬퍼하지도 않고 그저 멍하고 있었을까. 아마 어려서 아무것도 몰라서일까, 아니면 어머니의 장기간 투병 생활로 외갓집에 자주 가 계셔서 어머니의 정을 잊어버려서였을까. 그것도 아니면 그동안 할머니와 고모들이 어머니사랑 못지않게 나를 잘 보살펴 줬기 때문일까. 지금도 그 의문이 꼬리를 물고 있다.

어머니는 거창군 주상면 내오리 138번지에서 알부자인 외할아버지 전팔용 씨와 외할머니 곽국전 씨 사이에서 1남 5녀 중 셋째 딸로 태어나셨다. 1940년도에 스무 살의 꽃다운 나이에 아버지와 결혼하셨다.

위로는 시할머니와 시부모님을 모시고, 아래로는 시동생 세 명과 시누이 세 명이 함께 사는 대가족의 맏며느리로서 가정을 조화롭게 잘 보살피셨다. 개구쟁이 시동생들의 시달림이 보통이 아니었다. 특히 둘째 시동생이 제일 말썽을 부렸다. 용돈을 마련하려고 툭하면 쌀독의 쌀을 퍼가서 이를 막으려고 온갖 방법을 강구했다. 심지어 쌀독 안의 쌀 위에다가 손으로 눌러 어머니 손 표시까지 해 놓았다. 그래도 쌀을 퍼갔을 때 나무라면 돌아오는 것은 욕뿐이었다. 이런 환경에서도 살림을 잘 꾸려나가셨다.

어머니는 뚝심이 세고 의지가 강한 분이셨다. 반면에 정도 무척 많으셨다. 그 드센 시동생들과 시누이들이 잘못했을 경우, 사랑으로 감싸 다독여 주면서도 때로는 호되게 나무라기도 했었다. 시대를 잘못 만나 교육도 제대로 받지 못한 20대의 젊은 가정주부가 어디에서 그런 지략과 지혜가 나왔는지 모를 정도였다. 아마 외조부모님께서 가정교육을 잘 시킨 결과였을 것이다.

또한 어머니는 장난도 잘 치셨다. 어린 내가 얼마나 귀엽고 예뻤든지 수시로 간지럼도 태우고 뒤에서 '왁!' 하고 놀래키기도 했었다. 자려고 반듯하게 누워 있으면 내 머리 위에서서 침을 입에 정조준 해 떨어뜨렸었다. 이를 피해 머리를 이리저리 돌렸다. 어쩌다 입에 맞으면 손

뺨을 치고 깔깔 웃으며 나를 껴안고 뽀뽀를 여기저기 하며 예뻐서 어쩔 줄을 몰라 했었다. 나도 딸아이를 키울 때 그 흉내를 냈다가 아이들은 질색을 했고, 아내에게 호된 질책을 받기도 했다.

이런 어머니께서 29세의 새파란 젊은 나이에 어린 남매를 두고 1949년 음력 4월 18일에 세상을 떠나셨다. 그때 어머니의 심정은 어떠했을까, 아마 어린 두 아이가 눈에 밟혀 눈도 감지 못했을 것이다. 하늘이 무너지고 땅이 꺼지는 심정이었을 것이다.

그 애잔하고 기막힌 심정을 누가 알았겠는가. 특히 병균의 전염 때문에 홀로 빈방에서 병마와 싸우느라 얼마나 외롭고 무서웠을까. 왜 하필 그 어려운 시기에 태어나 꽃 같은 생을 활짝 피워 보지 못하고 떨어졌을까. 오늘날 폐결핵은 큰 부스럼보다도 완치가 쉬운데. 인간은 태어날 때부터 운명이란 것이 있는 것일까. 너무나 아쉽고 억울하다.

나는 관상학적으로 보면 어머니와 같이 살 수 없는 상이라고들 했다. 군에 있을 때 휴가를 나왔다가 귀대하기 위해 대구로 향했다. 고령읍 버스터미널에서 할머니 한 분이 내 옆 좌석에 앉았다. 나를 힐끔힐끔 쳐다보더니 '쯧쯧쯧' 하셨다. 별 이상한 할머니가 다 있구나, 하고 무시하려는데 계속 힐끔거리며 혀를 찼다.

"할머니, 왜 그러세요? 제가 뭐 잘못한 것이 있습니까?"

"아니야, 불쌍해서 그래. 어머니가 안 계시지?"

"무슨 말씀을 하십니까? 집에서 어머니가 계신 것을 보고 지금 부대로 가는 길인데요."

"거짓말하지 마. 내 눈은 못 속여. 네 말대로 어머니가 정말 계신다면 아버지라도 안 계셔. 틀림없어."

할머니는 딱 잘라 말씀하셨다. 마치 정확하게 알고 말씀하시는 것 같았다. 어안이 벙벙하여 이실직고하였다.

"할머니, 조금 전에 거짓말한 것 잘못했습니다. 사실은 어머니께서 제가 어릴 때 일찍 돌아가셨습니다. 그것을 어떻게 아셨습니까?"

할머니께서는 얼굴을 보면 다 아신다면서 운명이라고 하였다. 그분은 해인사에서 도를 닦고 계신 보살이라고 했다.

과연 운명이란 것이 있을까? 있다면 이런 기구한 운명을 하필 왜 내가 타고났을까. 내 상이 그럴 바에는 차라리 태어나지를 말았어야지, 어쩌자고 창창한 젊은 20대의 한 여인을 죽게 하였는지, 너무나도 억울하고 통탄할 뿐이었다.

진정 내 운명이 어머니와 함께 못 살 운명이라면 어려서 아무것도 모를 때 내가 죽었어야 했다. 그래야만 내가 효도하는 자식 된 도리를 다했다고 본다. 그런데 어머니께서 나를 진정으로 사랑한 나머지 나 대신 그만 떠나가신 것 같다.

나는 이런 어처구니없는 운명론 때문에 늘 어머니께 미안하고 죄송스럽게 생각하며 살아왔다. 만약 어머니와 함께 살았으면 지금은 내 삶이 어떠했을까. 지금처럼 잘 살고 있을까. 분명한 것은 지금의 내 삶은 아니었을 것이다. 지금의 아내도, 두 딸도, 사위도, 그리고 사랑스러운 두 손자와도 인연이 없었을 것이다. 이런 것이 운명이라면 받아들일 수밖에….

어머니의 장례는 삼일장으로 치렀다. 장지는 우리 동리 입구에 있는 선산이었다. 어머니께서 영원히 잠든 묘소는 풍수지리학상으로 학들이 노니는 장소로 명당이라 했다. 땅은 포실포실한 굵은 모래흙으로 혼백이 편안하게 쉴 수 있는 곳이라고 했다. 뒤로는 금귀봉이 우뚝

서 있고, 앞으로는 멀리 거창 읍내와 한들이, 앞 도로변에 있는 우리 논들이 한눈에 들어오는 곳이다. 그곳에서 어머니는 한 마리 학이 되어 영원히 저들과 노닐 것이다.

어머니의 시신은 집에서 장지까지 상두꾼들이 상여로 운구했다. 여러 차례 장례 의식이 끝나고 하관을 할 때였다. 옆에 계시던 외삼촌께서 느닷없이 어머니와 함께 묻히겠다며 파 놓은 구덩이 속으로 뛰어들려 해 주위 사람들이 가까스로 만류하였다. 여동생의 죽음이 얼마나 안타깝고 한스러웠으면 그리했을까. 오빠의 동생에 대한 한없는 사랑에 참석한 모두가 숙연했다.

모든 장례 절차가 끝난 후 상두꾼들과 수고하신 분들에게 식사를 대접했다. 현장에서 밥도 짓고 국도 끓였다. 밥은 바가지에 여러 가지 나물을 넣어 만든 비빔밥이었다. 나는 그것이 먹고 싶어 그만 상두꾼들과 함께 비빔밥을 먹었다. 이 광경을 바라본 집안 정실 아저씨께서 한 말씀 하셨다.

"허어! 저놈 봐라. 제 엄마가 돌아가셨는데도 그것도 모르고 저렇게 저기서 밥을 먹고 있다니. 허어, 참! 어린아이들이란 어쩔 수가 없구먼."

그 말씀이 어린 내게도 얼마나 부끄러웠었든지 평생 동안 뇌리에서 떠나지를 않았다. 과연 나는 바보였을까, 아니면 정이 없는 놈이었을까. 그것도 아니면 어린아이라 정말 아무것도 몰라서였을까. 그저 민망할 뿐이었다.

그렇게 어머니는 영원한 안식처로 떠나가셨다. 어린 남매를 남겨둔 채….

3
새어머니

어머니께서 돌아가신 지 2년도 안 되어 아버지는 새장가를 들었다. 새어머니의 이름은 김말순 씨이다. 남상면 둔동리에서 1931년 아버지 김소권 씨와 어머니 조순임 씨 사이에서 태어나 거창읍의 변두리 개양의 한 자그마한 오두막집에서 자랐다.

시집올 당시 새어머니는 스물한 살의 아리따운 처녀였다. 새파란 처녀가 남매가 있는 홀아비에게 시집을 온 셈이었다. 가정생활이 어려워서였을까, 아니면 다른 이유가 있어서일까. 아버지가 공무원이었고 우리 집이 농촌에서는 좀 잘산다고 소문이 나서 그랬는지 모르겠다. 어쨌든 새어머니는 우리 집 식구가 되었다.

새어머니는 읍내에서만 자라서인지 농촌 실정은 잘 몰랐다. 전형적인 농촌에서 태어나 생활해 온 할머니와 삼촌 고모들과는 생각하는 자체가 너무나 달랐다. 밥도 제대로 할 줄 모르고, 빨래하는 것도 그렇고, 더구나 농사일인 각종 씨 뿌리기, 김매기, 거둬들이기 등 농촌에서 하는 일은 맹문이었다. 게다가 눈치도 없고, 싹싹하지도 못했다, 무엇인지 배우려고 노력도 하지 않았다. 한마디로 좀 어수룩한 편이었다.

생활환경이 다른 곳에서 자란 두 개체가 만났으니 사사건건 충돌이었다. 새어머니가 하는 일 하나하나가 할머니와 고모들의 성에 차지 못했다. 새어머니가 좀 고분고분하고 생긋생긋 웃으면서 비위를 맞추면 될 텐데 그렇지도 못했다.

한편 할머니나 고모들도 새어머니를 잘 타이르고 농촌 생활에 적응하도록 하지도 않았다. 돌아가신 친어머니에 비해 새어머니가 하는 모든 것을 늘 못마땅해 했다. 새어머니는 툭하면 친정에 가곤 해서 더욱 미움을 사고 구박을 받았다.

그래도 새어머니는 이에 적응하려고 애를 무던히 썼다. 기거하는 방의 사방 벽면 위에 '참' 자까지 써 놓은 것을 보면 알 수 있었다. 아마 성격상 어쩔 수가 없었던 모양이었다. 자연히 집안일은 엉망진창이 되어갔다. 마음씨 착한 아버지만 중간에서 마음고생이 몹시 심하셨다. 어린 내게도 그런 아버지가 몹시 안쓰러워 보였다. 자연히 가정불화는 수년 동안 계속되었다.

도저히 이렇게는 같이 살 수 없다고 판단한 할머니는 아버지와 새어머니를 일가인 장포 아주머니 댁의 별채에서 따로 살도록 했다. 먹고살 수 있도록 논밭도 새어머니 몫으로 일부 떼 주었다. 아버지는 새어머니와 같이 살았지만 두 집안의 농사를 도맡아 해야만 했다. 아버지의 고된 나날이 시작되었다.

그러던 중에 살림을 맡아 해야 할 사람이 필요하다 해서 주변에서 아버지를 부추겨 또 새 부인을 맞이하게 했다. 그분은 내 또래의 딸과 함께 우리 집에 들어왔다. 얼마 동안 살면서 집안의 전후 사정을 짐작한 그분은 오래 살지 않아 집을 떠났다. 아무리 새어머니가 밉고 집안 사정이 어렵다 해도 아버지께 또다시 부인을 들이게 한 주위 분들이나, 이를 받아들인 아버지나, 이에 응한 그분이나 정상적인 분들이 아닌 것 같았다.

이런 북새통에 새어머니께서 아이를 가졌다. 아기를 놓기 위해 할 수 없이 다시 우리가 사는 집으로 들어오게 되었다. 함께는 못 살고 아래채에서 살도록 했다. 이렇게 한 지붕 두 가족 살림이 시작되었다.

새어머니는 그곳에서 5남매를 낳았다. 첫째인 창숙이는 1954년 3월 3일에, 둘째인 끝숙이는 1957년 7월 17일에, 셋째인 범식이는 1962년 10월 8일에, 넷째인 홍식이는 1967년 3월 10일에, 막내인 대식이는 1968년 12월 27일에 태어났다.

새어머니는 읍내에서 자라면서 보고 배운 것이 장사였는지 장사를 해 보기로 마음먹었다. 마침 살고 있는 아래채가 골목길에 접해 있기 때문에 방 하나를 가게로 개조하여 장사를 시작했다. 시골 동네 안의 구멍가게인지라 잘될 리가 만무했다. 그저 아이들 용돈을 줄 정도였다. 고생이 무척 심하셨다.

무슨 부귀영화를 누리려고 꽃다운 20대에 남매가 딸린 나이 많은 홀아비에게 시집와서 생고생을 하면서 살았는지 모르겠다. 또래와 같은 환경에서 자란 젊은이와 결혼했으면 행복하게 살 수 있었을 터인데…. 어린 내 눈에도 새어머니의 인생이 참으로 딱해 보였다.

새어머니가 우리 집에 시집온 후 새 외갓집의 이모와 외삼촌은 포목 장사를 시작했다. 처음에는 보따리상으로 시작했다. 거창 읍내 5일장을 위시해서 각 면에 장이 설 때마다 다른 장사꾼들과 함께 트럭을 이용하여 그곳에 가서 장사를 했다.

어느 추운 겨울날, 읍내에서 덮개도 없는 트럭 위에 포목 보따리 옆에 털모자를 푹 눌러 쓰고 웅크리고 앉아 있는 외삼촌을 학교 가는 길에 우연히 보았다. 고제면의 높은 다리 5일장에 가기 위해서였다. 얼마나 추울까 싶어 마음이 짠했다. 그렇게 열심히 장사한 덕분인지, 아니면 시기를 잘 탄 덕분인지 포목 장사가 아주 잘된다고 했다.

몇 년 가지 않아 읍내 상설 시장 내에 번듯한 포목 상점을 차렸다. 사업이 계속적으로 번창하여 지금은 거창에서 손꼽히는 부자가 되었다.

새어머니는 구멍가게를 그만두고 그 포목 상점 옆에 노점상을 시작했다. 각종 씨앗도 팔고 곶감, 밤, 대추 등 장사가 될 만한 것은 모두 갖다 팔았다. 목이 좋아서 그런지 장사가 꽤 잘되었다. 자라나는 5남매를 키우는 데 많은 도움이 되었다. 심지어 시장 안 2층 건물에 기거할 수 있는 방까지 마련했다.

지금은 아들딸 모두 잘 키워 결혼까지 시켰다. 큰딸은 가구공예 사업가와 결혼해서 서울에서 살고 있고, 둘째 딸은 토목기술사와 결혼하여 서울시 공무원으로 근무하고 있다. 큰아들은 대학까지 졸업했다. 공무원 부인과 상주시에서 살고 있으며, 농업 관계 전공을 살려 일하고 있다. 둘째 역시 대학을 나와 군 장교로 근무하다가 결혼하고, 제대 후 대구에서 살고 있으며, 장애인복지관에서 일하고 있다. 막내는 결혼해서 고향 옛 우리 집에서 그동안 터득한 기술로 직장에 다니며 고향을 지키면서 살고 있다.

이제 여든이 넘어 노인이 다 된 새어머니는 서울의 정릉에 새 둥지를 틀었다. 큰딸네 집 옆이다. 지금은 큰딸이 주로 보살펴 주고 있다. 아직도 건강하여 틈만 나면 막내가 살고 있는 시골집에 내려간다. 그러다가 지겨우면 대구 둘째 아들 집으로 간다. 앞으로는 주로 거기서 기거할 것 같다. 우리 형제들 중에서 유일하게 둘째만 아들이 있기 때문에 모든 재산을 그가 상속받았기 때문이다.

'계모와 전처 자식' 하면 장화홍련전이나 콩쥐팥쥐 같은 설화 때문에 구박과 학대가 떠오른다. 그러나 나는 전혀 그런 것을 모르고 자랐다. 아마 그것은 새어머니의 천성이 다소 선했고, 또한 나를 둘러싸고 있는 할머니와 삼촌, 고모들의 보호막이 워낙 튼튼하였기 때문인 것 같다. 내 천성이 착한 것도 한몫했을 것이다.

언론에 비행 청소년들의 성장 과정에 대해 가끔 보도된 내용을 보면 계모 슬하에서 자랐거나 가정불화가 주된 원인이었다. 나는 그런 기사를 볼 때마다 내 어린 시절을 돌이켜보고 문제아가 되지 않고 잘 자란 것에 대해 늘 감사해왔다. 새어머니와 나와의 관계는 항상 멀지도 않고 가깝지도 않게 거리를 두면서 조화롭게 잘 지내왔다고 생각된다.

4
나의 울타리

우리 동네 앞 아월천을 건너 서북쪽으로 오리쯤, 새보들에 한적한 농촌 마을 사마리가 있다. 옛날 사마 벼슬을 한 사람이 살았다 하여 사마리라 한다. 아월천변에 붙어 있어 사지沙旨라고도 부른다. 아월천은 사지마을 동쪽을 남북으로 흐르는 내이다. 이 내는 사방이 트여 달빛을 잘 받아 땅거미가 내리는 것을 밤에도 볼 수 있어 붙여진 이름이다.

할머니는 이 아름다운 마을에서 1895년 5월 24일, 아버지 이시위 씨와 어머니 이양곡 씨 사이에서 태어났다. 이름은 이기동이었다. 부유한 하빈 이씨 집안으로 형제는 3남 1녀였다. 고명딸인지라 집안의 온갖 귀여움을 받으면서 자랐다. 할머니는 15세의 어린 나이에 같은 나이인 할아버지 이우현 씨와 결혼하여 가네들에서 살게 되었다.

할아버지는 아버지 이민화 씨와 어머니 변사동 씨 사이에서 1895년 3월 18일에 육 형제 중에 다섯 번째로 태어났다. 첫 번째와 두 번째 형님은 자손 없이 돌아가시고 밑에 사 형제만 한 동리에서 살았다. 증조부님께서 워낙 부자로 살아서 사 형제 모두 논밭 등 유산을 많이 받아 부자로 살게 되었다. 할아버지는 성격이 불같이 급했으나 마음은 항상 다정다감했다. 부지런한 할아버지는 열심히 일을 해서 살림을 계속 불려나갔다.

할아버지와 할머니는 아들 넷과 딸 넷을 두었다. 첫딸은 인근 동리 구례로 시집을 갔다. 구례는 뒷산의 정기로 9정승이 날 곳이라는 풍수설에 따라서 지은 이름이다. 고모는 시집간 이듬해에 지병으로 세상을 떠났다. 고모부 이름은 표재우이다. 어렵게 살았으나 과수원 농장을 가졌고, 학자풍의 용모에 조용한 성품을 가진 분이셨다. 면에 다니시는 아버지와 친하게 지내셨다.

고모부도 아버지와 마찬가지로 새장가를 가셨다. 딸 하나와 아들 둘을 가졌다. 큰딸은 워낙 똑똑해서 초등학교 때 미술 전공 담임선생님이 마음에 두고 있다가 결혼까지 했다. 많은 분들을 당황케 했다. 당시 어린 나이에도 국회의원 출마 후보자의 대변인으로 거창 읍내를 누비고 다녔다. 큰아들은 서울에서 회사에 다녔고, 둘째 아들은 고향을 지키면서 문인으로 활동하고 있다.

새 고모는 우리 집을 친정으로 알고 무슨 일이 있거나 없거나 수시로 들락거렸다. 할머니도 친딸같이 대했다. 고모들끼리 뭉쳐 다니는 일도 많았다. 우리도 친고모로 알고 잘 따랐다.

첫아들은 나의 아버지이시다.

둘째 고모는 마리면 율리(밤섬)로 시집을 갔다. 밤섬은 옛날 귀양살이 간 선비가 귀양살이하는 사람은 섬에 살아야 한다는 뜻에서 지은 이름이다. 고모부 이름은 김영구이다. 고모네 집은 동리 입구에 안채와 사랑채로 나누어 기와집으로 지었다. 대문을 나오면 골목길 건너 큰 연못이 있었다. 어릴 적 고모 집에 갔을 때는 그곳에서 자주 놀았다.

고모부는 성질이 급하고 열정적이었다. 반면에 정이 무척 많았다. 고모네 집에 가면 고모부는 으레 어린 우리를 데리고 장풍 냇가에 가서 물고기를 잡아줬다. 큰 망치로 물속에 있는 바위를 내리치면 꺽지, 망태, 중태 등 물고기들이 정신이 멍해 물위로 떠올랐다. 나는 환성을 내지르며 그것들을 집어 담느라 정신이 없었다.

고모는 더욱 정이 많았다. 내가 가면 부둥켜안고 울기부터 먼저 했다. 엄마 없이 자란 내가 너무너무 불쌍했던가 보다. 그러고는 이것저것 챙겨 먹이느라 분주하셨다. 홍시, 고염, 밤, 대추 등 과일과 떡과 식혜들을 만들어 주셨다. 그래서 나는 툭하면 고모네 집으로 달려갔다.

고모는 아들 하나와 딸 둘을 낳았다. 아들 이름은 홍준이고 나와 고등학교 동기 동창생이었다. 거창에서 석재 장사를 해서 큰돈을 벌어 잘살았는데 그만 돌산을 잘못 사서 일시에 가산을 탕진했다. 지금은 거창에서 그냥저냥 살고 있다. 첫딸은 가북면 농촌으로 시집가서 살고 있으며, 둘째는 서울에서 사촌 언니와 음식점을 운영하면서 살고 있다.

지금은 그들이 보고 싶고 아름다웠던 어린 시절로 돌아가고 싶은 마음 간절하다.

첫째 삼촌의 이름은 이상기이다. 북상면 치내(갈천동)마을의 임필녀라는 처녀와 결혼했다. 뒷산 밑 조그마한 오두막집에서 신혼살림을 시작했다. 치내는 조선의 명종과 선조로부터 부름을 받아 나라 다스리는 길을 아뢰었던 임훈의 호가 갈천이라 해서 갈계리라고 고쳐 부르고 있다. 치내는 양반들이 사는 마을로 유명하다.

상기 삼촌은 서글서글하며 매사에 융통성이 많았다. 문제가 생기면

상대방을 잘 설득해서 일을 쉽게 풀었다. 형제들 중에서 사회 변화에 제일 적응을 잘했다. 풍류도 즐겼다. 유성기가 처음 나왔을 때 앞밭의 큰 오동나무를 베어 팔아 그것을 샀다. 나는 유성기에서 흘러나오는 노랫소리가 신기해서 삼촌 댁에 자주 가서 들었다.

6·25 사변이 터지자 상기 삼촌은 군대를 가게 되었다. 신체검사에서 치질 때문에 무종을 받아 못 갈 줄 알았다. 셋째 고모부와 함께 소집영장이 나왔다. 상기 삼촌은 자기는 떨어져 올 터인데 정 서방이 문제라며 걱정을 하면서 입소했다. 그런데 상황은 정반대였다. 고모부는 떨어져 오고, 삼촌은 군대를 가게 되었다. 그때 숙모에게는 세 살 되는 사내아이가 있었고 또 임신 중이었다. 제주도에서 훈련을 받고 있다는 소식이 있었다.

이때부터 숙모의 모진 삶이 시작되었다. 숙모의 나이는 21세였다. 둘째 아이도 낳았다. 역시 사내아이였다. 이름은 종건이와 종진이로 지었다. 아이를 키우면서 온갖 논밭 일을 혼자서 하게 되었다. 숙모는 자그마한 체구였지만 강단이 있었다. 비바람이 몰아치던 어느 날, 한밤중에 논에 벼를 심어 놓은 것이 걱정되어 홀로 으스스한 공동묘지를 지나가서라도 확인을 하고 오는 당찬 여성이었다. 남정네가 해야 되는 어려운 일은 아버지께서 도와주고 사람을 사서 하기도 했다.

상기 삼촌은 훈련을 마치고 일선으로 배치되었다는 소식이 있었다. 그로부터 많은 시간이 흐른 후 나는 집 마당에서 한 통의 편지를 받았다. 하도 반가워 얼른 그 편지를 뜯었다. 손으로 쓴 글이 아니고 프린트로 된 안내문이었다. 자세히 살펴보니 전사 통지서였다. 금화지구 전투에서 용감히 싸우시다가 전사했다는 내용이었다. 처음에는 어리둥절했다. 조금 있다가 집안이 발칵 뒤집혔다. 이리저리 수소문했으나 그 이상 알 길이 없었다.

세상이 하 어수선하던 때라 별의별 사기꾼들이 찾아왔다. 다들 삼촌이 살아 있다는 내용이었다. 키와 모습과 행동을 비슷하게 말하면서 전라도 담양 어디에서 농사를 짓고 있다는 등, 믿음직스럽게 말해서 확인을 안 할 수가 없었다. 확인해 보면 모두 거짓이었다. 결과는 그 사기꾼 놈들에게 노자를 주느라고 헛수고만 한 것뿐이었다.

세월이 흘러 사촌 동생들도 성인이 되었다. 종건이는 교정직 공무원으로 일하다가 그만두고 운전을 배워 서울에서 개인택시를 몰고 있다. 시골 논밭들을 팔아 잠실의 조그마한 아파트로 이사를 해서 살다가 결혼해서 지금은 문정동 개인 주택에서 살고 있다. 종진이는 성동공고를 나와 토목기술자로서 전국의 토목 현장에서 일을 하고 있다. 결혼 후 지금은 수원에서 살고 있다.

내가 서울시에 근무를 시작하면서 삼촌 묘소를 찾기 시작했다. 동작동 국립묘지를 수차례 찾아가 확인하고 또 확인해서 결국은 찾아냈다. 얼마나 다행인지 모른다. 만약 내가 찾지 않았으면 삼촌 묘소는 지금까지 무연고 묘소로 쓸쓸히 남았을지도 모른다.

처음 찾은 날, 혼자서 묘소에 엎드려 묘비를 확인하고 쓰다듬으면서 슬픔을 감추지 못했다. 그 옛날 삼촌의 환한 미소가 내 머리를 맴돌았다. 삼촌이 살아 계셨으면 숙모와 사촌 동생들이 고생을 덜 했을 텐데, 마음이 아팠다. 세상에 태어나서 대장부로 네 활개를 활짝 펴고 살지 못하고 아까운 나이에 비명에 돌아가신 삼촌이 너무 불쌍했다. 종건이에게 이 사실을 알려 삼촌이 돌아가신 날을 잊지 않도록 했다.

셋째 고모는 고제면의 큰골 쪽 어느 마을로 시집을 갔다. 고모부는 자그마한 키에 곱살스럽게 생겼다. 결혼한 지 얼마 되지 않아 덕유산 공비 토벌에 동원 되어 그만 전사했다. 고모는 혼자가 되었지만 마음이 착해 시가에서 살아가려고 했으나 시어머니가 하도 드세어 도저히 같이 살 수가 없었다. 게다가 고모의 왼쪽 다리 정강이에 문제가 생겨 백방으로 치료를 했으나 치유되지 않아 시집과 절연하고 친정집으로 오게 되었다.

그 후 시간이 얼마쯤 지나 새로이 함양군 지곡면 개평리로 개가를 하게 되었다. 개평리는 조선 성종 때의 대학자 정여창의 옛집이 있는 양반들의 거주지였다. 새 고모부는 이곳에서 첫 부인과 사별한 채 오래 전부터 살고 있었으며 이름은 한임술이었다. 농토도 없이 가난하게 살고 있었으나 착실한 기독교 신자로서 부지런하셨다. 기와 만드는 기술을 갖고 있었다. 당시 농촌 지붕 개량사업이 한창 진행 중이라 농사 짓는 것보다 수입은 오히려 나았다.

나는 그곳에 자주 놀러갔다. 갈 때마다 버스를 이용했다. 차멀미로 고생한 적이 한두 번이 아니었는데도 갔다. 고모는 나를 볼 때마다 엄마 없는 내가 안쓰러워 보였는지 늘 눈물을 머금으며 반갑게 맞이했다. 맛있는 음식도 만들어주고, 특히 내가 좋아하는 팥 인절미와 식혜는 잊지 않았다. 집에 갈 때는 항상 차비와 용돈을 넉넉히 주었다. 그래서 더 자주 갔는가 보다.

내가 서울시 중구청 총무과에 근무할 때 고모가 서울에 온다고 연락이 왔다. 그동안 고모의 은혜에 무엇으로 보답을 해야 할지 몰라 고민하고 있었다. 최 말단 직원인 나는 금전적으로 무척 궁핍한 처지에 있을 때였다. 그럴 때 청사 복도에서 꼬깃꼬깃 구겨진 하얀 종잇조각을 발견했다. 주워 펴 보니 10만 원짜리 수표 두 장이었다. 주인을 찾아서 줘야 하나, 아니면 돈도 없는데 마침 고모도 오신다고 하니까 내가 써 버릴까, 두 생각이 머리에서 계속 싸웠다. 고민을 많이 했다. 결국 그동안 고모한테 입은 은혜를 갚으라는 어느 고마운 분의 선물이라고 합리화시켰다. 그것으로 고모님께 한복을 한 벌 사 드렸다. 가난이 죄라는 말이 실감났다. 수표를 잃어버린 그분에게는 두고두고 마음속으로 사죄를 했다.

고모는 딸 하나와 아들 셋을 두었다. 딸 이름은 송녀이고 아들 이름은 송원, 자원, 영원이었다. 모두들 결혼해서 부산에서 살고 있다. 송녀가 어렵게 살고 있다는 소식을 들었을 때 마음이 몹시 아팠다. 도움을 주지 못한 내 처지가 원망스러웠다. 서울시에 있을 때 그 아이 취직을 시키려고 백방으로 노력했으나 역부족이었다. 다른 아이들은 잘도 시켰는데, 왜 그 아이만 인연이 없었는지 모르겠다. 마음속으로 잘되기를 바랄 뿐이었다.

둘째 삼촌의 이름은 이홍기이고 별명은 눈꺼미이다. 눈썹이 시꺼멓게 많이 나서다. 둘째 고모의 동리인 마리면 밤섬의 김옥순 씨와 결혼했다. 우리 동리 바깥담의 초가집에 살림을 꾸렸다.

말썽을 제일 많이 부린 분이시다. 성질이 급해서 툭하면 싸우고 쌀독의 쌀을 몰래 자주 퍼 가 노름하곤 해서 집안 식구들을 힘들게 했다. 반면에 덩치가 크고 힘이 무척 세서 농사일은 잘했다. 큰집이라고 우리 집 일을 많이 도와주어서 아버지가 한결 수월하셨다.

우리 동네에 S라는 유명한 싸움꾼이 있었다. 동리에서 싸움이 일어났다 하면 한쪽은 그랬다. 어느 날 무슨 사유 때문인지 그가 아버지에게 행패를 부린 적이 있었다. 마침 그때 군대에서 휴가를 나온 삼촌이 이 사실을 알고 군복을 입은 채 '이 새끼 죽인다.'며 뛰어나갔다. 식구들이 말릴 틈도 없었다. 얼마나 패 주었는지 그쪽에서 고소한다며 길길이 날뛰었다. 할머니께서 곤욕을 치르셨다. 가서 싹싹 빌었다. 그래도 안 되어 결국 개를 한 마리 잡아가서 빌고 또 빌어 가까스로 무마했다.

군대에 있어야 할 삼촌께서 갑자기 나타났다. 탈영을 했다. 도저히 군대 생활을 못 하겠다고 했다. 삼촌의 도피 생활이 시작되었다. 주로 아래채 어두컴컴한 다락방에서 피신을 했다. 형사들이 한밤중에도, 또는 낮에도 시도 때도 없이 찾아왔다. 공포의 나날이었다. 그래도 할머니는 그런 아들이 안쓰러워 무엇이든지 해 주려고 했다. 찹쌀에다가 올콩 팥을 버무려 찐 범벅을 만들어 바가지에 담아 다락방에 올려 주곤 했다. 나는 그것이 너무 먹고 싶어 할머니 몰래 퍼먹다가 야단을 맞은 적도 있었다.

도피 생활도 하루 이틀이지 삼촌도 더는 견디지 못한 모양이었다. 할머니와 아버지의 회유도 있었겠지만 삼촌께서는 자수를 해서 다시 군에 들어갔다. 무사히 군 생활을 마치고 제대했다. 그 후는 농사일에 전념하면서 살았다.

삼촌은 아들 둘과 딸 넷을 두었다. 큰딸은 선이이고 큰아들은 한식이다. 아들딸들이 성장함에 따라 시골의 논밭을 정리하고 대구로 이사를 했다. 모두 다 결혼해서 잘 살고 있다. 큰아들은 처음에는 시외버스 운전기사를 하다가 그만두고 시장에서 장사도 하면서 조그마한 건물도 갖고 있다. 불교에 귀의하여 관상도 보고 강의도 다닌다.

말썽꾸러기 삼촌은 형제들 중에서 노후 복을 가장 잘 타고 나셨다. 아들딸들이 같은 지역에 살면서 서로 보살펴주어 잘 지내셨다. 혈압으로 쓰러져 복음병원에 입원해 있을 때도 아들딸들이 서로 돌아가며 정성껏 간호를 했다. 명절 또는 제사 때 대구에 내려가서 입원해 있는 삼촌을 만나면 울기부터 먼저 하셨다. 젊을 때의 패기와 객기는 어디로 갔는지, 인생의 늙음은 어찌할 수 없는 모양인가 보다. 2012년도에 타계하셔서 할머니와 한 동산에서 영원히 잠들어 계시다.

막내 고모 이름은 이삼달이다. 고모는 남상면 전자불로 시집을 갔다. 고모부이름은 정순학이다. 전자불은 옛날 이 마을에 척법을 가르치는 서당이 있어 붙여진 이름으로 전척이라고도 했다.

고모부님은 어릴 적 얼마 동안 일본에서 자라서인지 개방적이고 늘 웃는 모습이었다. 약주를 좋아하시고 노래를 아주 잘 부르셨다. 결혼 당시 군대는 못 가고 거창의 공비 토벌대에서 일을 했다. 죽을 고비도 여러 번 있었으나 행운과 기지로 잘 피하셨다. 그 후 우연한 인연으로 문관으로 있다가 직업군인으로 근무하게 되었다.

내가 중학생 때 읍내에서 우연히 고모부를 만났다. 나를 빵집에 데리고 가 빵도 아닌 비싼 생과자를 사 주셨다. 생전 처음 먹어 보는 과자였다. 어찌나 맛이 있었던지 지금도 그때의 광경이 뇌리에 선하다. 고모부님은 그렇게 정이 많은 분이셨다.

고모는 결혼 후 시가에서 고모부 없이 7년 동안 시부모님을 모시고 살았다. 선생님인 시숙께서 타지에서 살았기 때문이다. 그러다가 고모는 고모부를 따라 강원도 홍천에서 살게 되었고, 고모부께서 제대한 후 서울에서 생활하게 되었다.

고모부는 한때 중동에 가야 돈을 번다는 붐이 일자 이란의 한 회사에 취직했다. 2년 동안 일을 했다. 기계 다루는 솜씨가 남보다 탁월하여 이란 현지에서 일본인 회사에 스카우트가 되었다. 터널 뚫는 기계의 기술을 익혀 3년 동안 그곳에서 일을 하면서 돈을 착실히 모았다.

귀국 후는 택시 기사 일을 했다. 그 후 개인택시 사업을 하면서 한남동에 둥지를 틀었다. 내 주변에서 가장 먼저 서울에 자리를 잡은 분이셨다. 그로 인해 고충도 많이 겪으셨다. 친정이건 시가건 서울에 일이 있어 오는 사람들은 모두 고모 집 신세를 졌다. 그들 모두는 그 집을 발판으로 서울에서 뿌리를 내리게 되었다. 그야말로 전진기지 역할을 톡톡히 한 셈이었다.

그 후 고모는 방배동으로 이사를 했다. 자그마한 건물을 지어 1, 2, 3층은 세를 놓고 4층에서 사셨다. 고모부는 개인택시 사업을 계속했다. 서울 생활의 기반을 완전하게 닦으셨다.

고모는 내가 어릴 적 나를 업어서 키우셨고, 커서도 취직이 될 때까지 많은 도움을 주신 분이셨다. 영천 헌병학교에서 훈련을 받을 때 고모가 대구 신암동에 살고 있어서 주말에는 고모 집에서 주로 시간을 보냈다. 서울시에 근무할 때도 수시로 고모 집에 드나들어 귀찮게 했다. 나에게는 잊을래야 잊을 수 없는 고마운 분이셨다.

아들 하나와 딸 셋을 두었다. 이름이 성열이, 홍화, 진회, 선화이다. 모두들 결혼해서 잘 살고 있다. 아들은 대학을 나와 농심에서 근무를 하다가 그만두고 사업을 하고 있다. 큰딸은 원주에서 살고 있으며, 신랑은 철강 사업을 하고 있다. 둘째 딸은 서울대학에서 공무원으로 일하고 있으며, 셋째는 서산에서 장사를 하면서 살고 있다.

막내 고모와 나는 인연이 매우 깊다. 한집에서 같이 살지는 않았더라도 한평생을 주위에서 늘 보고, 연락하면서 살았다. 지금도 원주에서 같이 살고 있지 않은가.

막내 삼촌의 이름은 이대기이다. 나이는 나보다 다섯 살이 많으며 한집에서 같이 자랐다. 삼촌이지만 내 키와 덩치가 삼촌보다 커서 형제처럼 지냈다. 덩치는 작지만 항상 나를 보호하고 돌봐 주었다. 학교 다닐 때 삼촌은 공부를 잘 안 했다. 중·고등학교 다닐 때는 학교 가다가 땡땡이를 자주 쳤다. 공부는 하는 둥 마는 둥, 겨우 고등학교를 졸업했다.

삼촌은 남하면 산포의 전해수 씨와 결혼을 했다. 산포는 예전에는 멱실이라 하였고, 18세기 말엽 정조 때에 마을이 형성되었다고 한다. 결혼 후 삼촌은 우리 집에서 잠시 살다가 홍구리 우리 논 옆 도로변에 위치한 초가집에서 살림을 꾸렸다.

사람은 서울에 가야 잘산다는 추세에 따라 삼촌도 시골 재산을 정리해서 서울로 이주했다. 정능의 산비탈 달동네에 둥지를 틀었다. 생존경쟁이 치열한 냉엄한 서울 생활에 삼촌의 능력으로서는 할 일이 별로 없었다. 닥치는 대로 일을 했다. 막노동도 마다하지 않았다. 내가 서울로 왔을 때는 맥주 하치장에서 생맥주통 배달을 술집으로 하고 있었다. 수많은 차량들이 질주하는 도로상에서 무거운 생맥주통을 자전거에 싣고 배달하는 것은 목숨을 건 일종의 곡예였다. 위험하기 짝이 없었다.

내가 중구청 청소과장일 때 청소 일이라도 할 수 있도록 해 달라고 요청해서 청소원으로 임명했다. 청소원 간에도 부수입 때문에 자리다툼이 심했다. 삼촌은 다른 청소원들과 잘 어울리지 못했다. 말썽을 자주 피웠다. 그것도 모르고 삼촌은 분뇨 청소하는 바큠카 요원으로 보내 달라고 졸랐다. 일이 좀 수월하고 부수입이 많아 청소원들이 가장 선망하는 자리였다. 주위의 시선이 곱지 않았지만 옮겨 주었다. 다른 청소원들과 잘 지내라고 신신당부까지 하면서.

나는 강남구청 사회과장으로 발령을 받았다. 삼촌에게는 큰 충격이었다. 아니나 다를까. 얼마 안 있어 일반 청소원으로 되돌아갔다. 이번에는 중구에서는 근무를 못 하겠으니 강남구로 옮겨 달라고 졸랐다. 청소과장에게 부탁해서 강남구로 오게 했다. 현재는 고급 아파트와 고층 빌딩이 들어서 있는 강남구 삼성동 일대가 그때는 쓰레기 매립장이었다. 그곳에서 일하기를 원했다. 교통사고 위험도 없고 편하기 때문이었다. 나는 또 부탁해서 그렇게 해 주었다. 앞으로는 제발 열심히 일을 해서 스스로 발탁되기를 빌면서.

나는 본청으로 발령이 났다. 삼촌은 얼마 안 있어 결국 일반 청소원으로 밀려났다. 어렵게 살았다. 아이들 학비도 대기가 힘들었다. 할수 없이 큰딸과 아들은 강남구청과 교육원에 사환으로 일을 하도록해서 스스로 학비를 벌어 공부하도록 했다. 그렇게 막내 삼촌과 나와의 인연은 참으로 질겼다. 어릴 적 할머니께서 '앞으로 삼촌은 조카인네가 돌봐줘야 한다'고 하신 말씀이 생각났다. 할머니는 삼촌의 미래를 예측하신 것 같았다.

그 후 삼촌은 가로변 청소를 하시다가 교통사고로 그만 돌아가셨다. 세상에 태어나서 날개 한번 활짝 펴 보지 못하고 한 많은 세상을 떠나셨다. 참으로 불쌍한 분이셨다. 공무로 돌아가셨기 때문에 강남 구청장으로 장례를 치렀다. 살아서는 어렵고 힘든 삶을 살았으나 돌아가서는 많은 사람들의 애도 속에 환송을 받으며 떠나셨다. 장지는 삼촌을 한없이 사랑하고 늘 걱정해 주신 할머니 묘소 옆에 정했다. 낳아주신 어머니와 영원히 함께할 수 있도록.

삼촌은 돌아가셨지만 남아 있는 가족들의 앞으로의 삶이 걱정이었다. 마침 숙모께서 강남구청의 배려로 고용원으로 일하게 됐다. 장례 때 들어온 부의금과 보상금 그리고 그동안 살던 집의 전세금 등으로 장래 집값이 오를 수 있는 강남의 자그마한 영동아파트와 도곡아파트를 구입했다. 그중 영동아파트는 장모님께서 구입하려던 것이었다. 장모님께 무척 미안했다. 삼촌은 살아서는 내 집 한번 갖지 못했으나 돌아가시면서는 가족들에게 집 두 채를 마련해 주어 안정된 삶을 누리도록 했다.

삼촌은 두 딸과 두 아들을 두었다. 딸의 이름은 외숙이와 경숙이고 아들 이름은 종상이와 종욱이다. 큰딸은 전기기사와 결혼해서 산본에서 살고 있고, 막내딸은 택시기사와 결혼해서 답십리에서 살고 있다. 아들들도 결혼해서 늘 함께 장사를 했다. 빵과 만두 장사도 했고, 과일 장사도 했으며, 식당을 차려 장어구이 장사도 했고, 지금은 고물상을 하고 있다. 장사 수완이 좋아 한때는 용인수지의 61평 아파트에 살기도 했다. 지금은 장사하기 좋도록 장안동으로 이사를 해서 살고 있다.

이와 같이 내 주위에는 많은 사람들이 울타리가 되어 나를 보호해 왔다. 때로는 그 울타리가 나를 찌르기도 하고 넘어지게도 했지만, 내가 살아가는 동안 비가 올 때는 우산이 되어 주었고, 비바람이 몰아칠 때는 방풍막 역할도 해 주었다. 엄동설한에는 두툼한 솜옷과 이불이 되어 따뜻하게 해 주었다. 이 울타리들이 없었다면 오늘날 나도 없었을 것이다. 더없이 고맙고 항상 감사하다.

5
진정한 내 어머니

어머니가 돌아가신 후 할머니는 내 어머니 역할을 하셨다. 아버지가 새장가를 들어 새어머니가 왔으나 같이 살지 못했다. 집에 남은 사람이라고는 할머니와 나, 그리고 어린 여동생뿐이었다. 이때부터 할머니는 실질적인 우리의 어머니가 되셨다. 할머니는 당신을 희생하면서까지 무한한 사랑으로 우리를 돌보고 키우셨다.

할머니는 천성이 부지런했다. 우리 둘을 키우기 위해서 열심히 일을 했다. 논에서 하는 큰일은 주로 아버지께서 하셨지만 밭일과 자질구레한 일은 모두 할머니께서 했다. 할 일도 많고 힘든 일이 많았다.

우리 집은 논과 밭이 어지간히 있어서 농사를 지으면 먹고살기에는 부족함이 없었다. 그러나 학비 등 돈이 필요한 곳에는 농사 수확으로는 좀 부족했다. 목화를 심어 무명을 짜고, 삼을 심어 삼베를 만들고, 누에를 키워 명주를 만들어 팔아 우리들 뒷바라지를 했다. 이는 모두 힘든 일이었고, 하는 과정에 잔손질이 많이 가는 일들이었다.

할머니는 무명베를 만들려고 목화씨를 앞밭에 뿌렸다. 싹이 트고 자라 열매를 맺었다. 이때 열매는 달짝지근하여 우리들이 따 먹는 경우가 많았다. 열매가 익으면 저절로 터져 하얀 솜이 나왔다. 솜을 수

확해서 씨아로 씨를 뺀 후 솜반을 지어 고치를 말아 물레로 실을 뽑았다. 그 실로 베틀에서 무명베를 짰다. 이 무명베로 우리들에게 옷을 만들어 입혔다.

우리는 홍구리 동네 앞에 있는 논에다가 보리 대신 삼을 심었다. 삼을 벨 때는 삼 잎을 막대기로 털어내고 운반하기 좋게 베어서 몇 다발씩 묶는다. 구루마에 실어 동리 앞 냇가 모래사장에 만들어 놓은 산꽃으로 운반한다. 동네 분들의 삼과 함께 삼을 찐다. 그리고 삼 껍질을 벗겨 말려 보관한다. 말린 삼 껍질을 틈나는 대로 물에 불린 후 잘게 쪼개어 삼실을 만든다. 이때는 이웃 아낙네들과 어울려 같이 한다. 삼실로 마당에서 삼베 날기를 해서 안방에서 틀로 삼베를 짠다. 삼베는 주로 팔았지만 입을 옷을 만들어 주기도 하셨다.

할머니는 명주도 만들었다. 안방에서 누에를 쳤다. 먹이는 앞밭 뽕나무에서 조달했다. 누에가 자라 누에고치를 만들면 고치를 끓는 물에 넣고 실 끝을 물레기구로 켜서 타래실을 만들어 명주를 짠다. 그렇게 짠 명주로 할머니는 한복을 만들었다. 설 명절 때는 우리가 그 옷을 입고 뽐내기도 했다.

이렇게 할머니는 우리들을 위해 쉼 없이 일을 했다. 그것들로 돈을 만들어 학비를 대기도 하고 생활에 필요한 생필품이나 갈치 조기 등 생선들을 사 와 맛있는 음식도 만들어 주셨다. 용돈도 여기서 만들어 줬다.

우리 논 옆에 노혜라는 동리가 있다. 논 입구에 우물이 있어 그 동네 아낙네들은 여기서 물도 긷고 채소도 씻곤 했다. 그 허드레 물이 우리 논으로 다 들어왔다. 그래서 땅이 항상 물렁물렁하고 기름져서 벼가 웃자라기 때문에 심을 수가 없었다. 거름을 아무리 줘도 넘치지 않는 왕골이나 미나리를 심었다.

왕골은 이른 봄에 씨를 뿌린다. 싹이 트고 자라면 모내기를 해서 여름에 수확을 했다. 왕골은 껍질을 몇 가닥으로 벗겨내어 말렸다가 자리 만드는 틀로 돗자리를 짠다. 할머니는 이 돗자리를 시장에 내다 팔았다. 왕골을 수확한 후는 바로 그 자리에 미나리를 심었다. 땅이 기름져서 금방금방 자랐다. 이를 베어 시장에 갖다 파는 것도 할머니 몫이었다.

할머니는 농사를 짓는 외에 부업으로 많은 일을 하셨다. 그래서 우리는 빚도 지지 않고 공부를 할 수 있었다. 어머니 없이 자라는 우리가 행여 잘못될 것을 우려해서 남에게 기죽지 말라고 그렇게 열심히 하셨는지도 모르겠다. 그런 할머니의 헌신으로 어머니에 대한 그리움도 모른 채 다른 아이들 부럽지 않게 잘 자랐다. 만약 할머니가 안 계셨더라면 오늘날의 나는 없었을 것이다. 할머니는 우리의 진정한 어머니셨다.

한편 할머니는 무척 자상한 분이셨다. 우리에게 화를 내고 나무라는 것을 본 적이 없다. 언제나 사랑이 담뿍 담긴 미소로 우리를 쓰다듬었다. 할머니는 나를 당신의 분신이라고 생각하시는 것 같았다. 나도 역시 할머니 없이는 못 산다고 생각했다.

섣달 그믐날 밤에는 으레 할머니와 나는 밤을 꼬박 새웠다. 잠을 자면 눈썹이 하얗게 센다고 전해지는 속설이 있고 설음식 준비를 하기 때문이었다. 낮부터 엿도 고고, 두부도 만들고, 광밥, 유과 등을 만드는 작업이 밤새도록 진행되었다. 종지에 든 들기름에 각자 생명선 줄을 넣고 불을 붙여 꺼지지 않도록 지키기도 했다. 할머니는 쌀 유과보다 콩 유과를 더 잘 만들었다. 피곤하여 깜박 잠이 들었다가 깨어 보면 눈썹이 하얗게 세어 있었다. 내가 잠든 사이 할머니께서 흰 밀가루를 내 눈썹에 발라 놓았던 것이다. 큰일 났다고 할머니는 너스레를 떨며 나를 놀려주기도 했다.

할머니와 나는 그렇게 재미있는 나날을 보냈다. 할머니는 늘 나를 생각하고 잘되기만을 고대했다. 나는 이런 할머니의 사랑에 과연 부응하며 살아왔는지 모르겠다. 어머니 없이 자란 내가 큰 말썽 부리지 않고 착실하게 살아온 것은 할머니의 사랑에 대한 보답이 아니겠는가, 하고 생각해 보기도 했다.

이런 할머니께서 1964년도 어느 날 아침에 일어나지 못했다. 중풍으로 한쪽을 쓸 수가 없었다. 아버지께서 급히 오리를 사 오라 해서 단걸음에 읍으로 뛰어가 사 가지고 왔다. 살아 있는 오리 피가 중풍에 좋다고 해서였다. 오리 목을 쳐 피를 빼어 마시게 했다. 소용이 없었다. 침도 맞고 주무르고 지압도 했으나 허사였다. 이때부터 할머니는 누워서 지내는 몸이 되었다.

왜 할머니께서 그렇게 되셨을까. 친정 쪽 어른들이 혈압이 높다는 말은 들었는데 할머니도 평소에 혈압이 그렇게 높았는가. 아니면 혹시 그 전날 밤에 내가 할머니 마음을 상하게 한 일이 있었는데 그 때문이었을까. 그런 일은 평상시에도 가끔 있었는데. 참으로 난감하고 마음이 아팠다. 그 때문에 나는 평생 동안 죄인임을 자처하고 가슴속 깊이 후회하며 살고 있다.

집에는 여동생밖에 없는데 앞으로 어떡해야 할지 막막했다. 숙모들과 새어머니도 있기는 했지만 걱정이 태산 같았다. 게다가 나도 부산시 공무원 시험에 합격이 되어 곧 부산으로 가야만 했다. 상의 끝에 새어머니가 들어오기로 했다. 할머니 병간호를 하느라 새어머니와 주위 분들의 고생이 많았다.

내가 부산시로 내려간 지 채 6개월도 안 되어 할머니는 1965년 11월 11일, 돌아올 수 없는 길로 영원히 떠나셨다. 사랑했던 손자 손녀와 아들딸들을 고생시키지 않으려고 온몸을 던져 희생하셨던 우리 할머니, 그들을 두고 어떻게 눈을 감으셨는지. 참으로 불쌍했다.

위독하시다는 소식을 듣고 부랴부랴 집으로 달려갔으나 이미 할머니는 평생 계시던 안방에서 눈을 감고 조용히 누워 계셨다. 하늘이 무너지고 땅이 꺼지는 심정이었다. 나는 할머니의 임종을 지키지 못했다.

아무리 할머니를 부여잡고 불러 보아도, 할머니 얼굴에 내 뺨을 비비며 외쳐보아도 소용없는 일이었다. 일찍 어머니를 여읜 어린 나를 그렇게 사랑하며 키웠는데, 효도 한번 해 보지 못하고 떠나보내는 내 심정은 찢어질 것 같았다. 너무 비통하여 내 심장에 통증이 오고 멎는 것 같았다. 주위의 만류로 가까스로 정신을 차렸다.

장례는 삼일장으로 치렀다. 할머니 장지는 일찍 돌아가신 할아버지께서 항상 할머니를 바라볼 수 있는, 우리 산의 제일 양지바른 곳에 정했다. 바로 그 아래 할머니가 가장 의지했던 큰아들과 맏며느리가 잠들어 있다. 할머니 묘소 옆쪽으로는 늘 걱정거리였던 막내아들이 있고, 그 옆 아래쪽에는 말썽꾸러기였던 셋째 아들 내외가 있다. 또 그 옆으로는 샘내 조카 내외분도 있다.

살아 계실 때 늘 함께했던 사랑하는 가족들이 또다시 함께 모였으니 외롭지 않으시리라고 본다. 그리고 한평생 우리 가족들이 먹고살 수 있도록 해 준 고마운 우리 논들도 항상 지켜보시면서.

6
허송세월

1953년 2월, 나는 초등학교를 졸업했다. 생각지도 않았는데 학년 전체에서 일등을 했다. 졸업식 날 졸업생 대표로 내가 나가서 졸업장을 받았다. 상장은 다른 우수 학생이 받았다. 졸업장과 성적우수상장, 정근상장, 그리고 상품으로 국어사전을 받았다. 할머니와 아버지 그리고 집안 어른들은 무척 기뻐하셨다. 할머니는 어머니 없이 자란 내가 일등 한 것이 얼마나 대견스러웠는지 동네에서 만나는 사람들마다 붙들고 자랑을 했다.

당시 중학교 입학시험은 전국적으로 한날한시에 일제히 실시하는 입시제도였다. 시험 준비를 위해 우리 학교에서는 과외 공부를 실시한 적이 있었다. 그때 나는 무슨 사유인지 과외 공부를 하지 않았다. 얼마 후 모의고사가 있었는데 모르는 문제가 많아서 깜짝 놀랐다. 알고 보니 과외 공부 할 때 배운 문제들이었다. 나도 과외 공부를 하지 않으면 안 되겠다고 생각하여 등록하고 공부했다.

중학교 입학시험을 치렀다. 일등 한 학생이 350점을 받았다고 했었다. 나는 319점을 받아 거창중학교에 입학했다.

거창중학교는 거창읍 동동의 밤 숲에 위치해 있었다. 앞으로는 넓은 운동장이 있고, 바로 뒤에는 아름드리 소나무들이 널따랗게 퍼져 있어 솔숲을 이루고 있었다. 이곳은 아월천과 영천이 합수되는 곳으로 항상 수해가 심해서 방수림으로 소나무를 심었다고 한다. '방 숲'이 와전되어 '밤 숲'으로 전해지고 있다. 우리 동리에서 오리정도 떨어져 있는데 늘 걸어서 다녔다.

당시 입학생 수는 250여 명이었고, 4개 반으로 편성되어 있었다. 내 시험 점수는 상위권에 속했다. 그러나 나는 중학교 시절 내내 성적이 중간에서 맴돌았다. 초등학교와는 달리 중학교는 열심히 공부를 하지 않으면 성적이 좋지 않게 나왔다.

읍내에서 자란 아이들이나 시골 출신이라도 읍내에서 하숙이나 자취를 하는 아이들은 시간이 많아 공부에 열중할 수 있었다. 나는 집에서 통학하면서 방과 후에는 소 꼴 먹이러 가야하고 농사일도 도와야 했다. 저녁에는 툭하면 동네 친구들이 찾아와 놀자고 하니 그런 시골 환경에서는 나는 그들과는 경쟁을 할 수 없었다. 공부는 시험이 있을 때 반짝 하는 것이 고작이었다. 더군다나 집에서는 새어머니와 다른 식구들 사이에 다툼이 끊이질 않아서 더욱 그랬다.

학교에 갔다 오는 길, 동리 입구 안산 밑 언덕길을 넘을 때면 '오늘은 싸우지 않았을까?' 하고 늘 불안했다. 그런 환경에서 무슨 공부를 할 수 있었겠는가. 어린 마음에 한이 맺혔다. 그러는 사이 중학 생활 3년은 훌쩍 지나갔다. 중학교 시절에 학문에 대한 기초를 단단히 다졌어야 했는데 그것이 그만 허물어졌다. 못내 아쉬운 기간이었다.

어린 마음에도 이래서는 안 되겠다 싶어 마음을 다잡기로 결심했다. 고등학교 진학을 포기했다. 일 년 동안 죽어라고 공부해서 중학교 때 망친 공부를 만회하여 우수한 성적으로 고등학교에 진학하기로 했다. 그러나 그것은 큰 착각이었다. 잠시는 계획대로 노력했지만 나를 둘러싼 환경이 가만두지를 않았다. 여기저기서 이것도 해라, 저것도 해야 된다며 마구 방해를 했다. 결국 고등학교 입학시험에 우수한 성적은커녕 겨우 합격이 되었다. 어이가 없었다.

거창농림고등학교에 입학하였다. 당시 거창에는 설립된 지 얼마 안 되는 몇몇 고등학교가 있었으나 역사가 깊고 우수한 학생들이 많이 가는 곳을 택했다. 입학생들은 농과, 임과, 축산과로 나누어 반 편성을 했다. 나는 농과를 지원했다. 학교는 읍 변두리 동네 상살미라는 곳에 있었으며 우리 집에서 가려면 십 리가 넘는 거리에 있었다. 나는 그 길을 3년 동안 읍내 한가운데를 가로질러 다녔었다. 가정불화로 아침밥이 항상 늦었고, 먼 길을 걸어서 다니느라 지각도 자주 했다. 그러다 보니 지각생으로 낙인이 찍혔다.

고등학교 생활도 중학 시절과 마찬가지로 나를 둘러싸고 있는 환경으로 인해 내내 정신적 육체적으로 괴로움을 당했다. 공부가 잘될 리가 만무했다. 공부는 하는 둥 마는 둥 그저 흉내만 내고 다녔다. 인생의 가장 중요한 시기에 그렇게 또 허송세월을 보냈다.

3학년이 되자 학생들은 각자 진로에 대해 고민하기 시작하였다. 대학에 진학 하려는 학생, 취직하려는 학생, 나같이 이것도 저것도 아닌 학생들로 자연스레 나누어졌다. 당시 농촌 고등학교에서는 삼군 사관학교의 인기가 제일 좋았다. 등록금을 내지 않고 국비로 공부를 할 수 있었고, 졸업 후 곧바로 군 장교로 근무할 수 있었기 때문이었다. 나도 사관학교를 생각했으나 내 실력으로서는 어림도 없었다. 그래서 나는 졸업 후 곧바로 군에 입대하기로 결심했다. 일단 군 제대 후에 내 인생을 다시 설계하기로 마음먹었다.

그와 같이 나는 7년을 허비했다. 내 주변에서 나를 잘 이끌어 주고, 가정생활이 공부할 수 있는 분위기였고, 경제적으로 뒷받침이 되었더라면 7년이라는 긴 세월을 그렇게 헛되이 보내지는 않았을 것이다. 물론 나보다 훨씬 못한 환경에서 자란 아이들이 잘하는 경우도 있었겠지만.

인간 한평생을 놓고 보면 중·고등학교 시절은 터를 닦는 시기인데 나는 이 터를 허술하게 닦은 셈이었다. 사회 진출 후 이 터를 다시 다지기 위해 얼마나 많은 노력을 했는지 모른다. 중·고등학교 시절을 어영부영 보낸 허송세월이 가슴속 깊이 후회되곤 했다.

7
또 하나의 보금자리

외가는 거창군 주상면 내오리에 있다. '오무'라고 주로 부른다. 오무는 연산조 사화 뒤 김포에서 이곳으로 옮겨온 청도 김일동이란 분이 고향 청도의 옛 이름을 따서 오산이라고 마을 이름을 삼았다. 그 오산이 오무로 변했으며 그들이 농막을 지은 막터를 바깥 오산 즉 외오라 하였고 오무를 내오라고 했다.

오무는 거창에서 무주로 가는 도로변에 위치해 있으며 바로 뒤에는 산이다. 동리 앞 도로를 건너 논들을 지나면 비교적 폭이 넓은 냇물이 흐르고 있으며 그 옆에 또 산이 있다. 오무는 산과 산 사이에 있는 동리이다.

외가는 안채가 앞산을 바라보고 있었고, 사랑채는 안채 옆에 있었다. 앞마당 끝 지점과 사랑채 옆 푹 꺼진 곳에 넓은 공터가 있었고 그곳에 별채가 있었다. 안채의 안방에는 외할머니와 막내 이모가 거처하셨고, 옆방에는 외삼촌 내외분이 기거했다. 사랑채에는 외할아버지와 외사촌들이 사용했다. 별채에는 방이 하나 있고 외양간과 디딜방앗간이 있었다.

안채 바로 뒤는 산비탈인데 밤나무들이 많았다. 사랑채 뒤쪽에는 화단과 배나무 몇 그루가 있었다. 별채 앞 공터 한편으로는 텃밭이 있었고, 그 옆으로는 앵두나무와 대추나무 등 과일나무들이 있었다.

나는 외가에 자주 갔다. 한 번 가면 오랫동안 있기도 했다. 6·25 때는 피난 겸 한 달 이상을 그곳에 머물렀다. 외가는 우리 집에서 편도로 삼십 리나 떨어진 곳에 있다. 당시는 버스가 없어서 걸어서 가야 했다. 어떤 때는 마음씨 좋은 트럭 운전기사 덕분에 운 좋게 차를 타고 가기도 했다. 그럴 때는 기분이 아주 좋았다.

외가는 맛있는 먹거리가 풍부했고 나를 반겨주는 사람이 많았다. 재미있게 같이 놀 수 있는 외사촌들도 있었다. 그것이 툭하면 내가 외가에 가는 이유였다. 집은 과일나무들이 많아 철 따라 여러 가지 과일을 먹을 수 있었다. 특히 알밤은 집 뒤 땅 밑에 묻어 놓아 일 년 내내 먹을 수 있었다. 내가 갈 때마다 구워 주고 삶아 주었다. 외할머니는 안방 다락에서 곶감과 밤, 엿, 유과 등을 보관하였다가 꺼내주어 나만 먹도록 했다. 겨울에는 내가 좋아하는 식혜도 만들어 주었다. 식혜를 장독에 넣어 산 밑 땅속에 묻어 두었다가 독 뚜껑을 열고 살짝 언 얼음을 깨고 퍼 주는 겨울 식혜는 시원 달콤해서 언제나 나를 유혹했다.

외가 식구들은 모두 나에게 친절했다. 그중에서도 외할머니와 막내 이모가 나를 더욱 반겼다. 다른 이종형제들도 많았지만 외할머니는 오직 나만을 더욱 귀여워했다. 엄마 없는 어린 내가 무척 불쌍했던 것 같았다. 외할머니는 나의 수호신과 같아 항시 나를 옆에 두고 싶어 하셨다. 언제나 내 편이었다. 외숙모도 늘 웃는 얼굴로 나를 대하며 맛있는 음식을 해 주려고 애쓰셨다.

막내 이모는 몸이 불편한 곱사등이었다. 착실한 기독교 신자였다. 예배 볼 때면 꼭 나를 옆에 앉게 했다. 다른 이종사촌들보다 내가 꾸밈없이 진지하다면서 귀여워했다. 나는 그런 이모가 참 좋았다.

외사촌과 이종사촌들 중에는 내 또래가 많았다. 무슨 날이면 외가가 우리들의 놀이터였다. 술래잡기를 하면서 뛰어놀고, 웃고, 떠들고, 그야말로 난장판이었다. 외할아버지는 이런 우리를 귀찮아 하셨다. 사랑방 쪽문을 열고 "야! 이놈들아, 시끄럽다. 저 멀리 가서 놀아라." 하시며 호통을 치셨다. 외사촌과 다툼이 있을 때면 외할아버지는 으레 친손자 편이었다. 우리는 매우 서운했다.

특히 큰 이모가 낳은 이종들을 더 미워했다. 큰 이모부가 진보사상에 젖어 이모와 함께 큰아들만 데리고 북으로 갔기 때문에 몹시 마음이 아팠던 것 같았다. 그래서 은연중에 그들에게 미움이 생긴 것이 아닌가 싶었다. 그런 사유로 치내에 사는 이종들은 외가에 가기를 꺼렸다.

나도 외손자가 둘이 있다. 참으로 귀여워 무엇이든지 해 주고 싶다. 만약 그들이 아프고 사경을 헤맨다면 내가 대신할 수 있다고 생각할 정도로 사랑한다. 그런데 외할아버지는 친손자와 외손자를 왜 차별하였는지 모르겠다. 친손자가 정말로 더 좋을까. 나도 친손자가 있었으면 그랬을까. 외손자를 볼 때면 이런 문제로 외할아버지가 가끔 생각난다.

우리는 냇가에서 물고기도 잡고 사고디(다슬기)도 잡았다. 물고기는 피라미와 꺽지, 망태, 떵가이 등 종류가 다양했다. 물고기를 잡을 때는 배터리를 이용하여 충격을 주어 잡기도 했고, 냇가에 산재되어 있는 여뀌(고마리)를 갈아 일정 구역에 풀어 질식시켜 잡기도 했다.

잡은 물고기 중 피라미 요리는 무채에 고추장을 넣고 피라미를 섞어 비빈 후 날것으로 먹었다. 그 맛은 환상적이었다. 다른 잡고기는 무를 썰어 넣고 얼큰하게 양념을 해서 조려 먹으면 밥 한 그릇은 게 눈 감추듯이 없어졌다. 그야 말로 밥도둑이었다.

다슬기는 물속에 지천으로 널려 있었다. 물이 워낙 맑아 바위나 돌에 까맣게 다닥다닥 붙어 있는 것이 한눈에 들어왔다. 그냥 주워 담으면 됐다. 금방 자루에 그득했다. 삶아서 속을 빼어먹기도 하고 채소와 섞어 국도 끓이고 된장에도 넣어 끓이면 더욱 맛이 그만이었다.

냇가 바로 옆 산에는 버섯들이 지천에 있었다. 특히 국더더기가 많았다. 가을에 이것을 따다가 더운 물에 살짝 데쳐 찢어서 갖은 양념과 함께 무쳐 먹으면 쌉싸래해서 그 맛이 일품이었다.

외가에 가면 그렇게 먹을거리도 많고 놀 거리도 많았다. 외가 식구들은 모두 나를 아껴주는 사람들이었다. 그래서 나는 자주 가게 되었고, 한번 가면 오랫동안 머물다가 왔다. 말하자면 외가는 나의 제2의 보금자리였다.

외할아버지 내외분은 아들 한 분과 딸 다섯 분을 두었다.

아들 이름은 전장출이고 북상면 치내 임씨와 결혼했다. 외삼촌은 아들 삼 형제와 두 딸을 두었다. 아들 이름은 병준, 병은, 병익이고, 딸 이름은 현숙, 성숙이었다. 병은이 형은 나보다 한 살 많은 내 또래로 외갓집에 갔을 때는 늘 나와 함께 놀았다. 고등학교도 같이 다녀서 더욱 친했다. 큰형은 학교 다닐 때 우리 집에서 다닌 적이 있었는데 공부를 잘 못했다. 그래서 아버지로부터 가끔 훈계를 듣기도 했다. 고등학교 졸업 후는 농사를 지으며 한평생을 보냈다.

둘째 형은 결혼 후 처삼촌의 소개로 건설 현장에서 일을 했다. 이곳저곳에서 일을 하다가 지금은 부산에서 살고 있다. 현숙이도 같은 동리 사람과 결혼하여 부산에서 사업을 하면서 잘 살고 있다. 동생 병익이는 공부를 잘해서 부산에서 고등학교 수학 선생으로 근무하다가 거창대성고등학교 교장직을 끝으로 퇴직했다. 지금은 부산에서 은퇴 생활을 하고 있다. 막내 성숙이도 대구의 소방 공무원과 결혼하여 잘 살고 있다.

외조부모님은 큰딸을 제외하고 모두 공무원에게 시집을 보냈다. 둘째 사위는 고제면 면장이었고, 셋째 사위는 나의 아버지로서 월천면 산업계장이었다. 넷째 사위는 둘째 사위와 같은 고제면 부면장이었다.

외가에 무슨 잔칫날이 있을 때는 사위들이 모두 모였다. 분위기를 잘 돋웠고 일이 잘 마무리되도록 했다. 그래서 그 동리는 물론이고 인근에까지 외조부모님은 복 많은 노인네라고 명성이 자자했다. 그렇게 우리 외가는 남들이 부러워하는 행복한 집안이었다.

항상 잘나가는 곳에 마가 낀다는 말이 있듯이 그 즐겁고 평화스러운 생활도 운명의 소용돌이에 휩싸이기 시작했다. 둘째 사위는 여자 문제로 가정불화 끝에 가족 모두가 서울로 갔다. 셋째 사위는 면장의 횡령 사건에 연루되어 공무원직을 그만두게 되었고, 딸마저 지병으로 세상을 떠났다. 넷째 사위는 부산시로 전출되어 갔으나 얼마 안 있어 교통사고로 돌아가셨다. 일시에 온 집안이 풍비박산이 되었다. '화무 십일홍', '세무십년과'란 말을 떠올리게 했다.

세월이 흘러 외할머니 내외분도 돌아가시고 막내 이모도 부모님 없이는 못 살겠는지 곧이어 돌아가셨다. 외삼촌 내외분도, 큰형수님마저도 모두 떠나셨다. 이제 외가에는 큰형님뿐이시다. 얼마나 쓸쓸하실까, 내가 고향에 갈 때마다 들르지만 더욱 마음을 써야겠다. 어릴 적 포근하게 보듬어준 보금자리인 외가, 오무가 그립다.

8
가네들의 개구쟁이들

우리 동네에는 내 또래들이 많았다. 나이는 동갑이거나 아니면 한두 살 위의 친구들이었다. 골목대장 수근이를 비롯해서 중기, 이봉이, 병구, 진용, 중범, 헌덕, 인성이 등 이외에도 많은 친구들이 있었다.

우리는 거의 매일 만났다. 학교 갔다 올 때, 또는 소 먹이고 꼴 벨 때 서로 어울렸다. 밤에 만날 때는 계절에 따라 장소가 달랐기 때문에 그때그때 상황에 따라 장소를 바꿔 가며 놀았다.

여름이면 동리 앞 넓은 모래사장 위에서 운동 등 각종 놀이를 했다. 철봉 평행봉에 매달려 보기도 하고, 씨름이나 수건놀이도 하고, 달리기 시합도 하고 그러다 더우면 물속에 풍덩 빠지기도 했다. 때로는 밤하늘에 빤짝이는 무수한 별들을 보고 '저 별은 내 별, 이 별은 네 별.' 하면서 꿈도 키우고 남북으로 희뿌옇게 펼쳐 있는 은하수를 보고 오작교 생각도 했다. 가끔씩 섬광을 비추며 떨어지는 별똥별을 보면서 소원을 빌어 보기도 했다.

그러다가 시장기가 들면 수박 참외 서리도 했다. 수박 밭에 다다르면 골목대장의 지휘 아래 주인의 눈을 피하려고 위장까지 했다. 포복 자세로 살살 기어 수박과 참외를 확보했을 때는 흥분하기도 했다. 때

로는 주인에게 들켜 줄행랑을 칠 때도 있었고, 잡히면 수박 값을 물어 주느라 곤욕을 치르기도 했다

때로는 앞 냇가에서 천렵을 하여 그곳에서 어죽을 끓여 먹기도 했다. 어죽 맛도 일품이었지만 고기를 잡고 친구들과 노는 것이 더욱 재미있었다. 은어와 먹지는 물 한가운데서 놀고, 망태와 떵가이는 물가 돌멩이들이 많은 곳에 있었다. 돌멩이들을 들춰서 잡았다. 은어나 먹지를 잡을 때는 계속 쫓아 힘이 빠질 때 막대기를 물 밑 모래에 꽂으면 막대기 뒤에 숨으려 했다. 그때 잡았다. 또 모래를 자근자근 밟아 이리저리 다니면 딱딱한 것이 밟힐 때가 있었다. 손을 넣어 잡아 보면 큼직한 모래무지였다. 그럴 때면 나도 모르게 환호성이 터졌다. 아주 재미있었다.

겨울에 얼음이 얼면 동리 앞 논에서 썰매를 타고 놀았다. 스케이트를 만들어 서서 쌩쌩 달리는 친구도 있었다. 무섭기도 하고 부럽기도 했다. 스케이트는 만들어 주는 사람이 없어 나는 앉은뱅이 썰매만 탔었다. 그래도 재미가 무척 있었다. 연날리기도 많이 했다. 연줄에 유리가루를 묻혀 친구들 연줄에 슬며시 갖다 대면 연줄이 끊어져 연이 곤두박질치는 것을 보고 좋아서 깔깔댔다. 그와 같이 우리는 겨울에도 재미있게 놀았다.

밤에는 주로 방 안에서 놀았다. 중범이네 물레방앗간 방과 해무네 집, 이봉이네 집 등에서 윷놀이와 화투놀이로 소일했다. 지는 팀은 두부나 콩사탕, 빵 등 먹을 것을 사 오게 했다. 놀러올 때 쌀을 조금씩 가져와서 밥을 지어 통김치를 쭉쭉 찢어 더운 밥 위에 척척 놓아먹는 대리 밥의 맛은 밤참으로서는 일미였다. 결혼 잔치가 있는 날 밤

에는 그 집에 가서 큰소리로 "단자 받으러 왔습니다." 하면 잔치 음식을 잔뜩 싸 줬다. 그것을 먹으면서 우리도 잔치 기분을 냈다.

그때 우리 동리는 초가집이 많았다. 초가지붕의 처마에다 참새들이 집을 지어 겨울을 지낸다. 밤에 참새 잡으러 통발과 플래시를 갖고 나간다. 플래시로 처마를 쭉 비춰 나가면 참새들이 겁을 먹은 듯이 눈을 말똥거리며 쳐다본다. 이때 통발로 쑤신다. 참새는 통발 속으로 떨어진다. 때로는 손으로 잡을 때도 많다. 참새는 플래시를 비추면 눈이 부셔 날지를 못한다. 이때 몸이 가벼운 친구가 목말을 타고 손을 새집에 넣어 잡는다. 그렇게 해서 잡은 새는 하루저녁에 보통 이삼십 마리가 된다. 이런 식으로 참새를 잡고 구워 먹는 재미는 놀이 중에 최고라고 생각했다.

감나무가 있는 집은 가을에 곶감을 만들려고 지붕 위에 또는 처마 밑에 감을 깎아 걸어 두었다. 말랑말랑해질 때를 기다려 밤에 몰래 갖다 먹기도 했다. 서리를 맞은 곶감의 시원하고 달콤한 맛은 잊지 못할 추억거리였다. 이런 놀이에 싫증이 나면 엉뚱한 개구쟁이 짓도 많이 했다.

우리 동네에는 두레박으로 물을 퍼서 긷는 우물이 군데군데 있었다. 우물 주위에 콩나물 통을 놓고 기르는 경우가 많았다. 장난기가 발동하면 밤에 그 무거운 콩나물 통을 이 우물에서 저 우물로 막 뒤섞어 놓았다. 이튿날 아침이면 자기 콩나물 통을 찾느라고 아주머니들 사이에 한바탕 소동이 벌어졌다. 우리 들은 시치미를 뚝 떼고 있다가 저녁에 만나면 어머니들이 투덜거렸던 이야기를 하면서 한바탕 배꼽을 잡았다.

어떤 날 한밤중에는 잔소리가 많은 할아버지 집 대문 앞에 몰래 가서 엉덩이를 대문 쪽에 대고 일제히 '응가'를 했다. 다음 날에는 온 동리가 시끌벅적했다. 평소에도 잔소리 많은 노인네라 개인 사랑방이 곧 동네 사랑방이어서, 그곳에서 만나면 '어느 죽일 놈들이 그 짓거리를 했느냐'며 떠들어댔다. 그러면 어떤 이는 유독 당신 집 앞에만 그런 짓을 한 것 보면 평소 잔소리가 많으니까 그랬겠지, 하고 놀려주면 더욱 길길이 날뛰었다고 했다.

우리들은 인근 동리로 닭서리도 가끔 나갔다. 밤에 갈 때는 조를 짰다. 방문 지키는 놈, 닭이 어디 있는지 알아내는 놈, 닭을 잡는 놈으로 나눴다. 닭 있는 곳을 알아내는 방법은 가는 막대기로 닭이 있을 만한 곳에 휘휘 저으면 닭들이 골골하는 소리를 냈다. 방문 지키는 놈은 으레 골목대장 수근이가 맡았다. 만약 주인이 알고 문을 열려 하면 힘센 수근이가 문을 막고 있다가 일이 끝나면 문을 놓고 도망을 쳤다. 그렇게 해서 성공을 하면 그날 저녁은 푹 곤 닭고기로 포식을 했다. 모처럼 고기 맛을 본 우리들 배는 통통해지면서 빙그레 웃는 것 같았다.

한번은 닭서리 때문에 곤욕을 치룬 일이 있었다. 성공적으로 일을 잘 마치고 닭 잔치까지 벌렸는데 이튿날 어떻게 알았는지 주인이 문제를 일으켰다. 우리들은 찾아가서 싹싹 빌고 닭 값을 배로 추렴하여 물어준 적이 있었다.

겨울에 닭들은 동리 앞 햇볕이 내리쪼이는 따스한 논에서 먹이를 찾으며 놀고 있다. 낮에 닭서리를 할 때는 메뚜기를 이용했다. 메뚜기 가슴을 파고 거기에 청산가리를 넣어 닭이 노는 곳에 슬며시 던져주면 먹자마자 그 자리에 꼬꾸라졌다. 이것을 주워 오면 되었다.

어느 날, 남하면의 한 동리로 그런 방법으로 닭서리를 나갔다. 우리는 그 동리사람들이 눈치채지 못하게 놀러온 것같이 자연스럽게 어슬렁거리고 있는데 중범이가 눈치도 없이 닭을 모으려고 '구구구' 하여 질겁했다. 사람들이 알면 큰일 나기 때문이었다. 어쨌든 몇 마리를 잡는 데 성공했다.

이봉이네 집에서 닭 파티를 열었다. 맛있게 잘 먹고 다른 곳에서 놀고 있는데 이봉이가 얼굴이 뻘게져서 왔다. 왜냐고 물었더니 자기 형한테 죽도록 맞았다고 했다. 사유인즉 우리가 청산가리를 넣어 잡아온 닭 내장을 거름 칸에 버렸는데 자기네 닭이 그 내장을 쪼아 먹고 전부 죽었다고 했다. 우리 모두 진정으로 이봉이에게 미안해했다. 그러나 이미 돌이킬 수 없는 일이었다. 다시는 이런 위험한 짓은 앞으로 하지 않기로 했다.

우리는 그렇게 개구쟁이 노릇을 하면서 자랐다. 이것도 싫증이 났던지 인성이와 나는 거지 노릇을 해보기로 했다. 어느 날 거지 옷차림을 하고 동냥 길에 나섰다. 우리 얼굴을 알아보지 못하는 주상면의 깊은 산골 보혜 마을로 갔다. 동냥하기가 처음에는 좀 쑥스러웠으나 한 집 두 집 지나면서 이골이 나기 시작했다. 인심은 갓 시집온 젊은 여인들이 제일 좋았다. 우리가 불쌍했던지 바가지로 쌀을 퍼 주었다. 그런데 할머니들은 아주 짰다. 그저 손으로 한 움큼만 쥐어 주었다. 그러면서 혀를 쯧쯧 차며 저렇게 잘생긴 애들이 어떤 처지이기에 저러고 다니는지 마음 아파했다. 그날 도움을 준 모든 분들이 고마웠다.

우리는 한 말 가까이 쌀을 모았다. 이것을 어떻게 할 것인가 고민했다. 팔아서 용돈으로 쓸까, 아니면 친구들과 음식을 사 먹을까 생각하다가 우리 동리에서 가장 어렵게 사는 집을 돕기로 했다. 딸과 함께 어렵게 사는 할머니 집 부엌에 밤에 아무도 모르게 갖다 놓았다. 마음이 뿌듯했다. 며칠 후 딸이 어떻게 알았는지 우리들을 찾아와 연신 고맙다고 하여 매우 쑥스러웠다.

그렇듯 어릴 적 우리들은 자연의 품속에서 꾸밈없이 순수하게 살았다. 가끔은 개구쟁이 노릇도 했지만. 세월이 흐르고 시대가 변하면서 우리는 나름대로의 삶을 위해 각자의 길로 떠났다. 그런 우리들이 이제 절반 이상은 불귀의 객이 되었다. 살아 있는 우리들도 삶을 위해 뿔뿔이 흩어져 살고 있다. 부산에서, 안양에서, 안산에서, 원주에서, 수원에서, 그리고 고향 거창에서. 좀처럼 만나기가 쉽지 않다. 옛날 어릴 적 개구쟁이 친구들이 그립다.

제3부
발전 시기

1
내 인생의 큰 선물

고등학교를 졸업했다. 장래 내가 무엇이 되겠다는 꿈도, 무엇을 해 보겠다는 목표도 세우지 못한 채 막연히 졸업을 했다. 대학엔 들어갈 실력도 못 되고 경제적인 뒷받침도 없었다. 꼭 대학에 가려 했으면 떼를 써서라도 논밭 팔아 이·삼류 대학에는 갈 수 있었을 것이다. 그러나 꿈도 목표도 없이 아무 대학에 가기도 그렇고 또한 윗대로부터 물려받은 재산을 축내기는 싫었다.

그래서 군대는 어차피 한 번은 가야겠기에 군대부터 가기로 했다. 정상적으로 군에 입대하려면 영장을 받아서 가야만 된다. 그러려면 몇 년을 더 기다려야 했다. 그때까지 허송세월을 보내야 되기 때문에 자원입대하기로 결심했다.

자원입대할 수 있는 방법을 알아봤다. 먼저 읍사무소 병사계에 가서 문의했다. 나이도 어리고 요즈음은 영장 나온 분들이 모두 입대를 해서 안 된다고 거절당했다. 갈 수 있는 방법을 알려 달라고 사정을 했다. 기회가 오면 알려 주겠다는 대답이었다. 틈만 나면 찾아가서 귀찮게 굴었다. 심지어 병사계장님 집까지 찾아가서 애원을 했다. 겨울에는 자리가 날지 모르니까 그때 보자고 하셨다. '지성이면 감천'이라

했던가. 오는 12월 초에 입대할 수 있다고 연락이 왔다.

1960년 12월 19일, 가족들의 걱정과 환송 속에 군에 입대를 했다. 진주시의 어느 학교에 집결하여 인원 점검과 신체검사를 마치고 기차를 타고 논산훈련소로 향했다. 생후 처음으로 타보는 기차라 감개가 무량했다. 입대하는 병사들은 표정이 각각 달랐다. 눈을 지그시 감고 생각에 잠겨 있는 사람, 아는 사람들끼리 떠들고 잡담하는 사람, 무엇인가 먹고 있는 사람, 눈물을 글썽이는 사람 등등. 나는 열차 창밖으로 펼쳐지는 산하를 하염없이 바라보면서 닥쳐올 운명에 대해서 점쳐보기도 했다.

말만 듣던 논산훈련소에 도착했다. 28연대에 배치되었다. 기거할 내무반이 배정되고 군복이 지급되었다. 군복은 얼마나 세탁을 안 했는지 목깃이 때가 배여 새까맣게 빤질빤질했다. 기가 찼다. 그래도 입어야만 했다. 그런 군복을 입고 훈련에 임했다. 식사는 콩나물국과 꽁치국이 고작이었다. 어쩌다 꽁치 국에 꽁치덩이가 한두 점 더 들어갔을 때는 행복하기까지 했다.

우리 내무반 선임하사는 키가 작고 다부지게 생겼다. 학생 반장격인 우리 내무반의 향도嚮導를 뽑는 데 신경을 많이 쓰는 것 같았다. 한밤중에 곤히 자고 있는 나를 깨웠다. 이것저것을 물어보았다. 내가 키가 크고 덩치도 있어 향도를 시켜볼까 생각했던 것 같았다. 그런데 그분은 실망했다. 부잣집 자식도 아니고 이제 막 시골 고등학교를 졸업한 순수 촌뜨기가 뭘 알겠는가. 그분이 바라는 향도 자격으로는 영점이었다. 자연히 향도는 못 했다. 우리 반에는 서울 출신도, 부자도 많았다. 가족들이 면회 와서 싸다 준 맛있는 것을 먹을 때는 한없이 부러

왔다. 뭔가를 바라는 선임하사는 자연히 그분들께 관심을 가졌다.

　이런 환경 속에서 고된 군사훈련을 모두 마치고 훈련 중 받은 주특기에 따라 전선으로 배치되었다. 이때쯤이면 온갖 방법을 동원하여 군 생활을 좀 편하게 하려고 노력들을 한다. 그러나 나는 배경도 돈도 없어 배치되는 대로 가기로 했다. 나의 주특기는 병기였다. 춘천의 3보충대로 배치되었다. 여기서도 좀 좋은 데로 가려고 난리들이었다. 배치 부서에 고등학교 선배가 있었으나 별 도움이 되지 못했다. 그 일로 선배는 고향에서 죽일 놈으로 소문이 나서 곤욕을 치렀다고 했다.

　남춘천에 있는 병기단으로 배치되었다. 여기서는 주로 탄약 취급을 다루는 훈련을 받았다. 우리는 일요일이면 따스한 햇볕이 내려쬐는 언덕에 앉아 잡담들을 하고 시간을 보냈다. 이때 기적을 울리며 남춘천역으로 들어오는 기차를 볼 때면 행여 할머니나 삼촌이 면회를 오지 않을까 하고 상상을 한 적이 한두 번이 아니었다.

　병기 훈련이 끝나고 양구에 있는 2사단 17연대 1대대 1중대로 배치되었다. 갈 데까지 끝까지 갔다. 앞으로 제대할 때까지는 이곳에서 군대 생활을 해야만 되었다. 내무반에 들어갔다. 신병이 왔다고 '어떤 놈이 왔지?' 하는 의구심 많은 눈초리로 나를 맞이했다. 내무반원들의 첫 인상에 낙담을 하고 말았다. 벌써 행동거지가 무지로 꽉 밴 것 같았다. 아마 고등학교도 나온 사람이 없는 것같이 보였다. 이네들하고 같이 삼 년 가까이 군 생활을 할 생각을 하니 고생문이 활짝 열린 것 같았다.

　다행히 소대에 배치되지 않고 중대본부에서 근무하게 되었다. 군복 등 보급품을 나누어 주는 2종 업무를 맡았다. 주로 보급품 창고에서 일을 했다. 그러나 전 부대원이 참여하는 모의 전투 훈련에는 보급병이 반드시 참가했다. 강원도 산들은 나지막해도 꽤 험했다. 훈련이 얼마나 고되고 힘든지 가끔 죽고 싶은 생각이 들 때도 있었다.

나는 운동을 잘해서 축구나 배구 선수로 발탁될 때가 있었다. 시합이 있을 때는 연습 관계로 훈련에 빠지는 수가 있어 그나마 다행이었다. 농번기에는 봉사 활동도 나갔다. 모내기를 도와주고 민간인이 해주는 쌀밥에다 고기반찬을 곁들여 먹었을 때는 그야말로 꿀맛이었다. 그래도 이곳에서는 더 이상 군대 생활을 할 수 없다고 생각했다. 그래서 후방으로 내려갈 수 있는 길이 있는지 알아보기 시작했다. 그것은 내 생애 처음으로 스스로 꿈을 갖고 목표를 세워 실천에 옮기기 시작한 사건이었다.

당시 후방으로 내려갈 수 있는 길은 세 가지 방법이 있었다. 간부후보생 시험을 보아 합격하는 것과 카투사 근무를 희망하여 발탁되거나 헌병학교 입학시험을 봐서 합격되는 길밖에는 없었다. 헌병학교 입학은 원래는 논산훈련소에서 바로 배치되었으나 그 당시 일 년 동안은 전방 생활 6개월 이상 근무한 군인에 한해서 시험을 보아 입교하도록 제도가 바뀌어 있었다. 아무런 힘도, 배경도 없는 나를 위해 제도가 바뀐 것이 아닌가 하고 생각했다.

간부후보생은 평생 군인이 되어야 하고 또다시 전방 근무도 해야되는 문제가 있으며 시험에 합격할 자신도 없었다. 카투사는 도움을 주는 사람이 있어야 발탁이 되는데 나는 그런 배경이 없었다. 그래서 헌병학교에 가기로 결심했다. 2사단 헌병대를 찾아가서 문의했더니 곧 시험이 있다고 알려 주었다. 얼마 후 시험을 치르고 소식을 기다리고 있었다.

그날도 대대훈련을 하느라 야외에 나가 있었다. 헌병대로 발령이 났다고 연락이 왔다. 전출 준비를 하여 헌병대로 오라고 했다. 기분이 좋았다. 부대 동료군인들도 부러워하는 눈치였다. 이튿날 연대본부에 전출 신고를 하고 사단 헌병대로 갔다. 시험 결과가 올 때까지 헌병대에서 보조 헌병을 하라는 것이었다. 바로 헌병학교로 갈 줄 알았는데 보조라는 말에 기분이 상했다. 그래도 연대에 있을 때에 비하면 천국이었다. 양구 시내에서 교통정리를 하고 밤에는 당직 근무를 하는 것이 일이었다.

양구 시내에서 근무를 했기 때문에 쉬는 날이면 가끔 식당을 이용했다. 메뉴 표에 백반이라고 적혀 있는 것을 보고 무슨 음식인지 궁금했다. 그래서 무조건 시켰다. 그런데 내가 평소에 먹고 있는 보통 밥상이라는 것을 알고 실소를 금치 못했다. 그야말로 나는 촌놈 중에 상 촌놈이었다.

여러 날이 지났다. 헌병학교에 입교하라는 통보가 왔다. 나는 그렇게 염원했던 대로 후방에서 근무하게 되었다. 그것도 헌병으로서.

그 일을 겪으면서 '문을 두드려라, 그러면 열릴 것이요.' '구하라, 그러면 얻을 것이다.'라는 성경 구절이 구구절절이 마음에 와 닿았다. 그동안 꿈도 목표도 없이 살아온 내 인생행로에 그로 인해 언제나 꿈을 갖게 했고, 그 꿈을 이루기 위해 목표를 세워 실천하도록 노력했다. 그런 의미에서 나의 군대 생활은 내 인생에 큰 선물을 주었다고 생각한다.

2

헌병학교 시절

1961년 10월 1일, 육군헌병학교에 입교했다. 양구에서 경북 영천까지 밤낮없이 버스와 기차로 달려 새벽에 도착했다. 기대와는 달리 기다리고 있는 것은 엄한 군율뿐이었다. 인원 점검 후 아침식사 시간이었다. 식사에 대한 묵념이 끝나자마자 '식사완료 일 분 전!' 하고 구령이 떨어졌다. 정신없이 허겁지겁 퍼 먹고 있는데 '식사 그만!'이라 했다. 모두들 절반도 못 먹었다. 주린 배를 채우려고 잔뜩 기대했는데 실망이 컸다.

곧바로 완전 무장해서 연병장에 집합하게 했다. 영천 단포다리까지 구보가 시작되었다. 왕복 8km가 넘는 거리였다. 모두들 파김치가 되었다. 전방에서의 매서운 군사 훈련을 피해 갖은 노력 끝에 후방으로 왔는데 늑대를 피하려다 호랑이를 만난 격이었다. 헌병학교 생활은 이렇게 힘들게 시작되었다.

그때 입교 생도는 216명이었다. 4개 구대로 편성되었고 나는 3구대에 속했다. 군사훈련은 기본이었고 헌병 자질에 필요한 소양 교육과 순찰, 범인호송, 교통정리, 사고 현장 조사 등 헌병으로 갖추어야 할 전문 지식을 습득할 수 있도록 교육을 받았다. 수시로 훈련 분야별로 시험을 보아 결과를 점검했다.

가장 힘든 것은 일석점호 때 실시되는 관물 검열과 위생 검열, 또는 병기 검열이었다. 어느 하나라도 소홀히 했다가는 혼찌검을 당했다. 밤만 되면 1구대부터 툭탁툭탁하는 소리가 들려왔다. 처음에는 그게 무슨 소린지 몰랐다. 점점 커졌다. 옆 내무반에서 소리가 크게 들렸다. 알고 보니 일석점호 때 점검 불량자에게 매타작하는 소리였다. 전율을 느꼈다. 하루도 무사히 넘어가는 날이 없었다.

제일 지적을 많이 받는 것이 군화였다. 군화는 언제나 반짝반짝 광이 나야 했다. 그렇지 못하면 매타작이었다. 다행히 나는 입교할 때 군화가 아닌 훈련화를 신고 와서 득을 많이 보았다. 훈련 집합할 때도 신기가 쉬워 남보다 빨랐고, 청결 점검할 때도 급하면 침으로 고무 부분만 닦으면 무사했다. 그런 생활이 교육 내내 지속되었다.

군기가 엄한 대신 토요일이면 외출도 꼬박꼬박 허용하여 피로를 풀게 했다. 나는 대구 신암동에 있는 고모 집에서 늘 휴식을 취했다. 중·고등학교 때와는 달리 헌병학교에서 한 주간 배운 과목들을 빠짐없이 예습·복습을 했다. 교통표지 도안 하나하나가 무슨 뜻인지 하나도 빼놓지 않고 다 외울 정도로 공부를 열심히 했다. 그 결과 시험 볼 때마다 틀린 문제가 거의 없었다. 8주간의 고된 훈련도 끝나갈 무렵 마지막 시험이 있었다. 시험을 잘 봤다. 그동안 열심히 노력했기에 좋은 결과만 기다렸다. 전체에서 2등을 했다.

헌병학교 교육을 수료할 무렵이면 업무 특성상 외모가 출중하고 우수한 헌병을 확보하려고 여러 헌병대에서 헌병학교를 방문했다. 특히 국가재건최고회의 소속 헌병중대, 그리고 육군본부소속 헌병중대에서 부대의 특수한 임무 때문에 적극적이었다. 학교 측과 상의하여 우수한 생도를 면접하여 차출했다. 나는 신체적 조건이나 교육 성적으로 보아 차출될 확률이 높았다. 그곳은 주로 정문에서 보초 헌병으로 근무해야 되기 때문에 나는 싫었다. 걱정을 많이 했다. 다행스럽게도 차출이 안 됐다.

알고 보니 헌병학교는 우수한 헌병을 양산하기 위해 아름다운 전통이 있었다. 교육수료 후 1등부터 10등까지는 본인의 희망대로 배치하는 제도였다. 나는 2등을 했기 때문에 차출에서 제외됐었던 것 같았다. 다른 생도들은 부대 배치에 대해 고민들이 많았다. 잘못되면 다시 전방 부대로 가야 하기 때문에 삼삼오오 모이면 그런 문제로 많은 걱정들을 했다.

나는 안심은 되었으나 그래도 헌병 부대들의 상황에 대해 계속 문의하면서 정보를 수집했다. 1등을 한 생도에게 어느 부대로 갈 것이냐고 물었더니 부산에 있는 공병 기지창으로 간다고 했다. 그곳은 부수입이 많다면서 나도 같이 가자고 했다. 한심한 놈이라고 생각했다.

나는 6헌병대로 가기로 결심했다. 6헌병대는 철도 이동 헌병대로서 휴가 장병들을 안전하게 호송하는 것이 주 임무였다. 헌병들이 가장 근무하고 싶어 하는 부대 중의 하나였다.

그렇게 힘들었고 어려웠던 8주간의 헌병학교 생활도 막을 내렸다. 전방에서 내가 꿈꾸었던 대로 후방에서 근무하게 되었다. 이는 헌병학교에 가야겠다는 목표를 세우고 그것을 달성하기 위해 부단히 노력한 결과였다고 생각되었다.

3
군대 생활을 열차 속에서

내가 원하는 대로 6헌병대대로 발령이 났다. 대대 산하에는 4개 중대가 있었다. 부산, 대구, 대전, 서울에 1개 중대씩 배치돼 있었다. 각 중대 본부는 그 지역의 중심 역 주변에 있었고, 휴가 장병들을 보호해야 할 필요한 역에는 파견대를 두었다. 전국적으로 휴가병들을 위한 보호망이 형성되어 있었다.

대대 본부는 부산에 있었다. 나는 부산으로 갔다. 모두들 반갑게 맞아 주었다. 헌병 하사가 신병인 우리에게 존대말을 했다. 별천지에 온 것 같았다. 이제야 사람 사는 세상에 왔구나 싶었다. 곧바로 나는 서울에 배치된 중대로 발령이 났다. 중대 본부는 청량리역 옆에 있었다. 처음에는 본부 정문에서 보초 근무를 섰다.

한 달 후에 용산역 파견대로 배치됐다. 이제 헌병으로서 본연의 일을 하게 된 것 같았다. 하루에 수백 명의 휴가병들이 그 역을 통해 오·갔다. 수많은 휴가병들을 안전사고 없이 질서정연하게 열차에 승차시키는 것이 파견대의 주된 임무였다. 승차 시간이 되면 휴가병들은 자리를 먼저 잡으려고 아우성들이었다.

군인전용 개찰구 쪽으로 운집되어 있는 휴가병들은 '1열 앉아!' '2열

앉아!'…를 계속적으로 반복해야만 엉켜진 무리가 뒤로 슬슬 밀리면서 겨우 정리됐다. 전체가 정리되면 앞줄부터 차근차근히 개찰구로 내 보내 열차를 타도록 했다.

내가 용산역에 근무하고 있다는 것이 알려지자 휴가 가는 군인들 중에 아는 사람들이 많이 찾아왔다. 자리를 잡기 위해서였다. 고향 사람들, 논산훈련소, 남춘천역의 병기단, 전방 2사단에서 같이 훈련받고 지낸 분들이었다. 반갑기도 하고 뽐내고도 싶었다. 친절하게 대했다. 심지어 논산훈련소에서 훈련받을 때 선임하사도 찾아와서 말했다.

"내가 그때 심하게 안 했지?"

어이가 없었다. 구박받은 일을 생각하면 당장에라도 골탕을 먹여야 했지만 좋게 해서 보냈다. '원수는 외나무다리에서 만난다'는 말을 실감케 했다. 사는 동안 인간관계를 잘해야 되겠다고 새삼스럽게 생각했다.

나 때문에 휴가를 편히 갔다 온 사람들은 선물도 가져다주었다. 시골 사람들이라 주로 찰떡이었다. 겨울밤에 당직 근무를 하면서 난로 위에 얹어 놓고 구워 먹는 재미가 쏠쏠했다. 담배를 사 온 사람들도 있었다. 하루에 20~30갑은 되는 것 같았다. 나는 담배를 피우지 못해 전부 선임하사께 바쳤다. 덕분에 귀여움도 많이 받았다.

휴가병들은 기차를 타려고 개찰구에서 휴가증을 꺼내 보이면서 한꺼번에 몰려 나가기 때문에 별의별 것들을 다 떨어뜨렸다. 때로는 돈도 있었으나 주인을 찾기가 불가능했다. 잃어버린 주인에게는 미안했지만 용돈으로 사용하기도 했다.

휴가 가는 군인들은 군용품을 가져가다 걸리는 경우가 가끔 있었다. 춘천 쪽에서 오는 군인들은 거의 없었는데 전곡 쪽에서 오는 군인들은 많았다. '도둑이 제 발 저리다'고 군수품을 가져오는 군인들은 하늘을 봤다가 땅도 봤다가 하면서 안절부절못했다. 그런 군인들의 소지품을 뒤져 보면 틀림없이 군수품이 나왔다. 내용물은 팬츠, 군용삽, 배낭 등 가지가지였다. 오죽 어렵게 살았으면 그랬을까 싶어 마음이 씁쓸했다. 고의적이고 악질적인 사람 외에는 훈방해서 보냈다.

나는 키가 크고 체격이 좋은 탓에 행사에 많이 차출되었다. 당시 국가 재건최고회의 위원들께서 온양에서 회의를 하고 전동차로 귀경하여 용산역에서 내렸다. 전동차 도착 지점에 경호 헌병으로 서 있었다. 50여 명의 장군들이 한꺼번에 내릴 때 모자와 어깨에 부착된 번쩍거리는 별들이 나를 황홀케 했다. 육군본부 기동훈련 때에도 별들과 말똥들의 행진이었다. 자주 이런 광경을 목격하다보니 장군 별에 대한 신비로움이 덜해졌다.

순환근무제도에 따라 인천으로 배치되었다. 일개 소대로 본부는 인천 남부역 주변에 있었다. 전방부대에서 사용하는 모든 기름은 거기서 화물열차로 수송되었다. 우리의 임무는 이를 안전하게 전방부대까지 호송하는 일이었다.

화물열차 내에 기름 드럼통이 흐트러지는 것을 방지하기 위해 미송으로 만든 받침대를 이리저리 걸쳐 놓았다. 그런데 그 미송을 뜯어서 팔았다. 일차적으로 시발역인 인천 남부역에서 크고 돈이 될 만한 것은 소대본부에서 뜯어서 팔아 소대 비용으로 사용했다. 우리 소대장 자리가 전국 장교 중에서 최고 좋은 자리라고들 했다.

이차적으로는 호송 헌병들이 팔았다. 열차가 오류역에 들어가면 미송을 사려는 장사꾼들이 기다리고 있었다. 군홧발로 걷어차고 손으로 비틀어서 미송을 뜯어내 팔았다. 용돈으로는 제법 쏠쏠했다. 전방에 도착하여 드럼통을 확인하면 이리저리 제멋대로 굴러 떨어져 있었다. '제사에는 관심이 없고 젯밥에만 눈독 들인다.'는 말이 이 경우에 꼭 맞는 말 같았다.

열차가 청량리역에 들어가면 기름 장사들이 기다리고 있었다. 소대에 오래 근무한 친구들은 기름을 일부 빼어서 팔았다고 했다. 나도 6개월 동안 있으면서 한 번 시도해 보았다가 낯 뜨거운 일을 당한 후 다시는 그 짓거리를 하지 않았다.

그날 전방부대에 기름을 인계하려는데 인수자가 그 사실을 알고 이런 짓 하면 안 된다는 말에 쥐구멍에라도 들어가고 싶은 심정이었다. 그런 것을 막아야 하는 헌병이 일반 병사로부터 훈계를 받았으니 자존심이 망가질 때로 망가졌다. 두고두고 후회했다.

그로부터 얼마 안 있어 열차 이동헌병대로 발령이 났다. 열차 내에서 휴가 장병들을 안전하게 보호하는 임무였다. 경부선은 대전까지, 경춘선과 중앙선의 군용열차가 우리 이동헌병대의 근무지였다. 헌병대 내에서도 가장 근무하고 싶어 하는 부서였다. 나는 그곳에서 제대할 때까지 근무를 했다. 군대 갈 때 처음으로 기차를 타 본 시골 촌뜨기가 기차와 더불어 살게 될 줄이야. 열차 승무원과 똑같은 근무를 했기에 군대 생활이 아닌 것 같았다. 그런 경험은 추후 사회생활을 하는 데 많은 도움이 되었다.

경춘천 열차에 근무할 때면 춘천서 하룻저녁을 자야 했다. 원칙으로는 춘천역 헌병대에서 자야 했지만 소양강 옆 마을에 하숙집을 정해 놓았다. 민간인 생활이나 다름없었다. 신병 시절 3보충대나 병기단, 또는 2사단에서의 암울한 시절에 비하면 낙원에서 사는 것 같았다. 헌병학교 시험을 보아 후방으로 내려온 것이 천만다행이었다고 생각했다.

경부선에 근무할 때 일이었다. 여름인데 하도 더워 러닝만 입고 왼팔을 차창 밖으로 내 놓고 회덕역을 지날 무렵이었다. 누군가 시곗줄을 끌어당겨 내 손목시계를 채 갔다. 손목에는 약간 상처도 있었다. 화가 머리끝까지 올랐다. 그 시계는 막내 삼촌이 나에게 선물로 준 귀중한 시계(에니카)였다. 열차 내 잡상인들이 장사를 일절 못하도록 조치했다.

얼마 후 대표란 자가 찾아왔다. 3일만 시간을 주면 반드시 찾아오겠다고 싹싹 빌며 용서를 구했다. 반신반의하며 기다려 보기로 했다. 3일째 되는 날, 신기하게도 날치기당한 시계를 가지고 왔다. 이동헌병도 못 알아봤다며 그 날치기는 뭇매를 맞고 영영 일을 못 하게 조치했다고 들었다.

열차 내에는 언제나 잡상인도 소매치기도 많았다. 중앙선 열차 근무 중에 야전잠바만 걸치고 민간인 열차 칸을 순찰하고 있는데 한 무리의 신사들이 오글오글 모여 있었다. 이상하다 싶어 주시를 하고 있는데 누군가 나를 밀치면서 그렇게 서 있으면 어쩌느냐고 했다. 말인즉 자기들은 명동이 작업 구역인데 하도 장사가 안 돼서 열차를 탔는데 방해를 하면 되느냐고 했다.

기가 찼다. 열차 내의 쓰리꾼들이 제일 무서워하는 사람이 헌병인데 그자들은 그것도 모르는 모양이었다. 경찰이나 승무원들은 돈이면 해결됐으나 헌병은 안 통했다. 걸리면 반쯤 죽여 놓는다. 권총이나 군화로 무자비하게 구타했다. 그날은 현장을 잡을 수도 없었고 계속 지켜 작업을 못 하게 만들었다.

열차 근무를 하다 보면 용돈이 생기는 일도 많았다. 중위, 소위, 상사, 중사는 직업군인이므로 군용 칸을 이용할 수 없었다. 표를 사서 승차를 해야만 했다. 표를 사려고 줄을 서 있으면 내 신분을 알리고 잘 모시겠다고 하면 흔쾌히 응했다.

당시는 재건호와 통일호 외에는 좌석표가 없었기에 자리 잡기가 쉽지 않았다. 나는 그들에게 헌병석을 이용하게 했다. 고맙다고 연신 인사를 하면서 상경하는 동안 계속 술을 샀다. 서울에 가까이 오면 차비를 거둬서 주었다. 용돈으로 충분했다. 그 당시 사회 전반에 부정부패가 만연되어 있어서 그것은 반인륜 범죄도 아니고 국가에 손해를 약간 입히는 것쯤으로 죄의식도 별로 없었다. 그러나 잘못된 것은 분명하니 그런 일은 없어야 했다.

그렇게 나의 군대 생활은 끝이 났다. 처음에는 고생을 많이 했으나 후방으로 내려오면서 점차적으로 편해지는 혜택을 입었다. 그러나 진정한 혜택은 꿈을 가지게 되었고, 그 꿈을 이루기 위해서 목표를 세우고 그것을 달성하기 위해 부단히 노력하는 자세로 바뀌었다는 점이다. 군대에서 비로소 넓은 세상을 접하게 되었고, 세상 살아가는 데 필요한 지혜와 지식을 쌓았다고 생각했다.

고등학교를 졸업한 후 바로 군대에 가지 않았다면 우물 안 개구리처럼 시골 생활에 안주했을 것이고, 한평생을 농사꾼으로 살다가 인생을 마감했을지도 모를 일이었다. 생각만 해도 아찔했다. 군대에 자원 입대한 것은 내 인생에 있어서 가장 탁월한 결정이었다고 생각되었다.

4
취직 시험

1963년 10월 19일, 2년 10개월의 군대 생활을 마치고 제대를 했다. 당분간 집에서 푹 쉬기로 했다. 내 앞의 진로에 대해 고민하기 시작했다. 할아버지로부터 물려받은 논과 밭이 있으니까 농사를 지으면서 한편으로 수익성 있는 특용작물을 재배해 볼까 생각하고 있었다.

그러던 어느 날, 앞밭에 갔다 오는 길에 동 청사 앞에서 우연히 병구를 만났다. 병구는 경찰 시험을 보러 서울로 가려고 하는데 함께 가지 않겠느냐고 물었다. 공무원 시험에 대해서 나는 전혀 생각하지 않던 중이라 느닷없이 시험 보러 가자는 말에 잠시 멍했다. 나는 특용작물이나 재배할 것이니 시험 잘 보고 오라며 헤어졌다.

집에 가서도 병구가 한 말 때문에 머리가 뒤숭숭해졌다. 일이 손에 잡히지 않았다. 곰곰이 생각했다. 내가 병구보다 공부를 못한 것도 아닌데 나도 시험을 한번 쳐볼까? 아니면 그냥 농사나 지을까? 두 생각이 머릿속에서 뒤엉켜 계속 싸웠다. 공무원 시험에 대해 알아보기로 했다.

이튿날 경찰서를 찾아가 경찰 시험에 대해 문의를 했다. 처음에는 왜 하필이면 힘든 경찰직을 택하려 하느냐고 하더니 나이가 어리고 체격이 좋으니까 한번 도전해 보라며 전망이 있겠다고 했다. 경찰 시험은 수시로 있고 모든 공무원 시험 요강이 서울 신문에 공고되니까 꼭 챙겨 보라고 했다. 경찰 공무원의 친절에 감사를 드리고 서점에 들러 필요한 책을 샀다. 읍내에 있는 서울신문 지국에 찾아가서 구독 신청도 했다.

본격적으로 공부를 시작했다. 농사일을 잠시 도와주는 외에는 책과 씨름했다. 소에게 꼴 먹이러 갈 때에도 책을 갖고 갈 정도로 시도 때도 없이 공부를 했다. 드디어 경찰 통신직 공채 시험이 신문에 공고되었다. 서울로 가서 응시했다. 합격이었다. 그러나 면접시험에서 낙방했다. 이유인즉 통신 업무 경험이 있거나 자격증이 있어야 된다고 했다. 응시 요강에 제한 조건도 없이 공고해 놓고 이럴 수 있느냐고 항의했으나 소용이 없었다.

다음에는 보도직 공채 시험에 응시했다. 역시 합격되었다. 그러나 면접 과정에서 정부 시책을 홍보하는 보도報道직이 아니고 소년원에 근무하면서 소년 범죄인들을 교도하는 보도補導직인 것을 알았다. 총무처에 방문해서 응시 요강을 이렇게 엉터리로 낼 수 있느냐고 강하게 항의했다. 자기들끼리 잘잘못을 상의하더니 잘못이 없다면서 마음대로 하라고 했다. 결국 포기하고 말았다.

한번 서울에 왕래하려면 시간 낭비는 물론이고 교통비며 자질구레한 경비가 제법 드는데 앞으로는 깊이 생각해서 시험을 봐야겠다고 생각했다. 다행스럽게도 군대 시절 철도 이동헌병대에서 근무한 덕분으로 승무원들이 눈감아 주어 열차는 공짜로 타고 다닐 수 있었다. 그러나 떳떳하지 못한 내 행동에 기분은 유쾌하지 못했다. 마음이 씁쓸했다.

다음번 시험이 공고되기를 기다리며 차분히 집안일도 도우며 시험 대비 공부에 열중하고 있었다. 드디어 경상북도 지방공무원 공개채용 시험이 신문에 공고되었다. 시험을 보기로 결심하고 대구에 살고 있는 종철 형에게 부탁해서 응시 원서를 구입하여 접수시켰다.

시험 전날, 대구 종철형 집에서 자고 다음 날 시험을 보러 갔다. 대구 시내 한 학교에서 시험을 보게 됐다. 많은 응시생들이 구름처럼 모여들었다. 내 앞에 앉은 수험생이 멀리 진주에서 온 것으로 보아 경향 각지에서 많이 온 것 같았다. 시험을 보기 전 앞에 앉은 분과 인사를 나누고 모르는 것이 있으면 서로 알려주기로 했다. 그분은 수학에 자신이 있었고 나는 국사에 자신이 있어서 서로 도움이 될 것 같았다.

시험을 보기 시작했다. 나는 수학 외에는 별로 어려운 과목이 없었다. 그분도 국사에 모르는 문제가 있는 것 같았다. 국사 문제에 '백제의 장수로서 백제가 망하자 당나라에 가서 장군이 되어 공을 세운 사람이 누구냐'는 문제의 답을 몰라 나에게 물었다. 흑치상지라고 알려줬으나 의심이 됐는지 다시 물어서 틀림없다고 하자 수긍하는 눈치였다. 나도 그분의 수학 문제 답안을 몇 문제 보고 썼다. 시험이 끝나자 서로 고맙다고 인사하고 헤어졌다.

거창 집으로 가서 시험 발표 날짜만 고대하고 있었다. 발표 당일 아침식사를 하면서 간밤 꿈에 홍수가 나서 건네들 전체가 물바다가 되었다고 이야기하자 둘째 삼촌이 좋은 꿈을 꾸었다며 시험에 합격될 것이 틀림없다고 했다. 반신반의했는데 오후에 종철이 형한테서 합격 소식이 왔다. 무척 기뻤다.

대구로 내려가서 면접시험을 보았다. 내 앞에서 시험 본 그분도 합격이 되어 왔다. 반가웠다. 우리는 서로 후일을 기약했다. 면접시험도 합격이 되어 발령 일자만 기다리고 있었다.

나는 대구시에서 근무하게 되기를 바랐다. 종철 형과 상의하여 대구에 있는 모신문사 편집국장에게 부탁해 보기로 했다. 그 문제는 종철 형에게 맡기고 집에서 기다리기로 했다.

그러던 중 경찰공무원 공채 시험이 신문에 공고되었다. 집안 아저씨께서 시험을 같이 보자고 했다. 흔쾌히 승낙하고 원서를 나란히 접수시켰다. 시험은 대구의 어느 학교에서 치르게 됐다. 시험 전날 시험을 치를 학교에 방문해서 좌석 배치를 확인했다. 공교롭게도 아저씨와 나의 좌석이 다른 줄, 앞과 뒤로 나누어져 있었다. 난감했다. 머리를 써서 한 줄을 더 만들어 아저씨와 내가 앞뒤에 앉도록 좌석 배치를 다시 했다. 무모한 행동이었다. 그 당시는 공채 시험 초기라서 시험 관리가 엉성했다. 그렇게 자리를 바꾸어도 다음 날 시험 감독관은 그 사실을 몰라보았다. 우리는 무사히 시험을 치렀다. 결과는 둘 다 합격이었다.

그 후 나는 경찰공무원이 되느냐 아니면 경상북도 지방공무원이 되느냐를 놓고 행복한 고민에 빠졌다. 집안 어른들의 권유로 경찰공무원을 포기하고 대구시 공무원이 되기를 꿈꾸며 하루하루를 보내고 있었다.

그렇게 차일피일 시간을 보내고 있던 중 내가 시험 잘 본다는 소문이 났는지 어느 날 우리 동네 선배 한 분이 부산시 공무원 공채 시험이 있으니 다시 시험을 보지 않겠느냐고 물었다. 대구시 공무원 발령을 기다리고 있다면서 생각이 없다고 했다. 그런데 그 선배가 부산까지 차비며 모든 경비를 자기가 부담하겠으니 같이 가자고 했다. 할 수 없이 같이 가기로 하고 시험 원서를 나란히 접수시켰다.

부산시 공무원 시험은 경쟁이 무척 심했다. 합격을 장담할 수 없었다. 나와 선배는 한 교실에서 앞뒤로 앉아 시험을 봤다. 시험을 아주 잘 봤다. 두서너 문제만 자신이 없었고 나머지는 다 맞았다고 생각했다. 날짜가 얼마 지나 시험 발표가 있었다. 50여 명이 시험을 본 우리 교실에서 선배와 나, 단 두 명만이 합격이 되었다.

며칠 후 면접시험을 보러 갔다. 면접 시험장에서 뜻밖에 반가운 분을 만났다. 이름은 서정룡, 경상북도 공무원 공채 시험장에서 앞뒤에 앉아 시험을 보아 합격한 그 사람이었다. 정말로 반가웠다. 그분이 아니었으면 수학 문제 때문에 혹시 그 시험에서 떨어졌을지도 몰랐기 때문에 더욱 반갑고 고마웠다.

그분은 나에게 며칠 후에 서울특별시 공무원 공채 시험이 있으니 자기는 시험 보러 가기로 했다며 같이 보자고 했다. 나는 부산이나 대구가 고향에서 가깝기도 하고 생활 패턴이 비슷하기 때문에 이곳에서 공무원 생활을 하겠다며 시험 잘 보기를 바란다고 했다. 또 혹시 인연이 있으면 만나게 될 것이니까 그때는 소주 한잔 같이 하자면서 헤어졌다.

면접 시간이 되어 면접장으로 들어갔다. 면접시험 위원들께서 어려운 필기 시험에 좋은 성적으로 합격되었음을 축하한다며 첫 질문이 고향이 어디냐고 묻고 시험 볼 때 뒤에 앉은 분과는 어떤 관계냐고 물었다. 고향 선배라고 말하자 알았다면서 나가라고 했다. 잔뜩 긴장을 하고 들어갔는데 너무 싱겁게 끝이 나서 어리둥절했다. '별 희한한 면접시험도 있구나.' 하고 생각했다.

나 다음에 선배가 면접시험을 보러 들어갔다. 영 나오지 않았다. 한 30여 분이 지났을까. 선배가 상기된 얼굴로 나왔다. 첫 마디가 혼이 났다고 했다. 이것저것 막 물어보는데 정신이 하나도 없었다고 했다. 예감이 좋지 않다고 했다. 공연히 내가 미안해졌다. 아직 최종 발표도 나지 않았는데 뭐 그렇게 생각하느냐고 위로했다. 오히려 너무 간단히 끝난 내가 떨어질 확률이 더 많다며 발표 날 때까지 기다려 보자며 집으로 갔다.

얼마 안 있다가 최종 발표가 났다. 역시 우려했던 대로 나만 합격이 되었고 선배는 고배를 마셨다. 아마 면접 심사위원들께서 한 동리의 선후배가 나란히 합격한 것을 의심스럽게 생각하고 그 진실을 밝히기 위해 선배를 집중적으로 질문했던 것 같았다. 선배에게는 무척 미안했다.

그 일이 있은 후 선배는 분발하여 국가공무원 시험에 합격하여 중앙부처 중견 공무원으로 근무하다가 정년퇴직했다. '실패는 성공의 열쇠'라는 말을 실감케 했다.

이렇게 해서 자의든 타의든 나의 취직 시험 행보는 끝이 났다. 경상북도와 부산시 공무원 시험에 모두 합격을 했으니 발령이 먼저 나는 데로 가기로 하고 기대에 부풀어 기다렸다.

5
공무원이 되다

인간의 운명은 한순간에 결정되는 것 같다. 정말 우연한 기회에 병구를 만난 것이 내 한평생 운명을 바꿔 놓았다. 하마터면 농부로 일생을 보냈을 텐데 공무원이 되어 국가와 사회 발전을 위해 일하게 되었으니 운명이란 알 수 없는 것이라고 생각했다. 어릴 적 처음 보는 어른들께서 나만 보면 그놈 관상으로 생겼다는 말을 했다. 아마 내 운명은 공무원을 하라는 운명이었던가 보다.

기다리던 공무원 근무 발령이 드디어 부산시에서 먼저 났다. 1965년 5월 1일자로 부산시 서구 사하출장소로 배치되었다. 부산시청 회계과에 근무하고 있는 집안 형님에게 발령에 대해 전후 사정을 문의했다. 원래 첫 발령은 동사무소에서 근무하는 것이 원칙인데 시험 성적이 좋아서 그런지 출장소에서 근무하게 된 것만으로도 다행이라 생각하고 배우는 자세로 열심히 일하라고 했다.

출장소는 서구 괴정동에 있었다. 그곳에 가려면 대신동에서 가파른 대티 고개를 넘어야 했다. 그곳은 시골티가 완연한 중소도시와 흡사했다. 괴정 1, 2, 3동만 도시의 형태가 조금 있었고, 화력발전소가 있는 감천 1, 2동은 산비탈에 판잣집들이 밀집돼 있었다. 당리동은 구덕산 아래 위치했고, 논밭이 있는 곳에는 신평동이 있었다. 낙동강이 바다와 맞닿는 하구에는 하단동이, 그 옆 바닷가에는 장림동이, 그리고 유명한 다대포 해수욕장이 있는 곳에는 다대동이 있었다.

사하출장소는 그 10개 동의 행정을 지도, 감독하고 지원하는 업무를 맡아 이곳 주민들의 편익 증진을 도모하는 일을 했다.

출장소에는 소장 밑에 총무계, 호적계, 산업계. 세무계로 구성되어 있었다. 나는 총무계에 배치되었다. 맡은 업무는 사회복지 업무였다. 관내 고아원 등 사회복지시설과 영세민 등 어려운 주민에게 양곡 등을 지원하는 업무였다.

첫 출근을 했다. 소장님께 인사를 드리고 난 후 황상윤 주임께서 사무실의 상사와 선배 공무원들에게 일일이 나를 소개했다. 모두들 따뜻하게 맞이해 주었다. 나도 열심히 일을 배우려고 단단히 마음의 각오를 했다.

그러나 공무원들에 대한 나의 첫 느낌은 큰 실망감을 주었다. 그들은 일을 하러 나온 것이 아니라 마치 하루 용돈을 벌기 위해 나온 것같이 보였다. 맡은 업무에 정성을 다하는 공무원 표상과는 전혀 딴판이라 너무나 한심했다. 어떤 부서는 이래서 좋고 저런 부서는 죽어라 하고 일을 해도 땡전 한 푼 안 생긴다는 등 대화가 온통 부수입에 관한 이야기뿐이었다.

그런 분위기 속에서 나의 공무원 생활은 시작되었다. 자칫 잘못하다가는 나도 저런 분위기에 휩쓸리는 부류가 될까 싶어 걱정이 앞섰다. 마음을 굳게 갖지 않으면 안 되겠다고 다짐했다.

어느 교수님의 말씀이 뇌리를 스쳤다.

"혼탁한 물이 도도히 흘러가는 도랑에 깨끗한 물 한 방울이 떨어져 그것을 깨끗하게 하려고 했다. 그 물방울은 금방 혼탁한 물에 휩쓸려 버릴 것이다. 그러나 떨어진 그 물방울만큼은 깨끗해질 것이며, 그런 상태가 지속적으로 진행된다면 그 도랑의 물은 맑은 물이 되어 흘러 갈 것이다."

출근 첫날, 나는 앞으로 공무원 생활을 하면서 이 물방울 같은 깨 끗한 몸이 되리라고 굳게굳게 다짐했다.

6

태종대에서의 울음

내가 태어나고 이십대 초반까지 살았던 거창을 뒤로하고 항구 도시인 부산에서 생활하게 되었다. 부산시에 취직이 되어 부푼 꿈과 기대를 안고 내려 왔지만 중풍으로 누워 계신 할머니 곁을 떠나온 것이 마음 아팠다. 게다가 도시 생활은 처음이라 모든 것이 낯설고 어설펐다.

괴정동에 살고 있는 총무계의 황주임 소개로 숙소를 정했다. 출장소 앞마을에 있는 농가에 방을 구해 자취를 시작했다. 쌀을 씻어 밥을 하며 반찬을 만들고 빨래며 설거지를 하는 일은 여간 귀찮고 싫은 게 아니었다. 그럴 때마다 농사짓느라 꺼칠꺼칠해진 아버지의 손을 생각했다. 그동안 우리들을 먹여 살리느라 고생하신 아버지의 그 험한 손을 보면 마음이 몹시 아팠다. 오죽하면 손 사진을 찍어 책상 앞에 걸어 놓고 보면서 마음을 다잡으려 했을까.

시간이 지날수록 생활이 안정되어 갔다. 토요일 오후나 일요일은 부산 지리도 익힐 겸, 유원지로 이름난 송도나 자갈치시장, 용두산공원, 해운대 등 부산의 명소를 찾아 다녔다.

친인척도 만나러 다녔다. 고물상으로 부자가 된 외사촌 여동생 숙이 부부, 서면 로터리에서 사진관을 운영하는 이종사촌 기호 형, 거창의 우리 집 뒤에 자그마한 오두막집에서 지지리도 못살아 막걸리 장사로 겨우 연명해 온 일가 아저씨 내외분과 그의 아들 성길이도 만났다. 하지만 이젠 기계 부품 공장을 운영하는 어엿한 사장이 되어 잘 살고 있었다. 그리고 영주동에 살며 농산물 검사소에 근무하시는 창기 아저씨 댁과 부산시청에 다니시는 헌갑이 형 집에 가서도 놀고 밥도 먹곤 했다. 모두 잘들 살고 있었다. 그분들도 그 위치에 이르기까지는 피나는 노력과 눈물이 있었으리라는 생각이 들었다.

나도 새로운 각오로 열심히 살아야겠다고 다짐했다. 그러나 대도시 생활은 역시 만만치 않았다. 공무원으로 취직이 되어도 양복 한 벌 없이 점퍼 차림으로 발령장을 받은 나였다. 가진 것이라고는 오로지 직장뿐이었다. 쥐꼬리만 한 월급으로 모든 것을 해결하다 보니 옴짝 달싹 못할 지경이었다. 공직 생활을 하려면 갖출 것은 갖춰야 했다. 양복 한 벌 정도는 있어야 해서 월부로 양복을 맞춰 입었다. 당시 나의 월급은 육천 원 정도였다. 그것으로는 양복 월부 값 떼고, 먹고 살아야 하고, 이것저것 쓰고 나면 늘 빠듯했다.

어느 날 태종대로 놀러갔다. 시원한 바닷바람을 맞으며 소나무 숲 속에서 홀로 태평양 쪽을 바라보며 이러저런 생각에 하염없이 잠겨 있었다. 절벽 아래에서는 파도가 바위에 부딪쳐 철썩거리고 해풍에 솔가지들이 이리저리 휘날리면서 윙윙 소리를 냈다. 마치 울고 있는 것 같았다. 나도 왠지 설움이 북받쳐 엉엉 울기 시작했다. 한없이 눈물을 흘리며 슬피 울었다.

내가 왜 울고 있을까 생각했다. 고향 집에 누워 계신 할머니가 불쌍하고 보고 싶어서일까, 지금의 나를 있게 한 아버지께 보답을 하지 못

해 마음이 아파서일까, 아니면 혼자 사는 것이 외로워서일까, 그것도 아니면 지금의 내 처지가 너무나 무력하고 한심해서일까, 그것도 또한 아니면….

아마도 이것저것 복합적인 일들이 뒤얽혀 여린 내 마음을 뒤흔들어 울음이 터진 것 같았다. 어쨌든 실컷 울고 나니 속이 후련해졌다. 울음이 마음을 안정시키는 데는 특효약인 것 같았다.

앞으로 마음이 답답하고 우울해질 때는 다시 태종대를 찾아야겠다고 생각했다. 스트레스와 우울함을 홀홀 떨쳐버리고 밝고 새로운 마음으로 이 험난한 세상을 헤쳐 나가야겠다고 다짐했다. 태종대에서의 울음은 나에게 재도약을 다짐하는 계기가 되었다고 생각했다.

7
새집의 몽니

남자 혼자서 자취하며 직장 생활을 하는 데에는 어려움이 많았다. 식사 준비며, 설거지며, 빨래며 쉬운 일이 하나도 없었다. 그래도 잘 견뎌 나갔다. 그런 사실을 알았는지 거창 집에서 둘째 여동생 창숙이가 나를 도와주러 왔다. 창숙이는 나이가 어렸으나 밥도 곧잘 하고 싹싹했다. 다만 반찬 만드는 것은 신통치 못했다. 그래서 손쉽게 간장과 버터로만 밥을 비벼서 자주 먹었다. 그런데 밤이 되면 왠지 아파했다. 병원에 데려갔었다. 나이가 어린데다 부모 곁을 떠나왔기 때문에 일종의 향수병이라고 했다. 그래서 다시 거창 집으로 보냈다.

그 후 첫째 여동생 종숙이가 왔다. 편찮은 할머니 때문에 몇 번이고 망설였으나 아버지께서 내려가라고 해서 왔다고 했다. 나는 한결 마음이 놓였다. 종숙이는 다 큰데다가 뭐든지 잘했기 때문이었다.

지금 있는 집은 방이 협소한데다 농사를 짓고 있는 집이라 불편한 점이 많았다. 마침 황 주임의 여동생 집 아래채가 비어 있어 그곳으로 방을 옮겼다. 별채라 주인집과는 떨어져 있고 방도 넓었으며 부엌도 따로 있어 살림하기에는 안성맞춤이었다. 중고 가구지만 옷장도 마련했다. 책상도 공부하기에 적합한 것으로 바꿨다. 태종대에서의 다짐대로 재도약을 위해 시간 나는 대로 공부를 했다. 한결 생활이 안정되어갔다.

주인집 아저씨는 조광와이셔츠회사에 근무하셨다. 그분의 소개로 종숙이는 와이셔츠 만드는 공장에서 일을 하게 되었다. 공장에서 일한다는 것은 쉬운 일은 아니었다. 공장의 여건에 따라 근무시간도 불규칙했고, 밤샘을 하는 경우가 많아 힘들어했다. 그래서 몇 개월 다니다가 그만두었다.

한편 서구청 수도과에 근무하는 집안 여동생 남편 김두훈으로부터 연락이 왔다. 구청 산하 집 없는 사람들끼리 조합을 만들어 연립주택을 짓는다고 했다. 장소는 괴정동의 택지조성단지라고 하면서 값도 싸고 하니 참여하라고 했다. 단독주택 형식으로 짓는데 내 집 마련을 위한 절호의 기회이니 놓치지 말라고 당부까지 했다.

고향에 계신 아버지와 상의하여 앞밭을 팔아서 동참키로 했다. 앞밭은 가장자리에 복숭아나무가 쭉 있어 어릴 적 친구들에게 내 자랑거리였다. 뿐만 아니라 철 따라 고구마와 감자도 심고, 콩, 팥, 배추, 무 등을 심어 식구들을 먹여 살린 우리 집의 보물단지였다. 그런 밭을 팔게 되었으니 마음이 몹시 아팠다. 할아버지로부터 물려받은 재산을 축내기가 싫어 대학 진학까지도 포기했는데… 아버지께 미안하고 고마웠다.

앞으로 돈을 벌어 무슨 일이 있어도 앞밭만큼은 반드시 다시 사겠다고 굳게 다짐했다. 그러나 지금 그곳에는 이미 집이 들어서서 나의 다짐은 물거품이 되고 말았다.

그동안 추진 중인 집이 완성되었다. 내가 살 집은 단지 입구의 삼각

지점에 있어 마당이 반듯하지 못했다. 그래도 내 집이라 그런지 무척 애착이 갔다. 이사를 했다. 처음에는 집 안팎의 이것저것을 정리하느라 정신없이 바빴다. 마당에는 꽃도 심고 예쁜 나무도 심어야겠다고 생각했다. 이제 나도 부산에 내 집이 있다는 생각에 마음이 뿌듯했다.

그런데 호사다마랄까, 이사 온 후 얼마 안 있어 새벽에 일찍 일어나 공부를 하고 있는데 옆방에서 끙끙 앓는 소리가 들렸다. 방문을 열어보니 동생이 머리가 깨지겠다며 신음하고 있었다. 깜짝 놀라 왜 그러느냐며 부축하고 나오는데 그만 마당에 쓰러지면서 엎어져 꼼짝도 못했다. 정신없이 "숙아! 숙아!" 하고 부르짖으며 흔들어 깨웠다. 순간적으로 하나뿐인 친동생을 잃지나 않나 하는 불길한 생각마저 들었다. 여섯 살에 엄마를 잃고 엄마의 달콤한 사랑도 받지 못한 채 자란 불쌍한 아이였는데, 하고 생각하니 하늘이 무너지는 것 같았다.

천만다행으로 땅에 엎어졌기 때문에 흙에서 나오는 차고 신선한 공기 덕분인지 조금 있으니까 정신이 들었다. 연탄가스 중독에는 김치 국물이 좋다는 말을 들어서 이를 마시게 하고 안정을 시켰다. 그리고 곧장 병원으로 데리고 갔다. 아니나 다를까 원인은 연탄가스 중독이었다. 새집이라서 그런지 아니면 문틈으로 연탄가스가 새 들어온 것 같았다. 주사를 맞고 약을 먹고 나니 씻은 듯이 나았다.

나도 놀란 가슴을 진정시키고 집 안팎을 샅샅이 점검하여 다시는 그런 불상사가 일어나지 않도록 조치했다. 종숙이의 연탄가스 중독 사건은 집을 가진 데 대한 액땜이라 생각했다. 이제부터는 새집에서, 새 직장에서, 새로운 각오로 푸른 꿈을 향해 매진할 것을 마음속 깊이 되새겼다.

8

부산에서 서울로

출장소에 근무한 지도 수개월이 지났다. 점차적으로 일을 익혀 나
갔고, 퇴근 후에 직원들과도 가끔 자리를 같이하면서 사회성을 길렀
다. 직원들은 모두가 나한테는 선배들이었기에 나는 그저 따라만 다
녔다.

함께하는 자리는 보통 출장소 앞의 허름한 횟집이었다. 스무 살이
넘도록 바다구경 한번 하지 못하고 거창 산골에서 자랐기 때문에 나
는 생선회를 먹어보지 못했다. 그러니 먹어볼 엄두도 못 냈다. 한 점
먹어보니 덤덤하고 심심해서 대체 무슨 맛으로 먹는지 의아했다. 다
른 안주만 깨지락거렸다. 회를 먹을 줄 모르면 부산에 살 수 없다고
들 해서 억지로 한 점씩 먹기 시작했다. 초고추장을 듬뿍 찍어 먹어
야 했다. 어느새 날이 갈수록 입맛에 길들어졌다. 그 후부터는 술을
마시게 되면 회부터 찾았다. '늦게 배운 도둑이 밤새는 줄 모른다.'는
말이 꼭 맞는 것 같았다.

출장소에서 멀리 떨어진 감천, 하단이나 장림 또는 다대포구로도
다녔다. 감천은 아나고 회가 유명했다. 밥버거리 뚜껑을 엎어 놓고 그
위에 상추를 깐 다음 금방 잡아 손질한 새하얀 아나고 회를 탐스럽게

듬뿍 담아 내놓았다. 싱싱한 회를 초고추장이나 고추겨자 장에 묻혀 상추에 한줌씩 싸서 밥 대신 배가 부르도록 실컷 먹었다. 힘이 절로 불끈불끈 솟아났다. 결혼한 선배들이 왜 그렇게 열심히 먹으려는지 그 이유를 알 것 같았다.

하단에서는 꼬시래기 회가 일미였다. 낙동강 하구의 드넓은 갈대밭 옆에 있는 횟집이었다. 그곳은 자연경관이 아름답고 전망이 좋았다. 갈대는 바닷바람에 하늘거렸고 괭이갈매기들은 꽈악꽈악 울며 날아다녀 운치를 더했다. 회 한 접시에 소주 한 잔을 곁들어 재첩국과 같이 먹는 맛은 하단만의 낭만이었다. 가을의 꼬시래기 회는 어찌나 맛이 좋은지 달기까지 했다. 배 위에서 바닷물에 휘휘 씻어 먹는 장림의 백합이나 다대포의 싱싱한 생굴회도 잊지 못할 추억거리였다.

직원들은 때때로 시내의 주점에서도 자리를 같이했다. 주로 세무계 권주임이 스폰서 노릇을 했다. 술상은 상떼기 차림이었고 아가씨들도 같이했다. 술이 거나하게 취하면 당시 유행하던 젓가락 장단에 맞추어 노래를 부르며 밤늦게까지 유흥을 즐겼다. 직장 생활은 낮에는 일하고 퇴근 후는 기회가 되면 어울려 스트레스도 풀고 돌아가는 세상사도 나누면서 그렇게 보냈다.

발령받은 지 6개월이 지날 때쯤 교육 발령이 났다. 부산시가 정부직할시로 승격된 지 2여 년여밖에 되지 않아 자체 교육 시설이 없어서 경남지방공무원 교육원에서 교육을 받았다. 교육 내용은 지방행정 전반이었고 기간은 3주였다. 집에서 교육원이 있는 대연동까지는 버스를 두 번이나 갈아타야만 갈 수 있는 꽤 먼 거리였다. 그래도 열심히 공부해서 95.5점을 받아 2등으로 수료했다.

오랜만에 사무실에 출근을 했다. 며칠 동안 밀린 일들을 정리하면서 열심히 일 하고 있었다. 그때 느닷없이 검찰청 수사관들이 들이닥쳐 계장님과 황 주임 그리고 나를 연행해 갔다. 나는 아무 영문도 모른 채 검은 지프차에 실려 끌려갔다.

검찰청 사무실에서 취조를 받았다. 알고 보니 관내 한 고아원 원장이 중앙에 막강한 힘을 가진 동생에게 부탁하여 타도로 가는 미국 원조 물자 옥수숫가루 480-1을 부산으로 오게 했다. 그것으로 고아원에서 구덕산 비탈을 개간하여 농지를 만들어 농사를 짓게 해 자립시키려 했다. 그중 일부를 착복한 사건이었다. 출장소는 행정적으로 편의를 제공한 혐의였다.

그 당시는 원조 물자로 영세민을 동원하여 개간 사업들을 많이 했다. 예를 들면 낙동강 하구에는 김해 쪽에 길게 가로놓여 있는 장자암도라는 섬이 있다. 이 섬이 바닷물 유입을 방해하여 김 양식장이 썩어 들어가곤 했다. 바닷물을 끌어들이는, 즉 섬을 가로지르는 통로 공사였다. 그런 대단위 수로 공사도 원조 물자로 영세민을 동원하여 했다.

나는 그때 공사 진척 상황을 확인하러 현장에 간 적이 있었다. 끝없이 펼쳐 있는 해변의 새하얀 모래사장은 너무나 아름다워 과연 명사십리가 이런 것일까 하고 생각했다. 파도가 밀려왔다가 쓸려 나간 자리에는 조그마한 구멍들이 뽕뽕 뚫려 있었다. 손을 넣어 파 보면 아이들 주먹만 한 조개들이 쏙쏙 나왔다. 신기하고 재미있어 탄성이 절로 나왔던 기억이 새로웠다.

이런 원조 물자로 영세민을 지원하는 취로사업 업무를 내가 담당했다. 나는 그때 교육 중이라 황 주임이 대신 그 업무를 처리했다. 수사관 생각에 나는 행정 경험이 없고 또한 교육을 받고 있었기 때문에 이 일에 대하여 잘 모른다고 판단한 것 같았다. 계장님과 황 주임만 계속 추궁했다. 때로는 계장님의 뺨을 사정없이 때리기까지 했다. 그렇게 밤새 취조를 했다. 곧 구속된다고 했다. 겁이 덜컥 났다. 나는 아무것도 모르는데 뭐 이런 일이 있나 싶어 울고 싶은 심정이었다.

금방 구속시킬 것 같았던 검찰이 우리보고 운이 좋은 줄 알라면서 앞으로는 일을 똑바로 하라며 새벽녘에 내보냈다. 안도의 숨을 쉬었지만 한편으로 분하고 황당했다. 꼭 도깨비한테 홀린 것 같았다. 고아원 원장은 공무원들이 자기로 인해 고초를 당하고 있는 데 대한 일말의 양심은 있었던지 검찰 수사망을 이리저리 피해 다니면서도 동생에게 용케 연락하여 우리를 내보내게 한 것 같았다. 권력이 두렵고 무서웠다. 정도를 벗어난 행동은 절대 해서는 안 된다고 생각했다.

그 후 나는 공직이 싫어졌다. 부산은 고향에서 가깝고 항구도시로 기후가 온화하여 사람 살기에 좋다고 해서 오래오래 살려고 했는데 살고 싶은 생각이 싹, 없어졌다. 부산을 떠나기로 결심했다.

당시는 취직할 수 있는 곳이 국영기업체나 은행 아니면 공직이 고작이었다. 국영기업체나 은행은 대학에서 상위권에 들어가야만 취직이 될까 말까 했다. 나도 대학을 나와 그런 곳도 두드려 볼까 마음먹었다. 그래서 대학이 많은 서울로 가기로 작정했다. 우선 서울에서 내 능력에 맞는 일할 수 있는 곳을 찾아보았다. 그것은 서울시 공무원이 되는 길밖에 없었다. 공직이 싫었지만 할 수 없이 서울시 공무원 채용 시험에 응시하기로 했다.

기다리던 시험 공고는 나지 않고 경상북도 공무원 시험에 합격되었던 것이 문경군으로 발령이 났다. 부산에 하루도 더 있기 싫어 그쪽으로 갈까 생각도 했으나 장래를 위해 포기했다.

드디어 신문에 서울시 공무원 시험 채용 공고가 났다. 부산에 온지 일 년이 조금 지난 시점이었다. 시험에 응시했다. 합격되었다. 출장소에서 계속 일을 하면서 발령을 기다리고 있는데 12월 초에 또 교육 발령이 났다. 신규 특별 채용자에 대한 교육이었다. 서울시의 발령을 기다리느라 마음도 어수선하고 일도 손에 잡히지 않던 차에 얼씨구나 잘됐다 싶었다. 교육 기간은 2주였다. 그때 시험 성적도 지난번과 같은 95.5점이었다. 그 점수는 나와 인연이 있는 것 같았다,

교육 수료 후 20일째 되는 날인 1967년 1월 15일, 고대하던 서울특별시로 발령이 났다. 청운의 부푼 꿈을 안고 날개를 활짝 펴 푸른 하늘을 훨훨 나는 기분으로 부산으로 내려왔으나 우연한 사건으로 아쉽게도 그 꿈은 1년 8개월여 만에 접고 말았다. 인생의 길은 이와 같이 자기 뜻대로 되지 않는가, 하는 생각이 들기도 했다.

9
부산의 여친들

옛부터 내려온 '남녀칠세부동석'이라는 유교사상 때문이었는지 나는 어린 시절부터 사내아이들과만 함께 놀며 자랐다. 여자들과는 고등학교 때부터 동네 여자아이들과 어울리기 시작했다. 졸업 후 군대 갈 때까지 그들과 스스럼없이 만나 노는 사이가 됐다.

겨울에는 주로 이봉이네 사랑방 등 빈방에서 대리 밥도 해 먹고 윷놀이를 하면서 얘기꽃을 피웠다. 여름에는 동리 앞 냇가 모래사장 위에서 밤하늘의 반짝이는 별들을 보면서 서리해 온 수박이나 참외를 먹으면서 둥글게 앉아 수건돌리기를 하며 깔깔댔다. 여자들은 주로 영자, 매지, 옥님이, 명자, 현술이, 필구 등이었다.

우리는 언제나 그룹으로 놀았다. 만약 단둘이 만난다면 금방 소문이 나서 곤욕을 치러야 하기 때문이었다. 그래서 호감이 가는 여자친구는 늘 마음으로만 생각하곤 했다. 나는 명자에게 호감이 갔다. 그는 얼굴이 예쁘지도 않고 키도 작았다. 작은댁의 딸인데 고등학교도 못 나오고 집에서 일만 하는 불쌍한 아이였지만 늘 웃음을 잃지 않았다. 순해 보이는 얼굴이어서인지 아니면 측은지심 때문인지 잘 모르겠다.

그중 매지만 사내아이들보다 먼저 경남도청에 취직이 되어 부산으로 갔다. 그 후 우리 사내들도 취직을 하거나 각자 살길을 찾아 뿔뿔이 헤어졌다. 다른 여자 친구들도 시집을 가서 잘 산다고들 했다. 명자만 대구에서 공장에 다니다가 불치의 병 때문에 하늘나라로 갔다고 들었다. 마음이 아팠다.

나도 취직이 되어 부산으로 갔다. 그곳에서 가장 먼저 알게 된 여성은 김성자였다. 출장소 총무계의 타자원이었다. 키는 자그마하고 약간 통통했으며 얼굴은 가무잡잡하고 당차 보였다. 나보다 먼저 출장소에 발령을 받아 바로 내 옆에서 일하였다. 그녀는 출장소와 직원들에 대한 각종 정보를 나에게 알려주며 친절하게 대해줬다.

한번은 구덕산에 불이 났다. 전 직원이 동원되어 산불을 진압하고 출장소로 온 후 다른 직원들은 삼삼오오 모여 한담을 하고 있었는데 나는 곧바로 책상 앞에 앉아 일을 했다. 이 모습을 본 미스 김이 한마디 했다.

"종인 씨, 산불 끄느라 힘들었을 텐데 다른 직원들과 같이 좀 쉬고 나서 일하세요. 뭐 급한 것이 있다고 오자마자 일을 합니까? 좀 쉬었다가 천천히 하세요."

출장소 분위기를 알게 된 나는 그 말에 수긍이 가면서 한 직장인으로서 미스 김과 자연히 친하게 되었다.

어느 일요일 오전, 발길이 부민동에 있는 미스 김의 집을 향했다. 미스 김의 집은 산비탈 좁은 계단을 한참 올라가서야 있었다. 그저 서민들이 사는 평범한 집이었다. 초인종을 눌렀다. 잠시 후에 잠이 덜 깬 모습으로 눈을 비비며 미스 김이 나왔다. 나를 보더니 깜짝 놀랐다.

나는 무안해서 떠듬거리며 이곳에 볼일이 있어 왔다가 들렀다며 그만 가야겠다고 황급히 되돌아왔다.

다음 날, 미스 김은 내가 얼마나 외로웠으면 자기 집까지 왔겠느냐며 위로해 주었다. 나는 민망하고 쑥스러워 쥐구멍이라도 찾아 들어가고 싶은 심정이었다. 앞으로 격의 없는 친구로 지내자며 서로 웃었다.

부산에 취직이 되어 먼저 내려간 고향의 매지는 뭐가 그리 바쁜지 코빼기도 보지 못했다. 은근히 괘씸해져서 '그래, 너는 너대로 놀아라. 나는 나대로 논다.'며 부산에 있는 동안 한 번도 그를 찾지 않았다. 한참 뒤에 소식을 들으니 마도로스와 결혼해서 살고 있다고 했다.

출장소 직원들끼리 1박 2일 동안 여행을 가게 되었다. 한려수도를 따라 통영을 구경하고 하동의 섬진강변을 거쳐 진주에 들러 돌아오는 여행길이었다. 바닷길 여행은 처음이라 기대되고 긴장도 되었다. 나는 배 위에서 남해바다에 점점이 떠 있는 섬들과 한려수도의 아름다운 풍광들을 감상하면서 상념에 젖어 있었다. 내 옆에 아리따운 젊은 여성들도 있었다. 그때 또래인 김성태가 왔다. 그가 아가씨들에게 말을 걸었다. 나도 거들었다.

"이런 아름다운 곳에서 만나 반갑다." "어디까지 가느냐." "가는 동안 서로 말 벗이나 하자." "옷깃만 스쳐도 인연이라는데 이런 곳에서 만나게 되다니 얼마나 좋은 인연이냐." "부산에 도착하면 한번 만나자." 등등.

결국 일요일을 택해 우리들은 남포동에 있는 한 다방에서 만나기로 약속했다. 여행을 끝내고 부산에 돌아온 후, 김 형과 나는 약속 장소로 나갔다. 그들도 나왔다. 우리는 여행 갔다 온 얘기들로 시간 가는 줄 몰랐다. 헤어진 후 나는 김미지라는 여성과 밤늦게까지 부두 길을 걸으며 이야기꽃을 피웠다.

그런 일이 있은 후 미지 양과 나는 자주 만나게 되었다. 미지 양은 미모의 얼굴에다 키도 컸다. 고향이 김해이고 김해여고를 나왔으며 부모님이 철물상을 운영한다고 했다. 하루는 고향 친구와 함께 나왔다. 친구는 병무청에서 일을 하며 이름은 김숙자라고 했다. 그녀는 업무적으로 시청에 협의할 일이 많으니 자주 연락하겠다고 했다.

그 후 김미지 양은 만날 길이 없었다. 미지 양과 나는 구두로 만날 약속만 해서 만나곤 해, 집 주소와 전화번호를 몰랐다. 그래서 연락할 수가 없어서 무척 후회했다. 대신 병무청 김 양은 이런 일 저런 일로 전화가 자주 왔다. 나도 병무청 일이 있으면 그녀에게 연락하곤 했다. 그러다 보니 자주 만나게 되었고 친해졌다. 미지 양에 대해서는 일절 언급이 없었다. 내가 그녀에 대하여 물을 기회를 주지 않아 영 못 만나게 되었다.

미스 김은 여동생과 함께 부산역 내의 조그만 방에서 살고 있었다. 부모님은 안 계셨다. 그래서인지 생활력이 무척 강했다. 매사에 적극적이었다. 집안의 누군가가 철도청과 연이 있어 역내에서 살고 있는 것 같았다. 나도 그곳에 가끔 놀러 갔다. 방은 적었어도 깔끔하게 살림살이가 잘 갖추어져 있었다.

우리는 범어사나 해변에서 데이트를 하곤 했다. 한번은 그녀한테서 연락이 왔다. 토요일에 밀양에 있는 이모 집에 갈 일이 있는데 같이 가자고 했다. 나도 별다른 일이 없어 같이 가기로 했다. 토요일 오후에 우리는 버스를 타고 밀양으로 갔다.

먼저 밀양 강변 절벽 위에 세워진 영남루를 구경했다. 그리고 강둑을 거닐면서 세상사에 대한 이야기를 나누며 하염없이 걸었다. 가을걷이가 끝난 밀양 들녘은 더없이 넓게 보여 평야를 연상케 했다. 멀리

지평선 너머로 뉘엿뉘엿 지고 있는 석양은 아름답기 그지없었다. 해는 지고 어둑해져 숙소를 향해 걸어가는데 미스 김이 느닷없이 내 팔짱을 끼었다. 놀라 어색해 하는 나를 보고 말했다.

"이종인 씨, 남녀가 나란히 걸을 경우, 여름에 짧은 옷을 입고 있을 때는 살이 닿아 안 되지만 오늘같이 두터운 외투를 입고 있을 때는 서로 팔짱을 끼고 다정하게 걷는 것이 예의이며 보기 좋은 모습입니다."

그녀는 팔짱을 계속 끼고 걸었다. 나는 쑥스러웠다. 그녀는 그 긴 시간을 손 한 번 잡지 않고 걷는 내가 숙맥으로 보였던가 보다.

저녁을 먹고 숙소인 여관으로 갔다. 그녀는 방을 둘러보더니 마음이 놓인다며 자기는 이모 집에서 자고 내일 오겠다고 했다. 텅 빈 방에 혼자 우두커니 누워 애꿎게 천장에 그려진 벽지 문양들만 요모조모 살피며 내 인생의 행로에 대해 점쳐 보기도 했다.

이튿날 우리는 부산으로 돌아왔다. 주어진 일에 전념하면서 연락도 계속 했다. 우리들의 이런 인연은 내가 서울로 일자리를 옮기면서 끝이 났다.

서울로 온 지 몇 개월 후에 그녀의 동생이 언니의 결혼 문제로 나를 찾아왔다. 나는 깜짝 놀랐다. 아직까지 나는 폐결핵을 앓고 있고 대학도 가야 하는데 결혼은 엄두도 못 낸다면서 되돌려 보냈다. 그녀는 나와 사귀면서 결혼까지 생각했었던 것 같았다. 미안한 마음이 들었다.

부산의 여자 친구들은 이렇게 우연한 기회로 만나 친구가 되었다가 예상치 못한 사연들로 헤어졌다. 남녀가 만나 하나로 되는 부부의 연은 전생에서 억만 겁의 연을 쌓아야 이승에서 이루어진다는 설이 있는데 나는 아직 그런 분을 만나지 못한 것 같았다.

제4부
생활의 터전 조성

1
서울시에서 첫 걸음

1967년 1월 15일, 시청 내무국장실에서 발령장을 받았다. 종로구로 근무 발령이 났다. 당시 내무국장은 후에 서울특별시장을 지낸 김용래 국장이었다. 발령장을 수여하면서 당부 말씀을 하셨다.

"지금 서울시는 많은 문제점들을 안고 있다. 여러분들은 서울시 발전과 시민의 편익 증진을 위해 서울시에서 일하기를 원해 왔다. 지금의 그 사명감과 깨끗한 정신으로 공직에 임해야 한다. 젊은 패기와 열정으로 열심히 배우고 일하면 십 년 또는 오 년 후에는 여러분들이 서울시 행정의 주역이 될 것이다. 그때는 서울시가 지금보다 훨씬 발전되고 깨끗한 도시가 되어 있어야 한다."

나는 국장님의 그 말씀을 늘 되새기면서 근무했다.

종로구에서는 필운동 사무소로 배치했다. 동사무소는 경복궁의 서쪽 한옥지구 내에 있는 체부동에 있었다. 필운동은 필운동과 체부동을 관할했다.

필운동은 인왕산의 별칭인 필운산에서 마을 이름이 유래되었고 암벽으로 된 누대 필운대도 있다. 체부동은 체찰사부라는 관청이 있었다고 해서 유래되었다. 체찰사부는 고려 말부터 조선시대에 걸쳐 왕의 뜻을 받들어 임지에 나가 장병들을 사찰 독려하는, 일종의 군사 업무를 맡아 보던 관청이었다.

동사무소는 동장 밑에 사무장이 있고 그 아래 사무 분장별로 직원들이 배치되었다. 구역도 직원별로 나누어 각종 고지서를 배달하고 행정 지도를 하도록 했다. 나는 그곳에서도 사회복지 업무를 담당했으며, 구역은 인왕산 밑 배화여고가 위치한 필운동의 일부를 맡았다.

동행정은 부산의 출장소 행정과는 달리 내가 맡은 담당업무보다 각종 세금고지서와 적십자회비, 결핵협회비, 기생충박멸협회비 등 세외수입고지서를 각 세대에 전달하고 징수하는 일이 더 많았다. 사무실 내에서 일하는 것보다 밖에서 주로 일했다. 염천 더위에도, 살을 에는 혹한기에도 각 가정을 방문해서 공과금을 징수하고 독촉해야만 했다. 날씨보다도 나를 더 힘들게 한 것은 주민들의 냉대였다. 갖다 주는 것은 없고 허구한 날 돈만 내라고 하니 짜증이 날 만도 했다. 그래도 어찌하겠는가, 그것이 내 일인 것을.

서울시로 이직한 것이 후회스러울 때도 있었다. 내 자신이 한심스러워 눈물을 흘린 적도 있었다. 그럴 때마다 고생하시는 고향의 아버지를 생각하며 이를 악물고 마음을 다잡아 각오를 단단히 하곤 했다.

힘든 일도 많았지만 재미있는 일도 있었다. 동사무소는 다른 관청과는 달리 지역 주민들과 한 가족 같은 분위기로 어울리곤 했다. 체부동에 살고 있는 오원철 동장님과 고용직으로 일하는 중구 형, 역시 고용직으로 우리 동에서 오래 근무한 오관 씨, 이분들이 직원 친목과 사기 진작을 위해 가끔 자리를 마련하곤 했다.

관내에 있는 동그랑땡 집에서 소주잔을 기울이기도 하고 벚꽃이 만발한 봄에는 창경원의 화사한 벚꽃나무 아래에서 산들바람에 하늘거리며 떨어지는 꽃비를 맞으며 술잔을 기울이기도 했다. 여름에는 뚝섬유원지에서 뱃놀이를 하며 음주가무를 즐기기도 했다.

이런 환경에서도 나는 늘 책을 가까이 했다. 대학에서 공부를 하기 위해 야간대학이 있는 곳을 찾았다. 동사무소와 가까운 창성동에 국민대학이 있었다. 그곳에서 배우기로 결심했다. 마침 청와대 경호실에 근무하는 상기 아저씨의 매형이 그 대학 교무과에 근무하고 계셨다. 상의해서 아저씨와 함께 야간대학 법학과에 입학했다. 꿈에 그리던 대학에서의 공부가 시작된 것이다. 힘든 주경야독시절을 맞이하게 되었다.

나는 일을 하면서 틈만 나면 공부를 했다. 이런 나를 동장님이 유심히 지켜본 모양이었다. 근무 성적 평정을 잘 주어 8급 승진 시험을 보도록 했다. 당시 서울시 공무원의 승진 제도는 직원들의 자질 향상을 위해 계급별로 반드시 시험을 치르게 하여 합격되어야 승진시켰다. 승진 시험을 보았다. 합격이었다. 임용된 지 1년 3개월여 만에 서기보에서 서기로 승진됐다. 나보다 먼저 들어간 직장 선배들의 불평이 있었지만 시험에 합격할 수 있는 자에게 우선권을 주었다는 동장님의 말씀에 모두들 군말 없이 수긍했다.

나는 직원들 중에서 오관이와 친했다. 그는 고용직이었지만 마음이 착했고 싹싹했으며 일도 잘했다. 다만 술을 너무 좋아해서 탈이었다. 그는 내가 승진에 관심이 많고 본청이나 구청에서 근무하고 싶은 것을 잘 알고 있었다. 그래서 당시 중구청장님과 친구 분인 장위동장으로 있는 주한수 씨를 소개해 주었다. 중구청에서 근무할 수 있도록 주선을 좀 해 달라고 부탁했다.

　주 동장께서 중구청장님께 말씀을 잘 드렸는지 얼마 안 있어 중구청 총무과로 발령이 났다. 중구청은 서울시의 중심구로 많은 직원들이 근무하고 싶어 하는 곳이었다. 그중에서도 핵심 부서인 총무과로 발령이 났으니 날아가고 싶을 정도로 기뻤다. 필운동에 근무한 지 2년 5개월여 만이었다.

　필운동 근무는 비록 짧은 기간이었지만 서울시 공무원으로 발전할 수 있는 터전을 마련해 주었다. 그리고 첫 서울 생활의 뒷받침이 된 곳으로서 내 인생행로에 잊지 못할 추억이 서린 곳이다.

2
발전을 향한 노력

서울시 공무원들의 행태는 그 당시 세 가지 부류로 나누어 볼 수 있었다. 오로지 승진만을 생각하는 사람들, 어찌하든 돈만 벌려는 사람들, 이것도 아니고 저것도 아닌 어정쩡한 사람들이었다. 승진 파는 소수였고 치부 파는 일찍이 사회생활에 물든 사람들로 대부분이 이 부류에 속했다. 그 외는 개성 없이 일하고 월급만 받아 그냥저냥 생활하는 보통 사람들이었다.

나는 승진 파에 속했다. 당시 승진을 하려면 승진 소요 연수를 채워야 했고, 근무 성적 평점을 잘 받아서 승진 인원의 5배수 내에 들어가야 했다. 그리고 시험을 봐서 합격이 되어야만 승진이 되었다. 나는 근무시간 내에도 틈만 나면 책을 봤고 퇴근 후에는 학교에서, 아니면 도서관에서 책과 씨름을 했다. 그리고 근무 성적 평가를 잘 받기 위해 상사나 평가 담당자에게 늘 관심을 가지고 잘 보이려고 노력했다.

나는 공채시험과 승진시험을 동시에 준비하고 있었다. 사법고시에도 응시를 했었으나 보기 좋게 낙방하고 말았다. 연이어 서울시에서 모집하는 7급 공채시험에도 응시했다. 역시 낙방이었다. 왜 떨어졌는지 나 자신을 돌아보았다. 낮에는 일하고 밤에만 야간대학에서 짬짬이 공부하는 내가, 밥만 먹고 나면 오로지 시험 준비에만 몰두하는 정규대학 출신 젊은 학도들과는 경쟁이 안 된다고 판단했다. 그래서 공채는 포기하고 승진시험 준비에만 전념키로 했다.

나는 승진을 향해 열심히 달렸다. 다행히 직원들 중에는 승진에만 몰두하는 이가 많지 않았다. 이런 분위기는 나에게 좋은 기회가 되었다. 승진에 대한 정보를 수시로 파악하면서 공부를 게을리하지 않았다.

한편 치부 파들은 오로지 돈 벌 궁리만 했다. 심지어 교육 발령이 나도 교육을 받지 않으려고 했다. 왜냐하면 하루라도 수입에 차질이 생기니까. 보통 2주 내지 3주 되는 교육 기간에 들어오게 될 수입을 놓치면 큰 손해를 본다고 생각했던 것 같았다. 당시 소문에는 알짜배기 이권 부서에서 6개월 정도 근무하면 집 한 채는 마련할 수 있다고 했다. 그래서인지 몸이 아프다든가, 집안에 무슨 문제가 생겼다든가 등 각종 사유를 붙여 본청 인사과 교육 담당자에게 부탁해서 빠지곤 했다. 교육을 받지 않으면 평가 점수를 좋게 받을 수 없다. 그러므로 승진 시험도 볼 수 없다. 그런 그들 덕분에 나의 승진 가도는 순탄할 수밖에 없었다.

이룩하고자 하는 자에게는 기회가 주어진다는 말이 있듯이 중구청 총무과로 온 지 4개월도 안 돼 7급 승진 시험을 보라는 통보가 왔다. 이는 지난번 8급 승진 후 동장님과 종로구청 평가 담당자에게 또 승진 시험이 있게 되면 꼭 시험을 보게 해 달라고 사정한 것이 주효한 것 같았다. 승진 시험을 봤다. 물론 합격이었다. 서울시에 발령받은 지 2년 9개월, 그렇게 갈망하던 7급 공무원이 되었다. 구청에서는 주임급이었다.

총무과에 7급 공채 시험 합격자가 새로 발령을 받고 왔다. 알고 보니 지난번 나와 함께 공채 시험을 봐서 합격되었던 자였다. 내가 승진한 지 한참 후의 일이었다. 스스로 웃음이 터져 나왔다. 아이러니하게도 떨어진 나는 합격된 그들보다 먼저 7급 공무원이 되어 있었다.

　"문을 두드리라, 그리하면 열릴 것이요. 구하라, 그리하면 얻을 것이니라."라는 성경 구절이 다시 한 번 뇌리에 꽂혔다. 앞으로도 내 발전을 위해 승진의 문을 계속 두드리겠노라고 마음속 깊이 다짐했다.

3
내 인생의 등대

    그렇게도 원하던 대학생이 되었다. 낮에는 일하고 밤에만 공부하는 올빼미 학생이었지만 정말 좋았다. 이를 악물고 열심히 공부해 내가 바라는 성공하는 공무원이 되겠다고 속으로 다짐했다.

    국민대학은 민족 수난기에 조국광복운동을 이끌어온 상해 임시정부 요인들이 필요한 인재를 양성코자 설립한 학교였다. 해공 신익희 선생께서 초대 학장을 지내셨다. 내가 학교 다닐 당시에는 작은 단과대학에 불과했다. 학교는 중앙청 옆에 있어서 교통이 편리했다. 한 건물을 주간대학과 야간대학이 번갈아 사용했다. 야간대학은 사회생활에 꼭 필요한 법과, 행정과, 경제과, 상과가 있어 직장인들에게 인기가 좋았다.

    나는 야간대학 법과에 입학했다. 법과 입학생에는 공무원들이 많았다. 행정직, 세무직, 경찰, 군인, 경호원 등등. 직장에서는 실력도 중요했지만 대학 졸업장이라는 간판이 절실히 필요하던 시기이기도 했다.

    학생들은 낮에는 일하느라 피곤했는지 강의 시간에는 졸며 건성으로 듣는 이가 많았다. 시험 시간에는 커닝하기 좋은 자리에 앉으려고 치열하게 경쟁했다. 시험 당일 늦게 온 군인이나 경호원들은 앞자리밖에 없으면 붙어 있는 그 무거운 책걸상을 번쩍 들어 뒤로 옮기는 진 풍경을 벌이기도 했다. 그 심정을 이해하는 우리들은 쓴웃음을 지을 수 밖에 없었다.

교수진은 훌륭한 분들이 많았다. 법학은 서울대, 연대, 고대 등 소위 일류 대학의 유명한 법대 교수들이 초빙되어 강의를 했다. 당시 문학 계를 풍미했던 양주동 박사님도 교양 시간을 담당하여 인기가 좋았 다. 그래서 나는 열심히 공부만 하면 일류대 학생들과의 경쟁에서 얼 마든지 이길 수 있다고 생각했다. 실제로 그 당시 국민대학의 사법고 시 합격률은 전국에서 상위권에 든다고 했다. 나는 낮에 일을 해야 하 기에 사법고시의 꿈은 일찌감치 접었지만 그런 좋은 기회에 열심히 공 부해서 직장 내에서 실력 있는 사람으로 인정받아 성공하고 싶었다.

학생들은 직장 생활을 하고 있어서인지 공부보다도 사교에 더 많이 신경을 쓰는 것 같았다. 같은 분야의 직업을 가졌거나 취미가 같은 사람들끼리 동아리를 만들어 음식점, 고궁 등에서 모임을 갖기도 하 고 야외로 MT를 가기도 했다. 그때의 인연으로 황혼이 된 지금도 그 들과 주기적으로 만나 이야기꽃을 피운다. 주경야독 생활이 어렵고 힘들었지만 그처럼 좋은 결실도 얻게 되었다.

나는 주어진 시간을 공부하는 일에 최대한으로 활용하려고 한때는 사무실에서 기거하기도 했다. 식사는 인근 하숙집에서 해결하며 동사 무소의 당직 근무도 도맡아 했다. 직원들은 그런 나를 좋아했다. 퇴근 후나 휴일에도 나는 텅 빈 사무실에서 끙끙거리며 책과 씨름했다.

어느 일요일, 나는 당직실에서 법전과 법학 관련 책을 책상 위에 펼 쳐 놓고 열심히 공부하고 있었다. 그때 사무실 문을 두드리는 소리가 들렸다. 일요일이라 별 관심을 갖지 않고 계속 공부만 했다. 그런데 조금 있으니 당직실 창문을 요란하게 두드렸다. 창문을 열어보니 구청 총무과 동정계장이었다. 그는 화가 잔뜩 나서 삿대질을 하며 말했다.

"문을 두드리는데 왜 열지도 않고 당직자가 뭐 하고 있어."

고래고래 큰 소리를 치며 빨리 현관문을 열라고 성화가 대단했다. 깜짝 놀라 부리나케 달려 나가 현관문을 열어 주었다.

일요일에 상사인 총무과장을 모시고 각 동사무소 당직 근무 상태를 점검 나왔는데 지도 담당 계장으로서 체면이 서지 않는 모양이었다. 총무과장은 수고한다며 몇 가지를 물어보고 사무실과 당직실을 둘러보았다. 당직실 책상 위에 책을 수북이 쌓아놓고 한편에 펼쳐져 있는 책을 보고 공부하고 있는 것이 역력해 보이자 무슨 공부를 하느냐고 물었다. 밤에 학교를 다니기 때문에 법학 관련 책을 보고 있다고 했다. 총무과장은 내 머리를 쓰다듬으며 당직실에서 화투나 치고 술을 마시고 있을 줄로 알았는데 열심히 공부하고 있는 것을 보니 대견하다며 격려해 주었다.

대학에 적을 두고 있을 때는 그와 같이 일과 공부 외에는 아무것도 관심이 없었다. 사무실이 일하는 터전이자 내 집이었고 독서실이었다. 학교도 인근에 있어서 공부할 수 있는 여건은 갖추어져 있었다. 노력만 하면 되었다. 내 생활은 오로지 사무실과 학교뿐이었다. 그렇게 노력한 결과 좋은 성적으로 대학을 무사히 졸업할 수 있었다.

국민대학은 나에게 미래의 꿈을 심어준 곳이었다. 학식이 많은 저명인사들이 나에게 삶을 헤쳐 나갈 지혜와 지식을 가르쳐준 곳이기도 했다. 대학을 나왔다는 자긍심을 갖고 무한한 경쟁사회에서 당당하게 맞설 수도 있었다. 나에게는 잊으래야 잊을 수 없는 고마운 배움의 전당이었다.

그곳에서 쌓은 지식과 지혜와 인맥을 통하여 기라성 같은 공무원들이 우글대는 서울시에서 결코 뒤지지 않는 존재가 되었다. 오히려 내 또래 중에서는 선두 주자로 부상했다. 비록 야간대학 시절은 힘들고 고달팠고 외로웠지만 보잘것없는 한 인간을 사회에 우뚝 서게 한 찬란한 시기였다. 이 대학은 내 인생길을 탄탄대로로 인도한 등대였던 것이다.

4
종합 행정을 익히고

당시 중구청 총무과는 서울시에서도 요직 부서였다. 총무과장 자리는 바로 구청장이 되거나 본청 요직으로 영전되어 가는 자리여서 선임 사무관들이 한 번 근무하고 싶어 하는 곳이었다. 그런 부서에서 내가 일을 하고 배우게 되었다. 총무과는 총무계와 동정계 그리고 기획계로 편성되어 있었다. 나는 동정계에서 근무하게 되었다. 동정계는 행정의 최 일선에 있는 동 행정을 지도 감독하는 부서였다.

동정계는 계장님을 주축으로 하여 대여섯 명이 업무를 분담하여 일을 했다. 나의 주 업무는 국민저축 담당이었다. 당시 개발도상국가였던 우리나라는 국민저축 업무가 주요한 정책 중의 하나였다. 저축을 많이 해서 기업을 활성화시키는 것이 부국으로 가는 지름길이라고 생각했다. 내가 하는 일은 주로 기업체 등에 저축을 장려하는 공문을 발송하고 결과를 집계하는 것이었다. 보험회사 직원들이 그런 사실을 알고 회사의 보험 실적을 올리기 위해 열심히 저축 독려를 했다. 성과가 좋으면 가끔 밥도 사곤 했다.

중구는 빌딩과 기업체가 밀집되어 있는 서울의 중심구다. 그래서인지 소공동에서만 저축한 국민저축액이 충청북도 전체의 저축액보다도 더 많았다. 역시 중구는 부자구이구나 싶었다. 그런 환경에서 근무한다는 자체가 가슴 뿌듯했고 자긍심이 생겼다. 동정계의 주 업무인 동에 대한 지도 감독은 상황에 따라 필요시 그때그때 실시했다.

동정계 직원들 중 주임을 제외하고 김형수와 유시원 등은 내 또래였다. 우리는 낮에는 열심히 일하고 퇴근 후는 술자리를 거의 같이했다. 장소는 주로 김형수가 마련했다. 명동의 생맥주 집이었다. 그는 주민등록 업무를 보면서 동 직원들과 유대가 깊어 초대를 자주 받았다. 우리는 자리를 함께하면서 업무에 대한 토론도 하고 우정을 쌓기도 했다.

한번은 형수가 결혼을 하게 됐다면서 주례를 당대의 저명한 시인이신 박목월 선생님으로 꼭 하고 싶다고 했다. 형수와 나는 젊은 패기로 무조건 청파동의 선생님 댁을 찾아갔다. 처음에는 주례를 부탁하러 왔다는 말에 의아해하였다. 선생님을 너무 존경하는 마음에 무례인 줄 알면서 무턱대고 방문했다는 설명을 듣고 웃으시면서 흔쾌히 승낙해 주셨다.

결혼 당일 선생님은 내가 책임지고 모시기로 했다. 그 당시 자가용 이용은 꿈도 못 꿔서 강의 중인 세종대학교로 가서 택시로 모셨다. 화양리에서 을지로4가의 예식장까지 동행하면서 선생님과 많은 대화를 나누었다. 서울시정과 공무원들의 행태, 세상사 등등. 선생님은 나에게 호감이 있었는지 내 또래의 아들이 서울대학교에서 강사로 있다며 한번 만나보라고 하셨다. 바쁜 탓에 우리는 만날 기회를 갖지 못했다.

우리 셋은 사소한 개인 일까지 서로 도우며 사는 사이가 됐다. 내가 7급으로 승진되어 사회과 주임으로 가게 되자 그 후 김형수는 본청 인사과로, 유시원은 행정과로 영전되어 갔다. 우리는 당분간 헤어져 있다가 내가 본청 총무과로 발령이 남에 따라 내무국에서 다시 만나게 됐다. 우리의 우정과 인연은 끈질겨서 황혼에 접어든 지금까지 이어지고 있다.

중구로 발령받은 후 어느 날 직장 예비군 훈련에 참석했다. 뜻밖에도 반가운 분을 만났다. 군 제대 후 경상북도와 부산시의 공무원 채용 시험을 볼 때 같이 시험을 보고 함께 합격했던 서정룡이었다. 시험 볼 때 우연히 만나 헤어진 우리가 한 관청에서 함께 근무할 줄이야, 얼마나 반가웠는지 모른다. 이런 인연이 세상에는 있을 수 없다고 생각했다. 우리는 굳게 손을 맞잡았다. 그는 세무2과에서 유흥세 업무를 맡아 일하고 있었다. 부를 추구하는 직원들이 꼭 가고 싶어 하는 노른 자위였다. 그 후 우리는 시험이 맺어준 인연으로 서로 잘되기를 바라며 늘 격려해 주는 사이가 되었다.

나는 배구 선수로도 뽑혀 자주 시합에 나갔다. 각 구 대항전이 있을 때는 며칠씩 함께 연습을 했다. 자연히 그들과 친해지며 다른 구의 배구 선수들과도 안면을 트고 친목을 쌓았다. 그렇게 일도 하고, 모임도 갖고, 운동도 하면서 능력과 인간관계를 넓혀 나갔다.

그동안 공직 생활을 하면서 부산시의 사하출장소에서는 행정의 입맛만 적셨고, 종로구의 필운동에서는 머슴처럼 위에서 시키는 일만 했다. 그러니 행정이 뭔지 잘 몰랐다. 그러나 중구청 총무과에서는 내가 하는 일에 대한 목표를 세우고 이를 달성하기 위한 계획을 세워야 했으며 예산 편성도 했다. 이런 행정의 흐름과 처리 능력을 배워가며 실천도 했다. 시간이 지날수록 행정 처리 능력은 향상되어갔다.

더욱이 일선 구청은 주민 생활과 밀접한 일을 처리하는 종합 행정 관청이다. 총무과는 구 행정 전반을 기획하고 통제하는 부서로서 타 과의 일도 심사 분석을 해야만 하는 부서였다. 그곳에서 근무하는 직 원들은 종합적인 행정 처리 능력을 갖추어야 했다.

내가 중구청에 부임하면서 기능별 업무 처리부서가 아닌, 행정을 전 반적으로 통제하고 지원하는 부서인 총무과에서 일하게 한 것은 능 력 있는 공무원이 되라는 하느님의 계시인 것 같았다. 그곳에서 배우 고 익힌 행정 능력은 나의 기나긴 공직 생활의 여정 동안 주춧돌이 되었다고 생각했다.

5

두드려라, 열릴 것이다

중구 총무과에서 주사보로 승진하면서부터 주사로 승진할 수 있는 방법을 찾기 시작했다. 그 길은 시험을 보아 합격할 수 있는 실력을 갖추는 것과 근무평정을 잘 받아 시험을 볼 수 있도록 제반 여건을 갖추는 일이었다.

먼저 승진시험에 대비해 건국대학교 행정대학원 석사과정에 입학했다. 대학원은 근무처에서 가까운 종로2가 옆 낙원동에 있어서 시간을 절약할 수 있었다. 총무과에서 일한 지 9개월만이고 주사보로 승진된 지 5개월만이었다. 또다시 주경야독의 힘든 생활이 시작되었다.

대학원은 행정학과와 부동산학과가 있었다. 행정학과는 지방행정, 인사행정, 재무행정 등으로 세분화되었고, 나는 지방행정을 전공했다. 당시는 부동산 붐이 한창인 때라 부동산학과가 인기가 좋았다. 나는 명예를 중요시하고 선비 정신이 강해서 그런지 그쪽은 관심 밖이었다.

행정학과 교수진은 행정학에 권위 있는 서울대학교 교수들이 거의 초빙되어 강의를 했다. 마치 서울대학교 행정대학원으로 착각이 될 정도였다. 그런 훌륭한 교수님들 밑에서 배운다는 게 영광이었다. 그래서 하루도 빠지지 않고 강의를 열심히 들었다. 그곳에서 배운 지식이 실제로 공직을 수행하는 데 밑거름이 되었다.

학생들은 행정부 공무원들이 많았다. 같은 계통에서 일을 하기 때문에 친해졌고 서로서로 이해해 주었다. 가끔 은사를 초청하여 야유회나 사은회를 열어 친목을 도모하기도 했다. 그곳에서 맺은 인연이 인맥이 되어 공직 생활이나 사회생활을 하는 데 많은 도움이 됐다.

주경야독 생활이 비록 힘들고 고달픈 회색 생활이었지만 먼 훗날의 푸른 꿈을 늘 간직하고 있었으므로 자긍심과 보람도 있었다. 그래서 더욱 열심히 공부했다. 이 정도 실력이면 직장 내에서 치르는 시험에는 합격될 것이라고 생각했다. 이젠 시험 볼 수 있는 자격을 갖추는 것뿐이었다.

직장에서는 고과考課 담당자인 총무계의 이주원 씨와 친해지도록 노력했다. 그는 외모도 생각도 반듯한, 한마디로 군더더기가 없는 깨끗한 신사분이었다. 경주 출신으로 아버지가 군수를 지냈으며, 일찍 어머니를 여의고 계모 밑에서 자랐다고 했다. 나의 어린 시절과 같아서 동병상련의 관계가 됐다. 그래서인지 아니면 나의 불굴의 노력을 가상히 여겼는지 도와주려고 애를 많이 썼다. 고과 점수를 잘 받으려면 본청 인사과 고과계하고도 긴밀하게 지내라는 등 승진에 관련된 정보를 그때그때 자세히 알려 주었다.

인사과 고과계장은 마침 건대 행정대학원 선배였다. 서울시에서는 건대 행정대학원 출신 모임이 있어서 가끔 만나던 사이었다. 찾아가서 6급 승진 시험을 보게 해 달라고 했다. 승진 소요 기간인 1년 6개월은 지나야 하니 그 기간이 지나면 상의하자고 했다. 안 되는 것은 안 되니까 너무 서둘지 말라고 충고도 했다. 나는 머쓱해서 사무실에 돌아오면서 내가 너무 급히 서두르는 것이 아닌지 돌이켜 보았다.

그러나 여기서 멈출 수는 없었다. 우선 자체 내에서 고과를 잘 받도록 노력해야겠다고 생각했다. 그래서 이 주임에게 고과를 잘 받을 수 있는 무슨 방법이 있는지 문의했다. 가장 좋은 방법은 구청장의 지시만 있으면 된다고 했다. 방법을 강구하기로 했다.

그때 본청 주택국장으로 발령받아 온 고향 선배님이 생각났다. 일면식도 없었지만 고향을 배경 삼아 찾아가서 도움을 청했다.

"중구청 총무과에서 근무하고 있는 이종인입니다. 고향 선배님께서 서울시로 오셔서 반가워 인사도 드리고 도움도 청할 겸 해서 찾아뵙게 되었습니다."

국장님께서는 반갑게 맞이하셨다.

국장님은 아, 그래, 어려움이 많지? 하시면서 고향 집은 어디냐, 서울시에 거창 출신들이 얼마나 되느냐, 애로 사항이 뭐냐, 등 여러 가지를 물어보셨다.

"저는 야간에 행정대학원을 다니며 공부를 하고 있습니다. 6급 승진시험을 봐야 하는데 고과 점수가 좀 문제입니다. 저희 청장님께 말씀드려서 시험 좀 보게 해 주십시오. 그러면 틀림없이 합격을 하겠습니다."

나는 확신에 찬 모습으로 당당하게 말씀을 드렸다. 국장님께서는 나의 그 모습에 믿음이 갔는지 알았다며 열심히 일이나 하라고 하셨다.

기쁜 마음으로 사무실로 돌아왔다. 먼저 청장 비서실에 들러 혹시 본청 주택국장실에서 전화가 왔었느냐고 물었더니 아니라고 하여 들뜬 마음이 싹 가셨다. 침울한 마음으로 사무실에서 일을 하고 있는데 비서실에서 전화가 왔었다고 연락해 주었다. 일시에 침울했던 마음이

사그라졌다. 마음속으로 국장님께 '고맙습니다.'라고 인사했다.

며칠 후 총무계 인사주임이 나 때문에 골치 아픈 일이 생겼다며 불평을 했다. 군 출신으로 명령 일변도인 청장님께서 이종인이를 이번 승진 시험을 볼 수 있게 하라고 지시를 하셨다고 했다. 중구에 배정된 6급 승진 인원수는 세 명인데 나의 경력으로는 불가능하다며 인사과에 가서 사정해 봐야겠다고 했다.

나는 미안하다며 내가 도울 일이 있으면 돕겠다고 했다. 한번 노력해 보겠으니 기다려보라고 했다. 내가 만약 이번 시험을 보고 합격하면 모든 것이 주임 덕분이라고 생각하고 그 은혜를 두고두고 갚겠다고 했다. 인사주임은 고과 담당자와 함께 인사과에 가서 사정사정을 했다고 들었다. 결과는 모른다며 기다려보라고 했다.

그 후 나는 그런 일 때문에 미운털이 박혔는지 사회과로 발령이 났다. 직원들 모두가 가기 싫어하는 부서였다. 처음에는 나도 섭섭한 마음이 들었으나 일과시간 내에도 짬짬이 책을 볼 수 있는 시간이 있어서 오히려 좋았다. 그리고 바로 퇴근할 수 있어서 눈치 보지 않고 학교에 다닐 수 있게 되어 내게는 안성맞춤이었다. 현재 내 처지로는 적격 부서였다.

사회과는 사회계와 노동계, 부녀계로 나뉘어 있었다. 나는 과주임으로 사회계에서 일을 했다. 나는 과 서무일과 환경위생 업무를 맡았다. 당구장과 기원, 탁구장 같은 유기장에 대해 지도와 감독을 하는 일이었다.

생전 처음으로 당구를 배웠다. 당구장에서는 지도 공무원이라 이용료를 받지 않았다. 그뿐 아니라 갈 때는 용돈도 쥐어주는 곳도 있었다. 재미가 쏠쏠했다. 환경위생 규정에 따라 위생 점검을 나갈 때는 명동에 있는 당구협회 회장까지 함께하기도 했다. 사회과는 직원들의 기피 부서인데도 그렇게 용돈이 생기는데 다른 과는 얼마나 많은 돈이 생기는지 궁금하기도 했다. 우물 안 개구리처럼 총무과만 제일로 알았던 내가 못난이같이 생각됐다.

한때는 당구장이 불량 청소년들의 소굴이라 해서 도심에는 신규 영업 허가를 금지한 적이 있었다. 당구장 대장에는 등재되어 있으나 실체가 없는 당구장은 명의 변경을 허가받아 이전하여 사용할 수 있었다. 그 명의를 이용하여 영업을 하려는 사람들의 유혹이 심했다. 큰돈을 벌수 있는 기회인데도 나는 원칙대로 업소대장을 현황에 맞게 정리했다. 그 덕에 무서운 사정의 칼날에서도 벗어날 수 있었다.

그런 와중에 6급 시험을 보라는 통보가 왔다. 인사과에서는 나 때문에 승진 인원을 중구에 한 명 더 배정했다고 했다. 참으로 고맙고 기뻤다. 시험을 보았다. 그동안 대학원에서, 도서관에서, 사무실에서, 또는 집에서 한순간도 시간을 낭비하지 않고 준비를 했으므로 합격된 것은 당연한 결과였다. 그 시험을 볼 수 있도록 도와준 많은 분들에게 은혜를 갚는 길은 훌륭한 공무원이 되는 것이라고 생각했다. 더욱 열심히 일을 해야겠다고 다짐에 또 다짐을 했다.

7급에서 6급으로의 승진 소요 기간은 1년 6개월인데 나는 1년 10개월 만에 빠른 승진을 했다. 운 좋게 서울시의 승진 계획과 내 승진 연수가 맞아떨어졌다. 나는 서기보로 발령받아 주사가 되어 하급 관청의 관리직에 오르기까지 4년 8개월밖에 안 걸렸다. 헤아려 보니 일 년에 한 계급씩 올라간 셈이었다. 이는 운도 좋았지만 각고의 노력의 결과였다고 생각된다. 두드리면 열릴 것이라는 하느님의 말씀이 다시 생각났다.

6
살기 위한 몸부림

서울시로 직장을 옮기고 집을 마련하는 동안 보광동 고모 집에서 기거를 했다. 부산 집을 처분한 돈으로 집을 장만하려고 정능에 있는 어느 대학교수의 주택을 계약했다.

잔금 치르는 과정에서 그 교수는 상식에 어긋난 억지를 부렸다. 대학교수라면 근엄하고 사리에 맞는 삶을 살 줄 알고 존경했었는데 돈 앞에서는 일반인들과 똑같이 미물인 것 같았다. 교수들을 다시 보게 됐다.

그 집은 길보다 푹 꺼진 아래쪽에 있어 들어갈 때는 계단을 내려가야 했지만 마당도 있어 살만했다.

우리 집에 국무총리실에 근무하는 비디오카메라 촬영기사가 세 들어 살고 있었다. 서로 바쁜 탓에 자주 만나지는 못했다. 가끔 만날 때면 주택난이 심한 서울에서 새파란 젊은이가 어떻게 집을 소유하고 사나 하는 부러움과 시기심이 깃든 묘한 표정을 짓곤 했다. 기분이 좋지 않았으나 무시해 버렸다.

우연한 기회에 친지로부터 행당동 대로변에 구멍가게가 났는데 방도 하나 있고 장사가 잘되니 한번 해 보라는 권유를 받았다. 점포는 대로변에서 동네로 들어가는 길옆 주물공장 담벼락에 붙어 있는 가설 건물이었다. 공중전화와 담배 가게도 달려 있어 수입이 좋을 것 같았다.

정능 집을 팔아 그 점포를 구입했다. 그런데 복비 문제로 점포 주인과 시비가 붙었다. 고성이 오갔다. 점포 여주인은 얼마나 악랄한지 제 가슴을 스스로 치고 할퀴어 상처를 내고 내가 폭행을 했다고 성동경찰서에 신고를 했다. 기가 막혔다.

경찰서에서는 시비 당시 목격자가 없어 해명이 되지 않았다. 밤새 조사를 받았다. 경찰관도 반신반의하는 것 같았다. 치안국에 근무하고 있는 초등학교 동창생인 원호가 와서 내 곁을 지켜 주었다. 고마운 친구였다. 조사를 끝낸 경찰관은 별일 없을 거라며 내보내 주었다.

세월이 한참 지나 그 사건을 잊고 있었는데 어느 날 내가 일하고 있는 동사무소로 검찰청에서 소환 통보가 왔다. 나는 경찰서 조사로 모든 것이 끝난 줄 알았다가 그 통보를 받고 깜짝 놀라 어안이 벙벙했다.

검찰청에 출두했다. 담당 검사는 전후사정 얘기를 듣고 그 여자의 주소지 동사무소에 가서 부재자 증명서를 받아 오라고 했다. 그 동네에 가 보니 이미 그녀는 종적을 감춘 후였다. 서류를 떼어다 주었다. 검찰청에서는 기소유예 처분으로 종결했다.

그 일로 내 신원조회를 하면 형벌 란에 폭행치상죄가 기재되어 나온다. 웃지 못할 난센스이다. 주먹 한 번 휘두르지 않았는데 사람을 폭행한 셈이 되었다. 자해를 하고 남에게 뒤집어씌우는 후안무치한, 비겁하고 더러운 사람들도 살고 있다는 것을 알게 되었다. 항상 조심해야 된다고 생각했다.

가게는 시골에서 아버지가 올라오셔서 여동생과 같이 운영했다. 장사는 잘되는 편이었다. 담배 가게와 공중전화에서 들어오는 수입도 짭짤했다. 여름에 소나기가 갑자기 오는 날은 비닐우산이 불티나게 팔렸다. 시골에서는 돈 구경이 흔치 않던 시절이라 아버지는 푼돈이지만 돈을 갈고리로 쓸어 담는다고 표현하셨다. 수개월이 지났을까. 도심에서 공해를 유발한다는 이유로 주물공장이 헐리게 되었다. 자연히 가게도 접어야만 했다. 나는 그때 원호와 함께 가게 인근 주택에 방을 얻어 살고 있었다.

아버지와 동생은 시골로 내려갔다. 나는 직장에도 나가야 하고 학교도 다녀야하기 때문에 거처를 일터가 가까운 동사무소 근처로 옮겨 하숙을 했다. 다시 외톨이로 직장 일과 공부에만 매달렸다. 그러던 중에 인사 발령이 있어서 중구청에서 일하게 됐다. 또 다시 거처를 옮겨야 했다.

그때가 보광동 고모가 한남동으로 이사를 한 직후였다. 주변에 적당한 방이 났으니 그쪽으로 오라고 말씀하셨다. 방이 두 개고 마루가 있는 깨끗한 새집이었다. 이사를 했다. 여동생도 다시 서울로 왔다. 비로소 나는 아침에 출근하고 저녁에 퇴근하는 전형적인 봉급생활자가 되었다. 앞으로 장사 같은 부업은 하지 않기로 마음먹으니 평안했다.

여동생에게 중매가 들어왔다. 중학교 동창생의 친동생으로 택시 일을 한다고 했다. 동생은 어린나이에 어머니를 여의고 불쌍하게 자랐는데 아무것도 해준 것이 없어서 마음이 아팠다. 동생에게 의견을 물으니 마음이 있는 것 같았다. 동생이 결혼을 했다.

혼자된 나는 그 집이 큰 것 같고 자취도 쉽지가 않았다. 다시 홀로 편히 살 수 있는 곳을 찾았다. 마침 모래내에 독신자를 위한 베쓸라 아파트가 처음 생겼다. 침대와 책상, 응접용 탁자 그리고 부엌이 전부였다. 혼자 살기에는 안성맞춤이었다. 그곳으로 또 다시 이사를 갔다.

서울 생활이 시작되면서 직장은 직장 내 다른 부서로, 사는 집은 집대로 계속 옮겼다. 짧은 기간 동안 고모 집에도 있었고, 집도 사서 살았었다. 구멍가게를 구입하여 부업도 했었고, 친구와 함께 있어도 보았다. 일터였던 동사무소 숙직실에서 기거도 했고 하숙도 했었다. 셋방살이도 했고, 독신자 아파트에 살기도 했다. 그리고 처가 생활. 이사에 이사의 연속이었다.

이 모든 것이 냉혹한 서울 생활에서 한 젊은이가 살아 남기 위한 몸부림이었다고나 할까.

이 종 인 　 인 생 길

제5부

안정된 생활

1
내 인생의 반려자

서울의 삶은 너무 바빠서 여자 친구를 사귈 여유가 없었다. 직장이나 학교에서 알게 된 여자들은 만나서 식사를 하는 정도였다. 따로 만나 데이트를 해도 뚝섬유원지가 고작이었다.

필운동 사무소에서 근무할 때였다. 사환의 친구가 놀러 왔다. 가녀린 몸매에 예쁘장한 얼굴이었다. 그녀가 친구를 만나러 왔을 때 가끔 차도 마시고 대화도 하게 되었다. 고향은 충남 홍성이고 그곳에서 고등학교를 졸업했다고 했다. 결핵을 앓고 난 후 요양 중이며, 시흥에서 야학에 다니는 아이들을 가르치고 있다고 했다.

나도 결핵으로 치료를 받고 있던 중이라 동정심이 생겼다. 그녀와 회현동 결핵병원에 같이 다니며 데이트도 했다. 그녀는 내가 야간대학에 다니며 열심히 공부하는 태도에 감동을 받았다고 했다. 자기도 대학에 가서 공부를 해야겠다며 국민대학 병설 산업대학에 입학했다. 학교 다니는 동안 얼마나 열심히 공부를 했는지 농업직 7급 공무원 공채 시험에 합격했다.

강원도 홍천 농촌지도소로 발령이 났다. 그 후 우리는 서로 바빠 자주 연락하지 못했다. 그녀가 서울에 올 때 가끔 만났지만 예전같이 밝은 얼굴이 아니었다. 그녀가 공무원이 된 후 야학 교장 선생이 죽기 살기로 매달려 그와 결혼해야 될 것 같다고 했다. 그 말을 듣고도 나는 무덤덤했다. 그녀를 사랑하지 않았던 것 같았다. 우리는 그렇게 헤어졌다.

그 후 나는 오로지 일과 공부에만 전념했다. 내가 중구청 사회과에서 근무하고 있을 때였다. 퇴근 시간이 되어 학교 갈 준비를 하고 있는데 전화가 왔다. 우리 과의 사회복지사인 전 여사였다. 미스 정이 왔다며 다방으로 나오라고 했다. 미스 정은 용산구청에 근무하는 사회복지사인데 전 여사 소개로 몇 번 만난 적이 있었다. 학벌은 나보다 나았으나 매력이 없어 앞으로 만나지 않겠다고 했는데 또 전화를 한 것이었다.

나는 학교에 가야 된다며 전화를 끊으려고 했다. 전 여사는 다급하게 미스 정이 친구랑 왔는데 참으로 예쁘니까 한번 만나보고 가라고 했다. 나도 젊고 총각이라 예쁘다는 말에 마음이 동했고, 전 여사의 성의를 봐서 다방으로 나갔다.

세 여인이 앉아 있었다. 전 여사 말대로 정말 미인이었다. 흠잡을 데 없는 균형 잡힌 얼굴에 머리는 길게 늘어뜨려 세련미가 돋보였다. 얼굴은 꾸밈없는 순수 그대로였다. 그동안 내가 상상해 온 이상형의 여성이었다. 특히 새하얀 손이 더욱 아름다웠다. 이런 손을 섬섬옥수라 했던가.

입은 옷도 흰색인지 아니면 분홍색인지 분간 못할 정도로 아주 옅은 분홍색에 작은 은색 점박이가 밀도 있게 박힌 아름다운 천으로 만든 원피스를 입고 있었다. 보통 여성들이 브래지어로 가슴을 한껏 부풀려 몸매를 과시하려는 것과는 달리 자연스러운 자태 그대로였다. 단번에 나의 마음을 사로잡았다. 그만 학교 가는 것도 잊어버렸다.

미스 정은 친구를 소개하면서 이름은 박진경이고 대학교 동기 동창이라고 했다. 오장동 함흥냉면을 먹으러 왔다가 들렀다고 했다. 이런저런 이야기로 꽃을 피웠다. 나는 오늘 귀한 손님이 이곳까지 오셨는데 그냥 헤어질 수 있느냐며 명동 라이브에 가서 음악을 감상하며 맥주나 한잔 하자고 했다. 모두들 좋다고 했다.

나는 사무실 정리를 하고 나서 나가려고 보니 마침 가진 돈이 없었다. 총무과 회계주임한테 가서 가불을 했다. 명동에 있는 극장식 라이브카페 '마음과 마음'으로 갔다. 우리는 밤늦도록 맥주를 마시며 음악을 감상했다. 헤어질 시간이 다가왔다. 후일을 기약하지 않고 이대로 헤어졌다가는 그녀를 놓칠 것 같았다. 다시 만날 핑곗거리를 찾느라 뇌가 분주히 움직였다.

필운동 사무소에 근무할 때 내 담당 구역에 사시는 분이 수원에서 딸기밭을 하고 있으니 꼭 한번 오라던 말이 기억났다 수원 딸기밭은 당시 데이트족들에게 인기가 많은 곳이어서 수원에 딸기 먹으러 가자고 제안했다. 전 여사와 미스 정이 좋아하며 같이 가자고 했다. 돌아오는 일요일 날 서울역 그릴에서 만나기로 하고 헤어졌다. 다시 만날 생각을 하니 기분이 좋았다.

약속한 날 서울역 그릴로 나갔다. 전여사와 미스 정은 나왔으나 그녀는 보이지 않았다. 오겠거니 하고 한참 기다렸다. 그래도 나타나지 않아 불안한 마음이 들었다. 미스 정이 전화를 하더니 지금 출발한다고 알려 주었다. 안도의 한숨이 절로 나왔다. 또 많은 시간이 흘렀다.

미스 박이 오자마자 우리는 일어서서 곧장 기차를 타러 역내로 들어 갔다.

수원역에서 내려 딸기밭으로 향했다. 주인아주머니가 친절히 안내를 해 주었다. 나는 미스 박의 환심을 사려고 바짝 붙어 잘 익은 딸기를 따 주며 친절을 베풀었다. 재미있게 딸기 파티를 끝내고 그녀와 조금은 가까워진 마음으로 서울로 돌아왔다. 미스 박이 함흥냉면을 좋아하는 것을 알고 조심스럽게 냉면을 대접하겠다며 의향을 물었다. 의외로 좋다고 했다.

당시는 핸드폰이 없던 시절이라 집으로 전화하기도 부담스러워 헤어질 때는 다음에 만날 약속을 했다. 주로 다방이나 제과점이었다. 언제나 내가 먼저 나가 기다렸다. 약속 시간에 나타나지 않으면 좌불안석이었다. 피를 말리는 것 같았다. 일각이 여삼추 같았다. 그러다가 나타나면 구세주를 만난 것같이 금방 근심 걱정이 사라졌다. 지금까지 다른 여성들과의 데이트에서 그런 적은 한 번도 없었다. 내가 그녀를 사랑하는 것일까, 자문해 보았다. 우리들의 사귐은 그렇게 이루어졌다.

그 후 우리는 자주 만났다. 시내에서는 주로 충무로의 영양센터에서 맥주를 마시면서 밤늦게까지 시간을 보냈다. 시간이 얼마나 빨리 지나가는지 몰랐다. 통금 시간이 가까워지면 택시로 상도동 집까지 데려다 주고 나는 그 주변 여관에서 자고 출근하기도 했다. 시간이 나는 대로 등산도 하고 야외로 놀러 다녔다. 친구들 모임에도 항상 같이 참석했다. 친구들에게 미안한 마음도 들었지만 그녀와 같이 있고 싶었기에 아랑곳하지 않았다. 계속 같이 나가자 친구들은 으레 둘이 나오는 것으로 알고 이해했다. 우리들의 사랑은 그렇게 점점 더 깊어져 갔다.

그녀는 황해도 신천 출신 박영조 씨와 평북 용천 출신 장용려 씨 사이에서 2남 1녀 중 막내로 태어났다. 6·25전쟁 발발 직전에 부모님을 따라 남한으로 내려왔다. 무학여고와 이화여대 사회사업과를 졸업했다. 큰오빠는 의사였고, 작은오빠는 사업을 하고 있는 유복한 집안의 고명딸이었다.

어느 날, 그녀가 신문사 일로 속리산으로 출장을 간다고 했다. 배웅한다는 핑계로 속리산까지 따라갔다. 출장일을 끝내고 저녁시간이 되었다. 시간상 서울로 올라갈 수가 없었다. 속리산 관광호텔에 방 두 개를 잡으려 했으나 방이 하나밖에 없었다. 할 수 없이 우리는 방 하나를 같이 쓰기로 했다. 처음에는 쑥스럽고 서먹했으나 사랑하는 젊은 남녀가 만났으니 말해서 무엇하랴. 그 유명한 법주사며 아름다운 속리산 풍광도 아랑곳없이 2박 3일 동안 꼬박 방에서만 지냈다. 꿀보다도 더 달콤한 꿈같은 시간이었다. 그녀하고만 있을 수 있다면 이 세상 그 어떤 것도 다 줄 수 있을 것 같았다. 그래서 사랑이 충만한 곳에는 행복이 넘친다고 하는 것일까.

서울로 돌아온 후 우리는 거의 매일 만나다시피 했다. 그녀는 내가 살고 있는 베츨라 아파트에도 왔다. 자기 집에 있는 시간보다 아파트에 머무는 시간이 더 많아졌다. 그곳에서 우리는 인생의 즐거움을 맛보았고 행복이 무엇인지를 알게 됐다. 우리들의 만남을 극구 반대했던 그녀의 어머니도 이 사실을 알게 된 후 어쩔 수 없다고 생각했던 것 같았다. 오히려 딸이 고생할까 걱정이 되셨는지 상도동으로 들어오라고 하셨다. 처음에는 망설였으나 이사를 했다. 부부로서 삶이 시작된 것이었다.

부부란 칠천 겁의 인연을 쌓아야 하고 전생에서 천 번을 만나야 이승에서 부부의 연을 맺는다고 했다. 우리도 그와 같이 오랜 그리움 끝에 맺어진 인연이 아닌가 생각된다. 서로 사랑하면서 한평생을 함께할 부부의 연을 우리는 그렇게 맺었다.

2

처가 생활

우리 속담에 '겉보리 서 말만 있으면 처가살이하지 말라'는 말이 있다. 이는 처가살이가 쉽지 않다는 뜻일 게다. 그렇게 힘들고 어렵다는 처가 생활을 하게 되었다. 그것도 결혼도 하지 않은 동거 상태에서 얼떨결에 처갓집으로 들어갔다.

처가는 상도동 197-1번지에 있는 3층 건물이었다. 대로에서 양편으로 상점이 늘어서 있는 골목길을 조금 들어가면 삼거리 코너에 있었다. 건물 바로 앞에 이층집 약국이 있었고, 그 약국을 제외하면 상점과 그 주변 모두가 단층 가정집들이라 처갓집 건물이 유독 눈에 띄어 그 동네의 이정표 노릇을 했다.

건물의 1층 중앙은 공중목욕탕(거북탕)이었고, 오른쪽에는 계란 가게와 연탄 가게가, 왼쪽에는 세탁소와 방앗간이 있었다. 2층에는 중국집과 양식집 그리고 가내공장이 들어 있었다. 목욕탕만 직접 운영을 했으며, 나머지 가게는 모두 세를 놓았다.

3층은 주거 공간이었다. 미닫이 철문과 대문을 열고 들어서면 넓은 시멘트 마당이 나오고 그 가장자리로는 화단이 있었다. 주위에는 단독 주택들이라 멀리 국사봉을 중심으로 쭉 늘어선 능선들이 보이고 시야가 탁 트여 시원스럽게 느껴졌다. 집은 안방과 부엌, 방 두 개와 거실로 구성되었다. 안방은 우리가, 부엌 옆방은 장모님이, 그 옆방은 작은처남이 사용했다. 따로 출입하게 되어 있는 방 두개는 관상 보는 분이 임대해 살았다. 의사인 큰처남은 충무로에서 생활하고 있었다.

처갓집은 객식구가 많았다. 부엌일을 맡은 아주머니를 비롯하여 보일러공인 황씨, 남탕에 두 명, 여탕에 세 명, 모두 일곱 명이 목욕탕에 매달려 일을 했다. 서로 바빠서 함께 식사하기는 어려웠지만 어쩌다 한 자리에 모일 때면 시장바닥처럼 시끌벅적했다. 거실이 워낙 넓어서 비좁다거나 불편한 것은 전혀 없었다.

처가에 들어온 지 얼마 되지 않아 아내의 배가 부르기 시작했다. 결혼식도 올리지 않았는데 참으로 난감했다. 식구들과 상의를 했다. 처가에서 살고 있으니 집은 해결되었지만 예단도 전부 나 혼자서 준비해야 될 처지임을 알게 된 장모님은 모든 것을 생략하고 결혼식만 올리라고 했다. 예식장에서 신랑 신부가 교환할 예물도 큰처남 결혼 때의 것을 사용키로 했다. 아내에게는 무척 미안했으나 이 빚은 살아가면서 평생 동안 변치 않는 사랑으로 갚겠다고 마음속으로 굳게 결심했다.

결혼식장은 을지로 3가에 있는 세운예식장이었다. 건대 행정대학원 원장이신 송두용 박사님이 주례를 맡으셨다. 그 외의 식장일은 대학원 동기들과 사무실 직원들이 도맡아서 했다. 결혼식을 올리고 나니 그동안 동거 상태로 마음을 짓눌렀던 스트레스가 싹 가셨다. 하늘을 나를 것같이 기분이 가뿐했다.

결혼식이란 무거운 짐을 내려놓았으니 이젠 새로운 각오로 삶에 임해야겠다고 다짐했다. 당시 나는 마포 수도사업소 관리계장으로 있었다. 사무실 일도 무척 바빴지만 새벽 다섯 시면 황 씨의 셔터 여는 소리와 함께 일어났다. 지하에 있는 보일러실로 내려가서 가동 상태를 확인하고 남탕 욕조에 물 받는 것까지 보고서야 출근을 했다. 아내도 나와 함께 내려가서 목욕탕 운영의 총체적인 일을 점검하고 여탕을 확인한 후에 계산대에 앉아 손님을 받았다. 퇴근 후에도 남탕 일과 아내가 하는 일을 도와주었다.

작은처남은 금성사를 다니다가 그만두고 집에서 잠시 쉬고 있는 중이었다. 얼마 안 있어 자기 사업을 하려고 독립해서 나갔다. 장모님도 연세가 많아 힘에 부쳐 아내에게 목욕탕 운영을 맡겼다. 물론 수입의 일정액을 매월 장모님께 드렸다. 졸지에 아내는 사업가로 활약하게 되었다.

오랫동안 목욕탕을 운영하고 큰 건물을 관리하느라 모두들 지겨워했다. 그래서 건물을 처분키로 했다. 매각할 때까지 십여 년간 그곳에서 살았다. 사랑하는 두 딸도 거기에서 낳았고, 장모님께서 우리 식구들이 독립해서도 편히 살 수 있도록 부평에 여관도 사 주셨다. 독립할 때를 대비해서 우리가 살 집도 마련했다. 퇴직 후의 안정된 삶을 위해 목욕탕 운영의 수익금이 모이면 점포와 산, 밭 등의 부동산에 투자도 했다. 직장일도 잘 풀려 사무관 승진 시험에 합격도 했다.

나의 처가 생활은 그렇게 장모님과 아내의 배려로 내 집처럼 마음 편히 지냈고 모든 것이 잘 풀려 나갔다. 박봉에서 해방되어 일에만 전념할 수 있었으므로 직장에서도 승승장구했다. 나는 처가에서 내 인생의 기반을 닦았고, 은퇴 후에도 안정되고 행복한 삶을 누릴 수 있도록 초석을 쌓았다. 처가살이와 연관된 속담은 나와는 거리가 먼 것 같았다.

3

두 딸의 탄생, 그리고 행복

1973년 3월 23일 금요일, 늦게 퇴근해 집에 왔다. 아내가 진통이 오는지 배가 아프다고 했다. 배를 쓸어주었지만 소용이 없었다. 큰처남한테 전화를 했더니 병원 구급차를 보낼 테니 빨리 오라고 했다. 입원할 준비를 하고 청량리 성바오로병원으로 갔다. 곧 바로 산부인과 병실에 입원했다.

진통은 밤새도록 점점 더 심해졌다. 아무리 배를 쓸어도 소용이 없었다. 토요일 낮과 밤에도 마찬가지였다. 안쓰럽고 불쌍해서 견딜 수가 없었다. 왜 이렇게 늦느냐고 물으니 초산인데다가 노산이라서 자궁 문이 잘 열리지 않는다고 했다. 28세가 노산이라니 놀랐다.

일요일 오전에도 역시 마찬가지였다. 장모님은 불안해서 울먹이며 안절부절못하며 어쩔 줄을 몰라 했다. 나도 아내가 몹시 걱정되어 어떻게 해서라도 빨리 낳게 해 달라고 큰처남에게 졸랐다. 큰처남과 담당 의사들이 상의를 하더니 12시까지 기다려 보고 그래도 자연분만을 못 하면 인위적인 방법으로 낳게 하자고 했다.

아내를 분만실로 옮겼다. 분만실은 의사와 간호사 외에는 아무도 들어갈 수 없었다. 그러나 나는 큰처남 덕분에 병원 측의 배려로 들어

갈 수 있었다. 아내의 산통은 계속되었다. 아내가 불쌍해서 차마 눈 뜨고 못 볼 지경이었다. 그 무섭다는 지옥이 이보다 더할까 싶었다. 다시는 아이를 낳지 않겠다고 굳게 다짐했다. 그 와중에도 내가 남자로 태어난 것이 천만다행이라는 생각도 들었다.

그때 산기가 있는지 의사와 간호사가 분주하게 움직였다. 산통이 최고조에 다다른 것 같았다. 드디어 아기가 응아, 하고 큰 소리로 울음을 터뜨리며 세상에 태어났다. 아내는 심한 오한과 함께 온몸을 사시나무 떨듯 덜덜 떨었다. 이불과 담요를 겹겹이 덮어도 소용이 없었다. 내 체온으로 몸이 따뜻해지도록 감싸주었다.

배 속 아기도 의료 기구를 이용하여 해산시키자는 데 겁이 났던 모양인지 아기 스스로의 힘으로 1973년 3월 25일 11시 45분에 태어났다. 몸무게는 3.75kg으로 건강했다. 아이의 탄생을 축하해야 하는데 제 엄마를 너무 괴롭히고 태어나서 그런지 아무 생각이 없었다. 신생아실에서 간호사가 아이를 안고 있는 것을 밖에서 유리창을 통해 보아도 넋 나간 사람처럼 그저 멀거니 저게 내 자식이구나, 하고 쳐다보기만 했다.

산모의 몸이 회복되자 퇴원을 했다. 집에서 산후 조리를 했다. 장모님과 도우미 아줌마가 온 정성으로 산모와 아기를 돌봤다. 당시는 일회용 기저귀가 없어서 소창으로 만든 흰 기저귀를 사용했다. 빨랫줄에는 언제나 하얀 기저귀 천이 온통 널려 있었다. 아이는 가족들의 보살핌 속에 무럭무럭 잘도 자랐다. 눈을 맞추며 방긋방긋 웃기도 하고 옹알이도 했다. 그렇게 예쁠 수가 없었다. 아름다운 한 송이 꽃과 같았다.

이런 예쁜 아이가, 태어날 때는 제 엄마를 그렇게 골탕 먹이더니 태어나서는 나를 골탕 먹이기 시작했다. 저녁에 잘 때는 꼭 내 품에 안겨야 잠을 잤다. 사무실에서 온종일 일에 시달려 파김치가 되어 들어와도 아랑곳없이 내 품에 안겨야만 잤다. 아마 태어날 때 엄마를 너무 힘들게 해 아빠가 미워할까 봐 아빠의 사랑을 받으려고 그런 것 같았다. 부전여전이랄까 나도 어릴 적 아버지가 없으면 잠을 못 들었던 생각이 났다. 내 품에 안겨 새근새근 잠드는 모습은 천사, 바로 그 모습이었다. 힘들었지만 행복한 순간이었다.

시골 아버지께 첫 손녀딸이 생긴 기쁨을 드리기 위해 이름을 지어 보내달라고 했다. 이름을 고심 끝에 지었다며 서울에서 태어났으니 이경회李京熹라 하라고 보내왔다. 서울에서 태어난 여자아이를 모두 경희라고 한다면, 서울은 경희 천국이 될 것이라며 한바탕 웃음꽃을 피웠다. 큰처남은 제 애비가 시골 출신이니까 '이시골'로 하라 해서 또 한바탕 웃음판이 벌어졌다. 결국 역학을 전공한 옆방 한 선생님께 부탁해서 이수민李守民으로 이름을 지어 호적과 주민등록부에 등재했다.

수민이가 태어난 지 일 년이 좀 지날 무렵, 왠지 아내의 식성이 달라졌다. 빵에서 밥으로 바뀌었다. 먹는 양도 엄청 많아졌다. 이상해서 병원에 갔더니 임신이라고 했다. 아내도, 나도 깜짝 놀랐다. 아내가 수민이를 해산할 때 엄청 고생을 해서 다시는 아이를 낳지 않겠다고 굳게 다짐을 했는데 또 임신이라니 어이가 없고 아내에게 무척 미안했다.

아내는 아이를 낳지 않겠다고 했다. 나도 동조했다. 큰처남에게 상의를 했다. 임신한 지 육개월이 지나면 태아를 지워도 분만 때와 똑같은 고통이 따르고 몸조리를 잘해야 된다고 했다. 보통 고민이 아니었다. 장기간 아내를 설득해서 결국 아이를 낳기로 했다.

수민이를 낳고 난 후 1년 7개월만인 1974년 10월 30일 05시 05분에 둘째 아이가 태어났다. 배 속에 있을 때 하도 발길질을 많이 하고 요동을 쳐서 어른들이 틀림없이 사내아이라고 했는데 여자아이였다.

그날 새벽 산기가 있어서 큰처남이 보내준 구급차로 성바오로병원으로 갔다. 수민이 해산 때와는 달리 병원에 도착하자마자 옷을 갈아입고 바로 분만실로 들어갔다. 조금 있다 간호사가 나오더니 아이를 낳았다고 했다. 산모와 아기 모두 건강하다며 축하한다고 했다. 안도의 한숨이 절로 나왔다. 나도 모르는 사이에 하느님께 감사 기도를 드리고 있었다.

아내는 졸지에 두 아이의 엄마 노릇을 해야만 했다. 산후 조리는 역시 집에서 했다. 그 아이의 이름도 또한 한 선생이 이수현李守玄이라고 지었다. 엄마가 젖이 많아 두 아이가 먹고도 남았다. 다행히 수민이가 동생을 시샘하지 않고 예뻐하고 잘 돌보아 주었다. 장모님은 아이들과 함께하느라고 목욕탕 일도 제쳐두기가 일쑤였다. 가족들의 보살핌 속에 두 아이는 쑥쑥 잘 자랐다.

시골집에서는 몇 년이 지나도 아이가 없자 사내아이를 갖지 않는다고 성화가 대단했다. 한 집안의 장손으로서 대를 이어 나가야 한다고 했다. 그러나 나는 꿈쩍도 하지 않았다. 수민이를 해산할 때 아내의 참담한 광경을 보고 다시는 아기를 갖지 않겠다고 다짐했었다. 대를 잇는 것보다는 아내가 먼저였다.

그런 정황을 모르고 성화를 부리는 집안 어른들을 설득하느라고 온갖 핑계를 다 댔다. 당시 사회 풍습으로 보아 딸 둘만 낳고 단산을 한다는 것은 용납될 수 없었다. 그러나 워낙 내 결심이 굳음을 보고 어른들께서도 이해를 하셨다. 미안했지만 어쩔 수 없는 상황이었다.

딸 둘은 한 배에서 태어났지만 다른 점이 많았다. 수민이는 조용하고 느린데, 수현이는 장난이 심하고 활동적이었다. 젖을 뗄 때에도 수민이는 복숭아 수밀도를 좋아했는데 수현이는 초콜릿을 좋아했다. 그 때문에 수현이는 치아가 상해 고생을 많이 했다. 생김새도 달랐다. 수민이는 나를 많이 닮았는데 수현이는 엄마를 꼭 빼 닮았다. 성격은 수민이는 엄마를 닮아 논리적이고 이성적이었고, 수현이는 나를 닮아 정이 많고 감성적이고 즉흥적이었다. 같은 자매지만 외모와 성격이 반반씩 나누어 부모를 닮는 것은 무슨 조화일까. 외모로는 큰애가 친가 쪽이고, 둘째는 외가 쪽인데 성격과 먹는 음식은 정반대였다.

처가 생활을 하는 바람에 경제적으로 부족함이 없어 두 아이의 성장 과정은 문제가 없었다. 소질을 파악하고 사회성을 기르기 위해 피아노, 무용, 웅변, 태권도 등등 각종 학원을 다니게 했다. 다행히도 아내의 학습 지도에 잘 따라 주었다.

수민이와 수현이는 갖가지 재롱을 피워 항상 집안 분위기를 화기애애하게 만들었다. 우리는 아이들의 정서 함양을 위해 틈만 나면 어린이대공원, 비원, 창경원, 동물원, 에버랜드 같은 곳에 데리고 다녔다. 서울 주변의 가까운 산이나 한강에도 나가 자연 경관을 접하도록 했다. 나날이 즐겁고 행복한 순간들이었다. 두 아이는 마치 우리 집안에 행복을 가져다주려고 태어난 것 같았다.

딸만 둘이지만 후회한 적은 한 번도 없었다. 뻣뻣하고 인정머리 없고 고집불통이라는 아들보다는 딸들이 훨씬 좋다고 생각했다. 온종일 사무실에서 일하느라 지친 몸으로 집에 오면 두 딸은 제 방에서 뛰어나와 내 품에 안겨 웃고 재롱을 부리고 아양을 떨었다. 지친 몸과 마음은 눈 녹듯이 사라졌다. 저희들은 이미 저녁을 먹은 후인데도 내가 밥을 먹으면 밥상머리에 앉아 입맛을 다시며 '아빠는 왜 밥을 그렇게 맛있게 먹어?' 하면서 자기도 먹고 싶다고 했다. 밥 한 숟갈을 입에 넣어주면 아주 행복한 표정을 지었다. 이런 것이 아빠들의 즐거움이고 행복이 아니겠는가. 밥 한 숟갈에서도 내 사랑을 느끼는 것 같았다.

내 일생 동안 늘 기쁨과 즐거움 그리고 행복한 생활을 만들어 준두 딸이 고맙고 또 고맙다.

4
우리들만의 생활

처갓집 목욕탕 건물이 매각되었다. 장모님은 옛날 돈암동에 살았던 향수 때문인지 그곳에 둥지를 틀려 했다. 아내는 아이들의 교육 문제 때문에 강남으로 가야 된다고 강력히 주장하여 대치동에 아파트를 구입했다. 아이들은 상도초등학교에서 대도초등학교로 전학을 했다.

장모님은 큰 집에서 사시다가 아파트 생활이 갑갑한지 집을 팔아 돈암동에 주상복합건물을 사서 살자고 하셨다. 아이들 때문에 아내가 극구 반대하자 이사한 지 7개월 만에 아파트를 팔아 작은아들이 살고 있는 돈암동에 상가가 달린 건물을 사서 장모님만 이사를 갔다. 우리는 바로 옆 청실아파트에 전세를 얻어 이사를 했다.

상도동에 살 때 집안 사정으로 화곡동의 큰처남 집에서 잠깐 동안 기거했지만 우리들만의 삶은 그때부터였다. 아이들은 전학 후 처음에는 학습 진도가 달라 어려움을 겪었으나 금방 극복했다. 강남 아이들한테 뒤지지 않고 공부를 잘했다. 아침이면 나는 출근을 했고 아이들은 학교에 갔으며 아내는 집안 살림을 하는 전형적인 봉급자 생활이었다.

그즈음 서울시에서 인근 개포동에 대단위 아파트 단지를 조성하여 건물을 짓기 시작했다. 그곳에 공무원들의 무주택자들을 위한 배려로 일정 수를 배정했다. 우리는 토지와 다른 부동산은 있었으나 주택은 없었으므로 무주택자에 해당되었다. 아파트를 신청했다. 신청자가 많아 심사에서 탈락되었다. 체념하고 있었는데 뒤늦게 아파트 배정이 되었다고 통보가 왔다. 그 일에 부정이 있었다는 제보가 있어서 시에서는 감사를 실시해 배정된 자 중에 유주택자를 가려 탈락시키는 바람에 나에게 행운이 돌아온 것이었다.

그로부터 많은 시간이 흘러 아파트 동 호수 추첨을 하라는 통보가 왔다. 아파트 배정을 받은 직장 동료와 함께 추첨을 하러 갔다. 나는 개포 5단지 8층에 당첨되었고, 그 동료는 7단지 맨 꼭대기 15층에 당첨되었다. 그가 여기까지 온 김에 부동산에 가서 가격이나 알아보자고 했다. 부동산 중개업자는 내 것은 1,500만 원을 더 주겠다고 했고, 그 친구 것은 원금에서 3~4백만 원을 손해 봐야만 팔린다고 했다. 친구는 얼굴이 새하얘지면서 낙담한 빛이 역력했다. 다음 날, 나를 보고 밤새 한숨도 못 잤다며 술이나 한잔 사달라고 했다. 위로하느라 진땀깨나 흘렸다.

드디어 개포동에 주공아파트 3개 단지가 준공되었다. 청실아파트에 산 지 1년 3개월 만에 개포 5단지아파트로 이사를 했다. 청실아파트에 살 때 세탁기가 낡아 고생하는 엄마가 안쓰러웠는지 큰딸이 이사할 때 세탁기는 자기가 사 주겠다고 했다. 우리는 어린애가 무슨 돈이 있다고 비싼 세탁기를 사겠느냐며 반신반의했다. 그러나 수민이는 그동안 세뱃돈이며 어른들이 주는 용돈을 꼬박꼬박 저축해 두었던 것 같았다. 수민이의 뜻에 따라 세탁기는 그 돈으로 마련했다. 장녀라서인지, 아니면 천성인지 집안 살림을 걱정하는 그 마음이 가상하고 기특했다.

수현이가 서울시향 어린이합창단 단원으로 세종문화회관에서 합창 연습을 하고 있을 때였다. 퇴근 무렵에 세종문화회관 양식당에서 전화가 왔다. 여자아이가 스테이크를 주문해 놓고 음식 값은 시청에 있는 아빠가 줄 것이라고 하는데 어찌하면 되겠느냐고 물었다. 아이가 원하는 대로 주라고 했다. 보통 어른들도 들어가기를 주저하는 그 큰 식당에 꼬마가 겁도 없이 들어가 음식을 주문한 것은 당돌하기도 하고 당차다는 생각도 들었다. 앞으로 이 험한 세상을 잘 헤쳐 나갈 것 같아 대견하기도 했다.

또 한번은 어린이대공원에서 아이들과 함께 시간을 보내고 버스를 타고 집으로 오는 중이었다. 우리 가족은 맨 뒷좌석에 앉아 있었는데 차가 급정거하는 바람에 전 가족이 버스 앞쪽으로 확 쏠려나갔다. 하마터면 큰일 날 뻔했었다. 이때 수현이가 갑자기 큰 소리로 말했다.

"아빠, 이것 봐. 내가 진작 차를 사라 했잖아. 차를 샀으면 이렇게 되지 않았을 텐데, 아빠가 내 말을 듣지 않고…. 에이."

그 순간 나는 이 아이의 기를 꺾어서는 안 된다고 생각했다. 차를 사지 않는 이유를 설명해 줘야겠다 싶었다. 현재 아빠는 돈이 없어서 차를 못 사는 게 아니고 지금 우리한테는 차가 필요 없기 때문에 사지 않았다고 예를 들어 조목조목 설명하면서 이해시키려 애썼다. 수현이는 고개를 끄덕끄덕했다. 그 일을 겪으면서 수현이는 걱정 안 해도 되는 아이라고 판단하였다.

개포동으로 이사한 후 아내는 고급 호텔에 버금가는 수준으로 아파트를 품위 있게 잘 꾸몄다. 큼직한 어항도 설치했고, 각 방의 구조에 따라 장식장과 예쁜 커튼도 달았다. 베란다에는 갖가지 화초들을 잘

가꾸고 정돈해 놓아 집안 분위기를 밝게 했다. 퇴근 후 공적인 일이 아니면 곧바로 집으로 오고 싶은 마음이 들도록 꾸며서 우리 가족의 삶의 공간이자 포근한 휴식처로 만들었다. 내가 안면마비 중세로 집에서 치료를 받고 있을 때 문병을 왔었던 국장께서 나를 직장에서 만나면 '너는 아직도 그 호텔에서 살고 있느냐'고 할 정도였다.

우리 부부는 틈만 나면 아침저녁으로 인근에 있는 대모산이나 구룡산으로 산책을 나갔다. 휴일에는 그 산을 넘어가 신원동 마을 앞에 사 놓은 밭에서 채소도 가꾸고 나무도 심곤 했다. 8층 라인의 이웃들과도 수시로 만나 생활에 대한 정보도 교환하고 우정도 쌓았다. 바로 밑 테니스장에서 운동을 열심히 해서 체력을 다지기도 했다.

우리 가족들은 이름 있는 맛집도 수시로 다녔고 여행도 자주 다녔다. 서울 근교는 물론이고 철 따라 유명한 관광지를 틈나는 대로 섭렵했다. 특히 여름 휴가철이면 아이들을 위해 수심이 낮고 고운 모래로 다져진 안면도 앞 바다를 위시하여 전국의 유명 해수욕장에서 해수욕도 즐겼다. 우리들만의 생활은 행복을 넘어 달콤한 꿈을 꾸는 것 같은 생활이었다.

이사를 하면서 아이들은 개포초등학교로 전학해서 학업에 충실했다. 나는 직장 일에 최선을 다했고, 아내는 부동산과 주식 투자로 부업을 시작했다. 주식은 실패하여 다시는 쳐다보지도 않았지만 부동산은 톡톡히 재미를 보아 집안 살림에 큰 보탬이 되기도 했다.

우리 가족들은 처음으로 우리 능력으로 마련한 새 아파트에서 각자 자기 하는 일에 최선을 다했다. 항상 행복하고 즐겁고 보람 있는 우리들만의 생활이 되었다고 생각했다.

5
두 딸의 대학 입시 전쟁

아이들은 개포초등학교를 졸업하고 인근 개원중학교에 입학했다. 중학교 졸업 후 큰아이는 학교 성적 상위 학생의 신설학교 배정 원칙에 따라 갓 개설된 개포고등학교로 진학했다. 수현이는 우리 아파트 옆 길 건너에 있는 경기여고에 진학했다. 수민이는 공부에 열심인 반면, 수현이는 유네스코 등 동아리 활동에 더 열을 올렸다.

세월은 흘러 어느덧 수민이가 대학교 입학시험을 보게 되었다. 공부를 잘해서 걱정을 안 했는데 그만 고배를 마셨다. 후기에라도 진학하라 했으나 재수를 하겠다며 스스로 경기도 광주에 있는 한솔학원에 등록했다. 그곳에서 먹고 자면서 온종일 책과 씨름하는 고행의 길이 시작되었다.

토요일이나 일요일이면 면회를 가서 인근 식당에서 맛있는 음식도 사 주고 정신적으로 휴식을 취하게 했다. 다시 학원에 데려다주고 헤어질 때 수민이는 마음이 흐트러질까 두려워서인지 뒤도 돌아보지 않고 휑하니 찬바람 나게 들어갔다. 그 모습이 너무나 안쓰러워 차 안에서 얼마나 울었는지 모른다. 그런 가운데 시간은 흘러 또다시 대학 시험을 보게 되었다.

지난번 시험에 쓴맛을 봐서 우리도 이번에는 긴장했다. 원래 인간은 약해지면 의지할 곳을 찾는 습성이 있는가 보다. 우리도 처음으로 점집을 찾게 되었다. 서울에서 가장 유명하다는 점집에 갔다. 점술가는 이것저것 물어보고 점괘를 보더니 집에서 서북 방향에 위치한 대학에 응시해야 합격한다고 했다. 만약 집에서 서북 방향에 원하는 대학이 없으면 시험 전날 잠자는 곳에서 가고 싶은 대학이 서북 방향에 있으면 괜찮다고 했다. 허황된 생각이 들었으나 아이의 장래가 걸린 문제라서 그냥 넘길 일이 아니었다. 집에 와서 아파트 옥상에 올라가 서북 방향을 보니 그쪽 대학은 숙명여대뿐이었다. 수민이가 원하는 대학은 교육공학과가 있는 이대나 한양대였기 때문에 난감했다.

한솔학원에 갔다. 입학사정 선생님께 수민이의 지망 학교를 숙대로 유도해 달라고 부탁했다. 선생님께서는 수민이를 불러 말해보았으나 본인이 깜짝 놀라면서 떨어져도 좋다고 단호하게 거절했다고 했다. 수민이 실력으로는 걱정 안 하셔도 된다며 믿어 보라고 했다.

수민이가 그동안 힘들었던 기숙학원 생활을 마감하고 집으로 오는 날이었다. 책이랑 옷가지를 차에 싣고 있는데 학원 친구들이 다가와서 말했다.

"수민아! 시험 잘 봐야 돼. 꼭 붙어야 돼. 수민이 파이팅!"

이구동성으로 외쳤다. 수민이가 대학에 합격되기를 진심으로 기원했다. 일 년 동안 동고동락한 친구들과 헤어지는 것이 몹시 아쉬운 모습들이었다. 나도 그 아이들의 모습이 안쓰러웠고 대학에 꼭 붙기를 기원했다.

그때 나는 성동구청 건설국장으로 근무하고 있을 때였다. 마침 한양대학에 지인이 있어 교육공학과에 대한 그해 입시 추세를 물어 보았다. 과열 현상이라며 교육학과를 지원하는 것이 입학할 확률이 높을 것 같다고 했다. 교육학과에서도 교육공학 공부를 얼마든지 할 수 있으니 아무 문제가 없다고 했다. 수민이와 상의해서 교육학과로 결정하고 입학지원서를 냈다. 이제 남은 것은 시험을 잘 보는 일 뿐이었다.

그러나 내 머릿속에는 점술가의 예언이 계속 맴돌고 있어 영 마음에 걸렸다. 사무실에서 지도를 펴 놓고 한양대학교가 서북 방향이 되는 쪽의 숙박 시설을 조사해 보았다. 정확한 지점에 동서울호텔이 있었다. 호텔 방 하나를 미리 예약했다. 수민에게는 교통 체증 문제로 시험 전날은 시험장 가까운 호텔에서 잘 거라고 일러두었다.

나는 아내와 함께 수민이를 데리고 동서울호텔로 갔다. 아내와 수민이만 호텔에서 자게하고 나는 집으로 왔다. 시험 날, 아침 일찍 일어나 호텔로 가서 수민이를 데리고 한양대학교로 갔다. 가까운 거리라서 그런지 수월하게 도착했다. 대학 정문 앞은 벌써 수험생들과 응원하러 온 학생들, 그리고 학부모들로 장사진을 이루고 있었다. 시험 시간이 되자 정문은 굳게 닫혔다. 학부모들은 떠나지 못하고 학교 안쪽만 주시하고 있었다. 시험은 오후 5시에 끝난다고 하니 나는 아내에게 뒷 일을 맡기고 사무실로 출근했다.

사무실에서도 일이 손에 잡히지 않았다. 아내와 가끔 전화 연락을 하며 시험 종료 시간이 되기를 기다렸다가 학교로 달려갔다. 수민이가 나오기를 기다렸다. 그런데 수민이 얼굴이 밝지를 못했다. 게다가 아내가 모범 답안지라는 것을 구해서 차 안에서 맞춰 보았는데 긴가민가한 문제가 모두 틀린 모양이었다. 수민이가 울며불며 난리를 쳤다. 아무리 진정시키려고 해도 막무가내였다. 또 틀렸구나 생각하니 마음이 착잡했다. 호텔에 데려다주고 나는 모임이 있어 모임 장소가 있는 강남으로 갔다.

그날 모임은 '덕우회'라고 서울시에 근무하는 거창 출신들의 모임이었다. 내가 회장으로 있어 빠질 수가 없었다. 회식 내내 마음이 어두웠다. 음식도 맛이 없었다. 모임이 끝나자마자 곧바로 호텔로 갔다. 초인종을 눌렀다. 그런데 이게 웬일인가. 아주 밝고 명랑한 목소리로 "누구우세요요요?" 하며 수민이가 문을 열어 주었다. 얼마 전까지만 해도 울고불고 난리였는데, 깜짝 놀랐다. 사연인즉, 그날 저녁 텔레비전에서 문제 풀이를 해 주었는데 모범 답안지에서 틀렸다고 한 문제들이 전부 맞았다는 것이었다. 안도의 한숨이 절로 나왔다. 우리는 오랜만에 웃음꽃이 활짝 핀 저녁을 보냈다.

합격자 발표 날이 다가왔다. 노심초사하고 있는데 아침 일찍 한양대학교 지인으로부터 따님의 합격을 축하한다는 전화가 왔다. 얼마나 좋은지 훨훨 날고 싶은 심정이었다. 집에 그 기쁜 소식을 먼저 알리고 오후에 장모님과 함께 전 가족이 한양대학교로 갔다. 합격자 발표 명단에 수민이의 이름도 찾아보고 기념사진도 찍고 하면서 서로 기쁨을 나눴다. 그렇게 수민이는 대학생이 되었다.

수현이도 수민이의 동생이 아니랄까 봐 언니의 전철을 그대로 따랐다. 고등학교 졸업 후 역시 대학 입학시험에 실패하고 제 언니가 공부한 한솔기숙학원에서 재수 생활을 했다. 본래 자유분방한 아이라서 학원 생활에 적응하느라고 고생깨나 한 것 같았다.

한번은 거창 우리 집안에 결혼식이 있어 내려가는 길에 아이가 보고 싶고 격려도 해 주려고 학원에 들렀다. 만나서 위로하고 집안 얘기도 나누면서 시간을 보내고 일어나려고 할 때였다. 자기도 우릴 따라 시골에 가겠다고 했다. 어처구니가 없었다. 안 된다고 하니까 울고불고 떼를 썼다. 난감했다. 그런데 학원에서 친한 친구들이 다가와 수현이를 다독이고 달래 주어 가까스로 진정시켰다. 학원 생활이 얼마나 고통스럽고 지겨워 저러나 싶으니까 마음이 몹시 아팠다. 그래도 헤어질 때는 웃으면서 잘 다녀오라고 하여 한결 마음이 가벼웠다.

그것도 잠깐 대학 입시 날은 어김없이 다가와 시험을 치렀다. 그때는 대학 입시 제도가 수능시험 제도로 바뀌었다. 전국적으로 수능시험을 일시에 치르고 그 성적에 따라 대학과 학과를 선택하여 입학하는 제도였다. 수험생이 대학에 합격하기 위해서는 온 가족이 이 학교 저 학교에 다니면서 눈치작전으로 입학원서를 제출해야만 했다. 수현이는 불어불문학과에 지원하기를 원했다. 아내와 수민이는 외국어대로, 나와 수현이는 한양대 안산캠퍼스와 경희대로 가서 눈치작전을 폈다. 내가 우겨서 비교적 경쟁률이 낮아 보이는 경희대 가정관리학과에 입학원서를 제출했다.

입학원서를 제출하고 나서 수현이는 안산캠퍼스 불어불문과를 원했는데 아빠 때문에 떨어지게 생겼다며 울고불고 난리를 쳤다. 이미 주사위는 던져졌기 때문에 합격자 발표만 기다리는 문제만 남았다.

합격자 발표하는 날 새벽에 아내가 말했다.

"어머나! 어떻게 이럴 수가…."

아이들 방에 들어가서 자고 있는 아이들을 끌어안으며 부산을 떨었다. 온 식구가 다 깨어나 뭐냐고 물었다. 수현이가 합격된 것 같은데 자신은 심장이 멎을 것 같아 다시 걸 수 없으니 경희대학교에 확인 전화를 해 보라고 했다. 모두들 화들짝 놀라 전화를 했다.

"축하합니다. 이수현 님의 대학 입학을 축하드립니다."

분명한 전화 음성이 들려왔다. 집안은 온통 축제 분위기였다. 수현이를 끌어안고 뽀뽀를 해 주며 수고했다고 다독였다.

그날 밤, 아내는 화장실의 변기에 똥이 넘칠 정도로 꽉 차 있는 꿈을 꿨다고 했다. 길몽이라는 생각이 들어 아주 조심스럽게 대학에 전화를 걸었단다.

"축하합니다."

아내는 참으로 기쁜 나머지 실수로 잘못 들었을까 봐 확인해 보라고 했단다. 똥 꿈이 길몽인 것은 틀림없는 것 같았다.

수민이가 대학에 합격할 때와 마찬가지로 온 식구가 그날도 경희대학교 합격자 발표 장소에 나가서 다시 한 번 합격 여부를 확인하고 기념사진도 찍었다. 그때도 장모님이 함께 참석하여 축하해 주셨다. 수현이도 그렇게 엄연한 대학생이 되었다.

한국의 대학 입시 경쟁은 총만 들지 않았지 전쟁터를 방불케 했다. 그 소리 없는 전쟁터에서 두 딸은 잘 살아남았다. 그 치열한 경쟁 사회에서 좌절하지 않고 우뚝 선 투철한 의지와 정신으로 대학 생활에서도 부단히 노력하여 가정이, 사회가, 그리고 국가가 원하고 필요로 하는 사람이 되기를 마음속으로 기원하기도 했다.

6
사회의 역군이 된 두 딸

아내는 혼자 사시는 친정어머님을 위해 해외여행을 준비했다. 수민이는 대학 2학년생이고, 수현이는 수능시험을 본 후 대학에 입학원서를 제출하고 합격자 발표를 기다릴 때였다. 그때는 공무원들의 해외여행이 금지되어 있어서 조심하느라 아내도 함께 여행할 수가 없었다. 수민이와 수현이가 할머니를 모시고 갔다 오게 했다.

여행지는 인도네시아의 발리 섬으로 5박 6일의 일정이었다. 여행을 마치고 돌아온 딸들은 자기들만 해외여행을 다녀와서인지 미안해했다. 풍광이 아름답고 우리나라에서는 볼 수 없는 귀한 열대과일이 지천이라 한 번은 꼭 가봐야 할 곳이라고 했다. 큰딸은 우리 부부의 결혼 25주년 기념여행을 발리로 보내주겠다고 했다. 대학을 졸업하고 취직해서 일 년 동안에 월급을 모으면 여행 경비는 충분하다고 했다. 먼 훗날 얘기지만 마음만은 기특했다.

수민이는 대학에서 성적이 우수해서 장학생으로 선발되었다. 졸업할 때까지 4년 동안 등록금을 한 번도 내지 않았다. 고맙고 대견스러웠다. 공무원들은 복지 차원에서 자녀들의 대학 등록금을 정부로부터 대출받아 납부하고 대출금은 졸업 후 2년이 지난 후에 원금만 갚는 제도가 있어서 수현이도 부담 없이 대학교를 다녔다.

당시 어학연수 열풍이 일기 시작했다. 수민이는 캐나다에서 1년간 어학연수를 했고, 수현이도 언니를 따라 6개월 동안 다녀왔다. 아이들이 어학연수를 하는 동안 아내와 장모님은 캐나다로 가서 아이들과 함께 미국의 동부와 서부를 40여 일간 여행을 다녀왔다. 장모님에게는 친언니도 만나보고 다른 친척들도 찾아보는 등 뜻 깊은 여행이었다.

또한 수민이는 아내의 배려로 대학생 시절 유럽으로 56일간의 긴 배낭여행을 했고, 수현이도 64일간의 배낭여행을 다녀왔다. 선진 유럽의 사회와 문화를 몸소 체험하고 안목을 넓혀 험한 세상을 스스로 살아갈 수 있는 힘을 기르기 위해서였다. 실제로 수현이는 동유럽을 여행하면서 여권을 소매치기 당했는데도 현지 경찰서와 대사관을 찾아 스스로 해결하고 무사히 귀국했다.

수민이는 대학 졸업 후 무역회사에 응시해서 합격되어 면접까지 보고 발령 대기 중에 있었다. 그런데 IMF 바람에 회사가 구조 조정에 들어가 입사가 장기간 보류됐다. 그 회사를 포기하고 '(주)애경'에 시험을 봐서 합격했다. 사회생활의 첫 발을 내디딘 것이다. 무한경쟁사회에서 회사를 유지하기 위해 어떻게 대응하는가를 그곳에서 배웠다. 전 사원이 최선의 노력을 해야 살아남는다는 것을 몸소 체험하고 느꼈다. 그런 경험은 추후 사회생활을 하는 데 큰 자산이 될 것이라고 생각했다.

수민이가 취직한 후 일 년쯤 지났을 때였다. 우리 부부의 결혼 25주년 기념여행을 발리로 갔다 오라며 통장과 도장을 내 놓았다. 통장에는 300만 원이 들어 있었다. 4년 전의 약속을 지킨 것이다. 한번 약속한 일을 잊지 않고 지키니 더욱 믿음직스럽고 대견해 보였다.

마침 인도네시아의 가루다 항공사가 한국 취항 4주년 기념으로 여행 경비를 대폭 할인해 줄 때였다. 5박 6일에 1인당 40만 원이면 됐다. 결혼기념일인 11월 4일 발리로 떠났다.

인도네시아의 자카르타 공항에서 잠시 쉬었다가 출발했는데 가이드가 애인을 만나느라고 그만 비행기를 놓치고 말았다. 우리 일행 중 그룹 여행 중인 숙대 출신 아줌마들이 있었는데 난리가 났다. 다행히 그 가이드는 다음 비행기로 따라 왔으나 팁도 한 푼 못 받고 여행 내내 죄인 취급을 당했다. 자기 일에 최선을 다하지 않으면 어려운 일이 생긴다는 교훈이었다.

아름다운 발리에서 원조 발리댄스도 감상하고, 스노우쿨링, 바나나 보트 타기, 헬리콥터에서 밧줄에 매달려 공중에서 해변 관광하기, 리조트의 워터파크에서 물놀이, 래프팅 등등을 즐기느라 시간가는 줄도 몰랐다. 그중에서도 래프팅은 열대식물들로 뒤덮인 천길 절벽 사이로 소용돌이치는 계곡 물을 따라 가는 여정이었다. 2시간 동안 스릴과 흥분으로 이어졌다.

또한 리조트에서 물 슬라이드를 타고 내려오다가 물에 떨어지는 순간 천 길 물속으로 빠지는 착각을 하여 허우적거렸던 일, 그 일로 주변 분들의 웃음을 샀던 것도 잊지 못할 추억거리였다. '접시 물에도 빠져 죽는다'는 옛말이 거짓은 아닌 것 같았다. 큰딸 덕분에 열대 과일도 실컷 먹었고, 이국의 빼어난 풍광도 구경했다.

수현이가 대학에 다니는 동안 전공한 가정관리학과의 명칭이 아동

주거학과로 바뀌면서 문과에서 이과 계통으로 넘어갔다. 아동주거학과는 3학년 때부터 아동보육 전공과 주거설계 전공으로 나뉘었다. 수현이는 주거설계를 전공했다. 주거설계 공모전에도 참여했다. 우수 작품으로 선정되어 예술의 전당 전시실에 전시되기도 했다.

수현이는 대학 졸업 전에 인테리어 회사에 취직을 했으나 주거설계 공부를 더 해야겠다며 그만두었다. 졸업 후 건국대학교 건축대학원에 진학해서 본격적인 인테리어 공부에 들어갔다. 손재주가 있어 모형 제작을 잘해 공모전에서 자주 입상을 했다.

대학원 졸업 후에는 건실한 인테리어 회사에 취직이 되어 전국에 걸쳐 일을 하러 다니느라 여념이 없었다. 대학원 교수가 독일 유학을 추천했으나 사귀고 있는 남자의 집에서 적극 반대하여 포기했다.

부산에 있는 외국인 회사의 인테리어 공사를 수현이가 맡아서 할 때였다. 메리어트호텔에 숙박을 했고, 혼자 있기가 무서워서인지 우리를 내려오라고 하여 우리 부부와 수민이가 같이 내려갔다. 수현이는 공사 현장에서 일하고, 우리는 부산의 명소들을 관광했다. 저녁에는 수현이를 데리고 맛 집에서 오순도순 가족끼리의 정도 쌓았다. 수현이가 일하는 공사 현장에 자주 방문하여 맛있는 음식도 사주고 늘 사기를 북돋아 주었다. 결혼 후에도 잠시 일을 계속하다가 아이가 생겨 육아에 전념키로 했다. 아이들이 자란 후를 대비해서 지금은 L·H공사의 계약직 주부 모니터로 참여하고 있다.

수민이는 직장에 1년 6개월 정도 다니다가 일이 적성에 맞지 않아 그만둔다고 했다. IMF를 맞은 어려운 시기에 남들은 구조 조정으로 직장에서 행여 쫓겨날까 걱정들인데 가진 직장도 그만둔다 하니 부모로서 걱정이 됐다. 이런 내 마음을 눈치 챘는지 수민이는 우리를 안심시키는 말을 했다.

"아빠, 걱정하지 마세요. 1개월 이내에 취직될 거예요."

자기 전공을 살리는 쪽으로 생각하는 것 같았다. 그의 말대로 1개월도 안 되어 취직이 됐다. 외국인에게 한국어를 가르치는 일이었다. 압구정동에 있는 외국어 학원에서 강사가 되었다. '과연 우리 딸이 능력이 있구나' 하는 생각이 들었다. 그 학원에서 인맥을 쌓고 정보를 얻어 연세대학교 교육대학원에 '외국어로서의 한국어' 학과에 응시하여 합격했다. 일과 공부를 동시에 하는 주경야독의 생활이 시작되었다.

또한 얼마 있지 않아 건국대학교 외국어학원으로 자리를 옮겨 외국 학생들을 가르치기도 했다. 연세대 교육대학원을 졸업한 후에는 지도교수의 강력한 추천으로 교육실기시험을 거쳐 연세대학교 한국어학당에서 일을 하게 되었다. 그제야 전공도 살리고 제가 좋아하는 일을 마음껏 하게 되어 부모로서 마음이 뿌듯했다.

두 딸이 세상에 태어나 성장하면서 좌절과 실망을 안긴 적도 있었다. 하지만 대체적으로 부모가 의도하는 대로 잘 따라 주었다. 대학 시절부터는 스스로 노력하여 사회가 필요로 하는 역군이 되었다. 이렇게 두 딸이 사회의 일원이 되어 책임 있는 위치에까지 다다른 것을 자랑스럽고 고맙게 생각한다.

7

산본으로 이사하다

정부에서는 서울의 과밀화를 막기 위해 5대신도시건설을 추진했다. 분당, 평촌, 산본에 이어 중동과 일산에 모두 200만 가구를 건설하기 시작했다. 그중에서 분당에 건설되는 아파트의 인기가 제일 좋았다.

우리도, 아이들이 커서 결혼을 하면 여러 식구가 모일 수 있는 평수가 넓은 아파트가 필요했다. 분당에 아파트 분양 신청을 했다. 인기가 좋아 신청자가 몰려 두 번이나 떨어졌다. 분당은 가망이 없을 것 같아 다른 지역을 물색했다. 안양의 수리산 동편에 위치하고 자연 경관이 뛰어난 산본 신도시를 선택했다. 아예 주택상환사채를 사기로 했다.

㈜한양주택이 산본에 지을 아파트의 상환 사채를 발권한다고 해서 이를 샀다. 이는 주택건설업체가 자금을 마련하기 위해 발행하는 채권으로 주택을 상환받을 수 있는 사채를 말한다. 상환 사채를 보유한자는 아파트 당첨자 중에서 국채를 가장 적게 쓴 금액만 내면 되었다.

우리는 바로 수리산 옆에 짓고 있는 8단지 아파트를 선택했다. 나는 55평을 원했으나 아내는 평수가 큰 아파트가 인기가 있고 더 좋다며 65평형을 신청했는데 당첨이 됐다. 아파트 당첨자 중에 국채 7만 원을 쓴 자가 있어 우리는 분양 금액 1억 3천만 원에 7만 원만 더 내면 되었다. 얼마나 좋아했는지 모른다. 그때 당첨된 사람의 평균 국채 금액은 7천여만 원이었다. 주택복권에 당첨된 것과 마찬가지라며 주변에서 야단들이었다.

아파트를 짓고 있던 한양주택이 자금난으로 부도가 났다. 정부에서는 한양주택을 보증하고 있는 주택공사로 하여금 계속 아파트를 건설하게 했다. 당시 5대 신도시건설을 동시에 추진했으므로 모래가 모자라 바다 모래를 사용하는 바람에 아파트 건설이 부실 공사가 된다는 여론이 들끓었다. 정부에서는 공사 점검을 하는 등 정상 추진에 심혈을 기울였다.

나도 걱정이 되어 산본에 짓고 있는 우리 아파트에 대해 주공의 고위직에 있는 지인에게 부실시공 여부를 문의했다. 골조만큼은 100년이 지나도 끄떡없으니까 걱정 말라고 했다. 아파트 공사는 건축 계획대로 차질 없이 시공되고 있었다. 두 번의 연장 시공 끝에 준공이 되었다. 정부에서는 시공 회사에게 지체 상금을 물렸다. 우리는 900여만 원을 돌려받았다. 결국 아파트 전체 가격은 1억 2천여만 원밖에 들지 않았다.

아파트를 설계할 때 거실 옆의 방 하나는 입주자의 희망에 따라 변형할 수 있도록 했다. 우리는 가족 수에 비해 방이 너무 많아 거실과 트도록 했다. 고치고 보니 거실이 하도 넓어 운동장을 연상케 했다.

주공의 지인 말대로 아파트는 튼튼하게 지었으나 벽지며 전등, 창틀 등 인테리어 제품이 저가품으로 품위가 없어 보였다. 아내는 이사하기 전에 아파트 내부를 고가품으로 바꾸는 대공사를 시행하여 최고급 아파트로 만들었다. 거실의 인조대리석 마룻바닥은 너무 아까워서 나무 무늬목으로 교체하려는 것을 적극 만류하여 그대로 사용케 했다.

실내 장식장들도 이사할 때를 대비해 미리 인도네시아산 원목으로 만든 가구들을 구입해 놓았었다. 안방용 침대며 식탁, 거실 응접용 탁상과 의자, TV 받침대, 장식장 등, 그것들을 적당한 곳에 배치했다. 그리고 거실의 한 면에는 양쪽에 육각형 장식장을 놓고 그 사이에는 당시 화면이 가장 큰 쏘니 34인치짜리 TV와 음질이 좋다는 스위스산 오디오며 노래방 기기들을 들여놓았다. 다른 한 면에는 양주 진열장을 설치하고 양주 코너를 만들어 거실의 환경을 고급스럽게 치장했다.

아이들 방도 확장해서 방 구조에 따라 붙박이장과 책상, 책 진열장, 침대, 경대 등을 모두 맞추어 넣었다. 우리가 거처할 안방은 방이 두 개가 붙어 있어 안쪽 방은 붙박이옷장과 화장대를 설치했고, 다른 방은 침대와 소품용 응접 의자와 탁자 및 텔레비전만 놓아 넓게 쓰도록 했다. 내가 골프를 좋아해서 베란다에는 퍼트 연습기도 들여놓았다.

개포동에 산 지 11년 만에 마음에 꼭 드는 산본 아파트로 이사를 갔다. 아파트 뒤로는 수리산이 병풍처럼 펼쳐져 있고, 안방에서 바라보면 야트막한 산들이 골짜기를 따라 겹겹으로 놓여 있어 시야가 탁 트였다. 비가 올 때는 개구리 소리가 여기저기서 들려 시골 속의 현대 문화 공간이었다. 창문을 열어 놓으면 앞산에서 써늘한 공기가 들어와 더운 여름밤에도 문을 닫고 자야만 했다. 아침이면 까치 소리가 요란했고, 봄철에는 각종 꽃향기가 은은하게 풍겼으며, 특히 아카시 꽃이 필 무렵이면 온 단지 내가 달콤한 꽃향기로 가득 차곤 했다.

서울의 강남도 승용차로 20분이면 갈수 있었고, 내 직장도 쉽게 다닐 수 있어서 우리 내외는 이곳에 오래 살자고 했다. 특히 교통이 좋아 인근 영동고속도로를 따라 경부, 중부, 내륙, 중앙 서해안고속도로

가 접해 있어 전국 어디든지 여행도 쉽게 다닐 수 있었다. 특히 서해안은 30분이면 갈수 있어 드라이브하기 좋았다. 오죽했으면 이곳에서 생을 마감하자고까지 했을까.

이사를 간 후 집들이를 많이 했다. 직장 동료들, 아내 친구들, 일가친척들 등등, 모두들 집이 넓고 장식을 잘해 놓아 좋다고들 했다. 집들이에 초대받은 직장의 한 친한 친구가 말했다.

"이 국장, 나는 너를 잘 알고 있는데 만약 박 여사를 안 만났으면 지금도 13평 정도의 아파트에서도 살지 말지 할 텐데 부인을 잘 만나 이렇게 크고 좋은 집에 살고 있으니 엄청 부럽다."

참석자들은 한바탕 웃음을 피우기도 했다.

우리 집을 방문한 사람들은 하나같이 '집이 참 좋다'고 했다. 어떤 사람들은 '지금까지 내가 본 집 중에서 제일 좋은 것 같다' '나는 이렇게 잘해놓고 사는 사람은 세 번째 보는 것 같다' '이런 집에 살면 돈이 많이 들 텐데' 등 부러움과 걱정 섞인 말을 한마디씩 던졌다.

그런 말을 들을 때마다 나는 묘한 기분이 들었다. 공무원이 부정을 하지 않으면 어떻게 그렇게 잘살 수가 있나, 하고 오해를 살까 봐 걱정이 되기도 했다. 그러나 그동안 아내가 사업을 했다는 것을 잘 아는 친지들과 직장 동료들은 당연시했다.

경남 거창의 한 시골마을의 가난한 농가에서 태어난 촌뜨기가 냉랭한 서울 생활에서 좌절하지 않고 굳건하게 살게 된 것은 잘살아 보려는 내 의지도 있었지만 주위 분들의 많은 도움이 있었기 때문이었다. 특히 아내를 잘 만난 것이 가장 큰 행운이었다.

8
호순이가 택한 견공

우리 가족은 우리 내외와 두 딸, 모두 네 명이다. 딸들이 다 자라서 결혼 적령기에 접어들었다. 따라서 사윗감에 대해 은근히 관심을 갖게 되었다. 딸들이 알아서 신랑감을 구하면 좋겠다고 생각했다.

첫째 딸 수민이는 결혼에 대해 소극적이었다. 몇 군데 선도 보았으나 좀처럼 마음을 열지 않았다. 나는 덴마크의 철학자 키에르 케고르가 말한 '결혼을 해도, 결혼하지 않아도 후회'할 것이란 말을 들려주며 이왕 후회할 것이면 결혼 해 보고 후회하는 것이 좋지 않겠느냐며 설득을 했다. 하지만 수민이는 결혼 후의 후회는 상처가 훨씬 더 깊다면서 결혼 의사가 없음을 내비쳤다. 결혼 독촉을 하면 알아서 할 테니 걱정 말라고 했다. 우리가 세상을 떠나고 나서 그 아이 혼자 평생을 외로이 살아가야 된다고 생각하니 내가 못난 아비 같았고 마음이 몹시 아렸다.

수민이는 학식도 많고 사회 경험도 풍부했다. 또 고등교육의 중심지인 대학에서 일을 하고 있다. 그래서 나름대로의 인생에 대한 철학과 가치를 갖고 있다고 생각한다. 마음은 아팠지만 수민이의 뜻을 존중키로 했다. 그래도 우리 가슴속에는 늘 그 아이의 장래가 염려되는 것을 보면 자식에 대한 부모의 애틋한 사랑이 이런 것인가 생각되었다. 이젠 수민이가 세상을 즐겁고 보람 있게 살기를 바랄 뿐이다.

직원 100여 명을 거느리고 건축설계회사를 운영하는 고향 친구가 있다. 둘째 딸 수현이가 실내 건축을 전공해서 취직을 부탁하면서 이력서를 제출했다. 이력서에 붙인 사진을 그의 둘째 아들이 보고 수현이를 꼭 한번 만나게 해 달라고 조른다며 전화가 왔다. 그 아들은 서울대학교 대학원에서 공부를 하고 있으며, 아들 명의로 40평형 아파트도 있다고 했다. 한번 만나게 해 주자고 내게 부탁했다.

수현이에게 의견을 물으니 반응이 시큰둥했다. 아버지 체면을 봐서라도 한 번만 만나보라고 했다. 마지못해 만나더니 키도 크고 잘생겼지만 마음이 없다고 했다. 그 후에 우리들 권유에 못 이겨 억지로 서너 번 만나더니 앞으로는 안 만나겠다고 딱 잘라 말했다.

그때 수현이는 대학 4학년 때 미팅에서 만난 남자 친구와 사귀는 중이었다. 이름은 '류명관'. 경남 합천이 고향이고 부친은 교육부 산하 공무원이었다. 류 군은 고려대학교 금속공학과를 졸업했다. 현대그룹에서 학비를 지원받아 서울대학교 대학원에서 박사과정을 밟고 있었다. 졸업 후 현대계열사에서 학비 지원 기간의 배를 근무하는 조건이었다.

그 당시 수현이는 새벽 서너 시까지 제 방에서 전화통을 붙들고 있는 것을 보면 꽤 열애 중인 것 같았다. 수민이는 몇 번 만나 봤다며 키가 작은 것 외에는 흠잡을 데가 없다고 말했다. 우리도 한번 보고 싶어 기회를 만들라고 했다. 산본 중심 상가에서 우연히 만나는 것처럼 하라고 했다.

만나자고 한 날 저녁에 아내와 함께 산본 중심 상가로 나갔다. 맞은 편에서 누나랑 동생이 오는 것같이 보였다. 바로 수현이와 그 남자 친구였다. 키가 작다는 소리는 들었지만 그렇게 작을 줄은 몰랐다. 첫 만남은 그렇게 이루어졌다. 찻집에서 차 한잔 하고 무안할까 봐 우리는 일찍 일어났다.

첫 인상으로 보아서는 사윗감으로 썩 마음에 들지 않았다. 아내는 수현이가 좋다고 하면 어쩔 수가 없는 것 아니냐고 했다. 그 후 돈암동에 사시는 장모님이 그 사실을 알고 꼭 봐야겠다고 연락이 왔다. 강남의 한 양식당에서 만났다. 대뜸 이런 좋은 관상은 처음이라며 무조건 결혼시키라고 했다. 그때부터 그 친구는 우리 가족이 되려나 보다 하고 생각했다.

그 후로 우리 가족들 모임에는 꼭 참석토록 하여 안면을 익혔다. 자주 만나 보니까 마음도 착하고 행동 하나하나가 꾸밈없이 성실해 보여 정이 들었다. 공무원 집안이라 경제적으로 넉넉지 못한 것이 걱정이 되었으나 본인의 능력만 믿고 결혼시키기로 마음을 정했다.

사당의 한 한정식 집에서 집안끼리 상견례를 했다. 고향이 같은 경남이고 사돈 될 분이 내 고향 거창에서 7년간이나 근무를 했다. 나와 같은 공무원이기도 해서 혼수며 결혼 날짜와 결혼식장, 결혼 후 신혼 살림집 등에 대해 격의 없이 의견을 나누었다. 그때 류 군은 박사학위 취득을 앞두고 있었고 수현이는 건대 건축대학원 졸업 직전이었다.

1999년 10월 2일, 강남의 한국과학기술회관 예식장에서 호랑이 띠인 수현이와 개띠인 명관이가 결혼식을 올렸다. 결혼식 날, 견공이 호순이와 하객들 앞에서 신 나게 춤을 추어 한바탕 웃음바다가 되기도 했었다. 식후 곧바로 제주도로 신혼여행을 떠났고, 신접살림은 당분간 개포동 대청타워에 있는 우리 오피스텔에서 생활하기로 했다. 결혼 후 수현이는 바로 직장을 잡았고, 얼마 안 있어 사위도 박사학위를 취득하여 이천에 있는 현대그룹의 하이디스라는 전자회사에서 근무하게 되었다.

그렇게 명관이는 새로운 가족이 되었다. 우리는 주말이나 공휴일에는 산본 집에서, 아니면 서해안이나 강남의 레스토랑에서 서로 간의 정을 쌓아가며 격의 없는 가족이 되도록 노력했다.

9
세상에서 가장 귀한 보물

결혼 후 수현이 부부는 각자 직장 생활을 하면서 열심히 살았다. 류 서방은 아침이면 이천의 하이디스 사무실로, 수현이는 인테리어 시공 현장으로 출근했다. 주말이면 짬을 내서 우리 가족끼리 모임도 자주 가졌다.

나는 수현이가 결혼한 지 2년이 지났을 때쯤 꿈을 꿨다. 시골 우리 동네 입구에 넛들에 물을 공급해 주기 위한 큰 도랑이 있었다. 그 옆에 논이 한 필지 있었는데 살얼음이 얼어 있는 상태였다. 그때 갑자기 논 한가운데 얼음이 찌지직거리며 불룩하게 솟아올라 깨지더니 엄청나게 큰 돼지가 만면에 웃음을 띠면서 얼굴부터 내밀고 나왔다. 나를 보더니 씽긋 웃으면서 천천히 동네 안으로 들어가는 것이었다. 꿈이 하도 이상하고 생생해서 아내에게 말했더니 태몽이라고 했다.

그런 일이 있은 후 수현이가 임신을 했다고 연락이 왔다. 꿈이 신통하게도 맞았다. 임신을 해서도 일을 계속하다가 산달을 앞두고 직장을 그만두었다. 그런 다음 산본 우리 집으로 왔다. 류 서방은 주말이면 산본으로 왔다. 다행히 회사 통근 버스가 산본역 근처에서 출발해 평일에도 우리 집에서 출근하는 날이 많았다.

수현이는 산본에 있는 제일산부인과병원에서 주기적으로 검진을 받았다. 아이가 사내아이라고 했다. 우리가 기뻐했음은 물론이고 시가에서는 복덩이가 들어왔다고 더 기뻐했다.

출산일이 다가와서 병원에 입원을 했다. 온 집안 식구가 병원으로 갔다. 진통이 심했다. 수현이는 자연분만이 산모나 아기에게 좋다는 말을 믿고 미련하도록 자연분만만을 고집했다. 몇 번을 시도했으나 실패하자 아기가 태어날 시가 좋다는 2002년 12월 18일 16시 58분에 결국 수술로 낳았다.

간호사가 갓 태어난 아기를 안고 나와 "아빠와 똑같은 붕어빵이에요." 하면서 보여 주었다. 어떻게 그렇게 제 애비와 꼭 같을 수 있을까. 귀도 제 애비를 꼭 닮았다. 이왕이면 제 어미도 좀 닮았으면 하는 마음도 들었다. 산모와 아기가 건강해서 천만다행이었다.

며칠 뒤 병원 옆 산후조리원으로 옮겼다. 3주 가까이 그곳에서 조리를 했다. 아내는 조리원에서 거의 살다시피 했고 나도 퇴근 후 곧바로 그리로 갔다. 보호실에 있는 많은 아이들 중에 유리창을 통해 내 손자를 찾느라고 분주했었다. 그들 가운데 새근새근 잠을 자다가 가끔 입을 빨며 쌩긋이 웃고 배냇짓을 하는 손자의 모습을 넋을 잃고 바라보았다. 아기는 하루하루가 다르게 예쁜 모습으로 변모해 갔다.

산후 조리가 끝나고 우리 집으로 왔다. 아내는 집안 도우미와 별도로 아기 돌보미를 함께 불러 아기와 산모에게 전념케 하며 온 정성을 기울였다. 그래도 마음이 놓이지 않았는지 외출도 삼갔다.

아기는 무럭무럭 잘 자랐다. 아기 하는 짓이 어찌나 재미있는지 신기해서 퇴근 후 아기를 보느라고 나는 아무것도 하지 못했다. 오로지 아기와 함께했다. 아기가 옹알거리고 쌩긋쌩긋 웃을 때는 세상에 이런 보물이 어디 있나 싶었고, 아기를 위해서는 어떤 희생도 감수하겠다고 생각했다.

아기는 자라면서 모든 것을 스스로 하려고 했다. 반듯이 누운 상태에서 발버둥을 치다가 뒤집게 되면 자신이 뭔가 해 냈다는 듯 고개를 반듯이 들고 우리를 향해 손짓 발짓을 하며 환희에 찬 웃음을 보냈다. 무척 대견해 보이고 사랑스러웠다. 그리고 시간이 지나자 기기 시작했다. 이때부터는 무엇이 그렇게 궁금한지 사람 기척이 나면 안방으로, 이모 방으로, 그리고 부엌으로 헤집고 기어 다녔다. 고개를 갸우뚱거리며 생각하는 모습은 한 인간으로 성장해 가는구나 싶었다. 무엇이든지 흉내 내려 했다. 곧이어 서기 시작하자 벽을 짚고 뒤뚱거리며 한 발 두 발 떼어 놓았다. 그리고 아장아장 걷기 시작했다. 아기의 자라는 모습은 한편의 드라마보다 더 재미있었다.

아내는 아기 이름을 서울 시내의 이름난 작명소에서 지었다. '류승엽'이라고 했다. 작명가의 말에 의하면 이 아기는 머리가 좋아 장차 어떤 분야에 진출해도 성공할 것이므로 부모가 특별히 관여 안 해도 스스로 알아서 자랄 것이라고 했다. 특히 과학자나 언론 계통이 더 좋다고 했다.

아내는 수현이가 신혼집으로 살고 있는 오피스텔이 아기 키우기에 적당치 않다고 생각하여 사위와 상의하여 이천에 있는 사위 직장 가까이에 아파트를 마련했다. 수현이는 1년을 넘게 우리 집에 있다가 그곳으로 거처를 옮겼다. 그 후 우리는 사흘이 멀다 하고 뻔질나게 딸네 집으로 가서 사랑하는 손자와 함께 지냈다. 그 바람에 이천 시내의 이름난 맛집과 어린이 놀이터와 공원 등 안 가본 곳이 없을 정도였다.

수현이가 이천에 산 지 1년이 지날 무렵 또 임신을 했다. 산달이 가까워오자 다시 우리 집으로 와서 제일산부인과에 다니면서 검진을 받았다. 또 사내아이라고 했다. 시가에서는 더욱 신이 났다.

산기가 있어 병원에 입원했다. 승엽이 낳을 때와 마찬가지로 제왕절개를 했다. 2005년 7월 29일 14시 24분이었다. 간호사가 아기를 안고 나왔다. 지금까지 말로만 듣던 떡두꺼비 같은 아들이었다. 정말 든든하게 생겼다. 갓 낳은 아기지만 첫인상으로 보아 장차 훌륭한 사업가가 되겠구나 싶었다.

승엽이 때와 마찬가지로 산후조리원을 거쳐 우리 집으로 와서 조리를 했다. 그때 승엽이는 단지 내에 있는 어린이집에 맡겨 사회성을 길렀다. 퇴근 후 나는 두 손자의 재롱에 푹 빠져 시간 가는 줄을 몰랐다. 세상사는 재미가 바로 이런 것이구나 생각되었다.

이번에도 승엽이 이름을 지었던 그 작명소에서 아기 이름을 지었다. '류승한'이라고 했다. 이 아기는 장차 엄청난 재산가가 될 것이라고 말했다. 그리고 자라는 동안 형하고 절대 비교를 해서는 안 된다고 했다. 출산 때 첫인상을 보고 내가 느꼈던 것과 같이 장차 재물을 크게 이룰 것 같은 생각이 들기도 했다.

이번에 수현이는 반년 넘게 우리 집에 있다가 이천 자기 집으로 갔다. 승한이는 자라면서 태어날 때 그 떡두꺼비 같은 모습은 온 간데없고 제 어미를 닮아 아주 예쁘고 귀엽게 변해갔다. 그리고 형이 하는 모든 것을 따라하려고 했다. 그것을 못 하게 하면 난리가 났다. 승한이는 아토피가 심해 온천에 자주 갔다. 그래도 잘 낫지 않아 이천 시청 옆 숲 속에 아내 이름으로 분양받은 아파트로 이사를 갔다. 공기가 쾌청하고 전망이 논과 산만 보이는 농촌 풍경이라 자라나는 아기들 정서 함양에도 좋을 것 같았다.

두 손자는 그곳에서 무럭무럭 잘도 자랐다. 승한이는 자라면서 위트가 있어 가끔 어른들의 대화에 슬며시 끼어들어 던지는 한마디는 우리를 깜짝 놀라게 하고 어안이 벙벙케 한다. 우리의 발길은 더욱 이천으로 향했다.

사위가 다니던 회사가 중국인에게 넘어가자 그렇게 밤낮없이 돌아가던 공장이 멈추는 일이 많았고, 결국은 법정관리에 넘어가게 되었다. 그렇지 않아도 그동안 삼성그룹에서 계속 스카우트 제안이 있었던 차에 기흥에 있는 삼성종합기술연구소로 자리를 옮겼다. 그래서 회사와 가까운 곳으로 이사를 가기로 했다.

이곳저곳을 물색하다가 수지 신봉동 자이아파트에 보금자리를 마련했다. 광교산 줄기의 바로 산 밑이라 공기가 산뜻했고, 아파트 앞 정원은 푸른 잔디와 나무들로 조성되었으며, 그 사이사이에 놀이 시설이 있어서 어린이 키우기에는 적격이었다. 또한 초등학교가 아파트 앞 정원과 연결되어 있어서 등·하교 시 교통사고의 위험이 없어 더더욱 좋았다. 그곳으로 옮긴 이후로 승한이는 아토피가 완치되었다. 쾌적한 환경이 우리 인체에 얼마나 큰 영향을 주는지 실감했다.

두 손자가 자라는 동안 아내는 외국에 여행갈 때마다 외국 아이들의 장난감을 사다주어 놀게 했다. 미국, 중국, 브라질 등 세계 각국의 어린이들의 특이한 옷이 있으면 똑같은 것으로 사다 입혔다. 그 옷을 입고 외출을 하면 보는 사람들이 귀엽다고 야단들이었다.

승엽이는 뽀로로 인형을 하도 좋아해 잠실 롯데백화점 인형 가게에서 큼직하게 특별히 주문하여 생일 선물로 줬더니 좋아서 깡충깡충 뛰고 난리법석을 떨었다. 잘 때에도 뽀로로를 꼭 껴안고 잤다. 두 아이는 또한 레고를 좋아하여 어린이날이나 생일 또는 크리스마스 때에는 어김없이 그것을 선물하여 두뇌 발달에 도움이 되도록 했다. 우리는 두 손자가 원하는 것은 무엇이든지 해 주고 싶었고 또한 해 주었다.

사랑하는 두 손자는 그곳에서 어린이 집을 비롯하여 유치원을 거쳐 초등학교에 입학했다. 금년에 승엽이는 5학년이 되었고, 승한이는 2학년이 되었다. 둘은 영특하여 우리의 극진한 사랑에 보답이라도 하듯이 거의 매번 '아주 잘했음'이라고 학과 점수를 받아올 정도로 공부를 잘했다. 특히 승엽이는 금년 카이스트 주관 국제 창의력경진대회에서 우리나라 초등학교 대표 20팀에 그의 친구와 함께 발탁되기도 했다. 그해 10월에 카이스트에서 발표와 질의응답을 영어만 사용하며 하룻밤을 보냈다. 그곳에서 국내외 영재들과 또다시 경쟁을 하여 은상을 수상하는 등 기염을 토했다.

이와 같이 두 손자는 황혼에 접어든 우리 내외에게 즐거움과 기쁨을 안겨주고 있다. 또 삶의 보람도 느끼게 한다. 손자들은 이 세상 그 어떤 귀중한 보물보다도 더욱 귀한 보물이라고 생각한다.

이 종 인   인 생 길

제6부
서울시의 중심에서

1

관리직으로 처음 일하다

각고의 노력 끝에 1971년 9월 20일, 주사로 승진했다. 그때 승진한 사람은 예외 없이 모두 동사무소에 배치한다는 인사 원칙에 따라 중구 충무로 4·5가동 사무장으로 발령을 받았다.

공무원으로 임명된 후 관리직 업무는 처음이었다. 충무로 4·5가동은 주로 주거지역으로 일상적인 민원 업무와 세금 등 공과금 징수가 주된 업무여서 비교적 한가한 편이었다.

당시 나는 대학원에서 석사 논문을 준비하고 있을 때여서 오히려 잘됐다고 생각했다. 동장을 필두로 전 직원이 가족 같은 분위기에서 일을 했다. 점심도 동사무소 앞에 있는 한 가정에서 준비해 함께 먹으니 직원 간에 친밀감은 더욱 돈독해졌다. 동장은 술을 좋아했고, 업무에는 별 관심이 없었다. 주로 사무장인 내가 업무 통솔을 했다. 업무량이 많지 않아 별 문제없이 잘 진행되었다.

동사무소에 근무한 지 몇 개월이 지나 부청장께서 연두 순시를 나왔다. 부청장은 경찰서장 출신으로 구청장보다 더 구정을 장악하려고 했다. 연두 순시에 대비하여 나름대로 준비를 하고 맞이했다. 동장이 더듬거리며 업무 보고를 해서인지 연신 질타를 당했다. 그는 이것저

것 업무에 대해 질문을 던졌다. 그 질문에는 내가 거침없이 답변했다. 그러자 상사의 지적에 부하 직원이 꼬박꼬박 말대답을 해서 그런지 부청장이 갑자기 큰 소리로 "자네는 말이야, 새파랗게 젊은 사람이 일은 제대로 안 하고 말로만 잘하는데 그래도 되느냐!"며 역정을 냈다. 나는 분위기가 심상찮게 돌아가는 낌새를 알아챘다.

"죄송합니다. 앞으로 주의하겠습니다."

부청장은 주의하라며 횅하니 돌아갔다.

부청장이 돌아간 후 얼마 안 있어 구청 총무과장으로부터 빨리 들어오라는 전화가 왔다. 서둘러 들어갔다. 총무과장은 고시 출신이고 시장과 동향 분으로 전도가 양양했다. 나를 보더니 앉으라면서 "자네에 대해서 좀 알아봤는데 자네는 똑똑하고 무슨 일이라도 잘 처리한다고 들었다. 그런데 왜 부청장 부아를 터뜨리게 했어. 자네에게 교육을 단단히 시켰다고 부청장에게 보고할 테니 돌아가서 열심히 일이나 해." 하고 나에게 타일렀다. 나는 죄송하다고 말하고 사무실로 돌아왔다.

그런 일이 있고난 후 동장과 직원들은 나를 더욱 신뢰했다. 그 후 나는 평소와 같이 업무에 임했다. 사무장 직책은 구청 회의에 참석하고 직원들에게 업무 지시 후 진행 사항만 체크하면 되는 자리였다. 그래서 여유 시간이 많았다. 석사 논문 제출 기한이 임박하여 사무실에서도 틈틈이 논문을 썼다.

행정대학원에서 석사 논문은 권영찬 교수님께서 지도하셨다. 논문 제목은 그 당시 내가 하고 있는 업무 중에서 선택해야 자료 수집이 쉽다며 동 행정에 대해 써 보라고 하셨다. 고심 끝에 '동 행정에 관한 연구'를 제목으로 택하고 연구 범위를 서울특별시 동 행정을 중심으로 하겠다고 말씀드렸더니 좋다고 하셨다.

논문은 수집된 자료를 바탕으로 쓰기 시작했다. 처음에는 목차를 써서 교수님께 보여 드렸다. 그다음에는 목차에 따라 한 부분씩 쓰는 대로 교수님의 연구실로, 커피숍으로, 때로는 청파동 자택으로 교수님 시간에 맞추어 찾아다니며 지도를 받았다.

드디어 논문이 완료되어 심사를 받게 되었다. 논문 책자는 본청 행정과에 근무하는 유시원이가 시청 발간실에 의뢰해서 50부를 무료로 만들어 주었다. 논문 심사는 송두용 원장님과 두 분의 교수님이 맡았다. 심사 후 질의응답 시간에 원장님께서는 논문의 내용은 괜찮지만 몇 군데 문장이 서툴다며 지도를 해 주셨다. 까다로운 심사를 통과하여 행정학 석사가 됐다.

충무로 4·5가동에서 관리자로서의 자질을 연마하는 한편 개인적으로는 시간을 쪼개가며 열심히 노력한 끝에 행정대학원을 수료했다. 그 후부터 홀가분하게 업무에만 전념하게 됐다.

동사무소에 오래 근무하면 나태해지고 동료들과의 경쟁에서 뒤질 것 같아 빨리 그곳을 벗어나고 싶었다. 그전부터 학교 문제로 알게 된 지인에게 동사무소 근무만 면하게 해 달라고 부탁했다. 당시 그분은 고위층의 최측근에서 일하는 분으로 부탁만 하면 누구도 거절하기 어려운 시절이었다.

그 후 얼마 안 되어 발령이 났다. 마포 수도사업소 관리계장 자리었다. 주사로 승진되어 동사무소에 발령받은 지 10개월도 안 된 때였다. 주위에서는 격려하며 부러워했다. 그때까지 구청이나 동사무소 같은 종합행정부서에서 일을 했으나 상수도 행정이라는 특수 분야의 업무를 맡게 된 것은 처음이라 긴장되었다. 특히 수도사업소는 당시 이권 부서로 감사관실 등 통제부서에서 늘 주시하고 있었으므로 부정부패에 휩쓸리지 않도록 마음을 단단히 먹었다. 그때까지 닦아온 공직 기반을 바탕으로 이제부터는 관리직으로서 고공 행진뿐이라고 생각했다.

2
물장수

마포 수도사업소 관리계장은 관리직으로서 두 번째 보직이었다. 사무실은 신촌로터리 서강대교 쪽 오른편에 있었다. 수도사업소에서 하는 일은 마포구 관내의 전 주민에게 맑고 깨끗한 물을 공급해 주고 수도 요금을 징수하는 일이었다. 한마디로 물장수였다.

수도사업소의 직제는 소장 밑에 관리계, 과징1계, 과징2계, 공무계로 나누어져 있었다. 서기관 소장 밑에는 사무관으로 과장 직제가 되었어야 하나 당시 여건상 주사계장으로 보직되었다.

내가 명을 받은 관리계장은 선임계장으로서 소장 부재 시 대리 업무를 해야 했고 사업소의 기획 예산 결산 업무와 청사 관리 및 직원 200여 명의 인사 업무를 담당했다. 직원들이 업무 수행 중 조례 위반이 발생하면 조사 처리하는 일도 맡았다.

그 일을 차질 없이 수행하기 위해서는 밤낮없이 노력해야만 했다. 특히 퇴근 후 나는 아내가 하고 있는 사업도 도와야 했고, 사무관 시험공부도 준비해야 했기에 내 몸은 많이 지쳐 있었다. 그래도 공과 사를 분명히 해서 공무를 수행하는 일에 한 치의 오차도 없이 처리했다.

당시는 공무원들의 비리가 만연할 때여서 정부에서는 서정쇄신 차원에서 수시로 감사를 하고, 여론이 좋지 않은 공무원에 대해서는 암행감찰도 했다. 더더구나 수도사업소는 이권 부서로 분류되어 외부 통제 부서인 정보부, 보안사, 경찰서에서까지 주시를 하고 있었다. 하루하루가 살얼음 위를 걷는 기분으로 조심스럽게 일을 했다.

명절 때나 우리를 감시하는 기관에서 행사가 있을 때에는 으레 인사치레를 해야 했다. 그럴 때마다 비용을 마련하느라 마음고생이 심했다. 그래야만 우리를 귀찮게 하지 않고 무사히 잘 지나갔다. 일종의 먹이사슬 체제였다. 현재처럼 정화된 공무원 체제에서 보면 어처구니없는 시절이었다.

내게도 명절 때가 되면 봉투가 들어왔다. 전혀 대가성이 없는 인사치레였다. 한 직장에서 매일 얼굴을 맞대고 일을 하는 입장에서 안 받을 수도 없고 난감했다. 만약 받지 않으면 오히려 음해의 대상이 되기도 했다. 당시 중구나 종로구 등 도심의 수도 검침원은 얼마나 수입이 좋았던지 업무 보조원을 따로 고용하여 일을 시키고 자기는 당구나 치고 사우나를 즐긴다는 소문이 자자한 시절이었다.

나는 사무관이 되어 더 큰 중책을 맡아 일을 해 보고 싶은 욕망이 앞섰던 때였다. 그런 중요한 시기에 비리 사례가 비일비재하는 부서에서 오랫동안 근무한다면 무슨 일을 당할지도 모르겠다는 생각이 들었다. 그래서 수도사업소를 하루빨리 떠나야겠다고 결심했다. 나를 도와준 그분에게 전후 사정을 얘기하고 본청에서 근무하게 해 달라고 다시 한 번 통사정을 했다.

사업소에 발령받은 지 1년이 지난 무렵 어느 날 밤에 꿈을 꾸었다. 내가 서울시장의 수행 비서로 근무하게 되어 지프차를 타고 시장님을 수행하는 꿈이었다. 하도 꿈이 생생하여 무슨 좋은 소식이 있으려나, 하고 출근을 했는데 그분에게서 연락이 왔다. 시장 비서실장이 좀 보자고 하니까 들어가서 무슨 말을 하는지 듣고 전화를 해 달라고 했다. 부리나케 본청으로 달려가 비서실장 방으로 들어갔다.

"마포 수도사업소에 근무하는 이종인입니다. 실장님께서 저를 찾는다고 해서 왔습니다."

"아, 그래. 잘 왔다. 여기 앉아라. 이 과장하고는 어떤 사이냐?"

"학교 선후배 사이입니다."

"그래, 본청 어느 부서에서 근무하고 싶으냐?"

"서울시 직원들 모두가 인사과나 감사과에 근무하기를 원하고 있는데 저도 그곳에서 일을 해 보고 싶습니다."

"좋아, 그곳에 근무토록 해 주지. 그런데 이번 인사에서 인사과나 감사과에 인사 발령이 없으면 어디에서 근무하고 싶으냐?"

"저는 중구청 총무과에서 오랫동안 근무한 경험이 있으므로 그 계통에서 일 하고 싶습니다."

"좋아, 알았다. 가서 열심히 일하고 있어라."

실장님의 말씀이었다.

그런 일이 있고 나서 얼마 안 되어 본청 총무과로 발령이 났다. 수도사업소에 근무한 지 1년 2개월이 채 못 된 시점이었다. 서울시 필운동에 첫 발령을 받은 지 꼭 6년 8개월 만이었다. 서울시 직원이면 누구나 한 번쯤은 근무하고 싶어 하는 본청에서 근무를 하게 되어 하늘을 날고 싶은 심정이었다. 도움을 주신 분께 전화를 해서 감사하다는 인사와 함께 앞으로 절대 기대에 어긋나지 않는 공무원이 되겠다고 말씀드렸다. 그분도 무척 보람을 느끼는 것 같았다. 바야흐로 대한민국의 수도, 서울특별시 태평로의 생활이 시작되었다.

3

서울시 본청에서

총무과 사무실은 본관 3층 시장실과 부시장실 바로 옆에 있었다. 발령장을 들고 총무과에 들렀다. 서무계 주임이 직원들에게 나를 먼저 인사시킨 후 과장님께 인사를 하러 들어갔다. 과장님은 나를 보자 말씀하셨다.

"윗분들은 자네에게 각별히 신경을 쓰고 계시니까 그분들께 누를 끼치지 않도록 공무원의 본분을 지키고 열심히 일해 주기 바란다."

총무과의 일은 시장 부시장실 및 과의 서무와 보안, 의전, 차량관리. 청사관리가 주 업무였다. 나는 서무계에 배치되었다. 일선 기관에서는 관리직으로 직원들을 지휘 통솔했는데 본청에서는 직원으로 전락하고 말았다. 그래도 기분이 좋았다. 앞으로 발전할 수 있는 꿈이 있었으니까.

계장님은 고대 출신으로 키가 크고 늘씬하며 파이프 담배까지 피우는 멋쟁이 신사였다. 외모와는 다르게 토요일만 되면 극장표를 사오게 해서 사모님과 구경도 하고 데이트도 하는 아주 모범적인 가장이었다. 무슨 행사가 있으면 계 직원들에게 부인도 함께 참석케 하여 직원들의 사기를 북돋아 주었다. 심지어 직원들에게 일정 경비를 주고 각자 집에서 음식을 장만하여 부부 동반으로 돌아가면서 모임을 가졌다. 모두 한 가족 같은 친밀감을 느꼈다. 나도 가정적인 남편이라고 생각했지만 계장님에게서 배울 점이 많았다.

내가 맡은 일은 보안으로 당시 국가에서 중요한 업무로 취급했다. 정보부에서 보안 감사가 나오면 서울시 전체가 바짝 긴장해서 수감 준비를 해야 하는 등 귀찮고 어려운 일이 많았다. 만약 지적 사항이 나오면 기관장이 책임을 져야 하므로 부서장들은 물론, 직원들이 매우 신경을 썼다. 반면에 그 업무로 본청 각 부서와 산하 기관을 통제하는 데는 아주 주요한 무기로 활용하기도 했다. 내가 그 업무를 맡고부터 과·계장님께 건의하여 정보부와 유대 관계를 자주 가져서 큰 문제없이 잘 지냈다.

당직 업무는 재미있었다. 당시 서울시에서는 당직자들은 당직 근무 수당을 아예 받지 않는 선례가 있었다. 그 수당을 서무계에서는 경비로 사용했다. 직원들 중에는 몇 개월에 한 번씩 돌아오는 당직 근무를 무척 싫어해서 용돈을 주어가며 면제해 달라고 통사정하는 이들도 많았다. 나의 전임자는 당직 때가 돌아오면 아예 그 과를 찾아가 "왜 왔는지 알지?" 하며 농담을 섞어가면서 노골적인 행동을 했다고 들었다.

우리는 이런저런 돈으로 시청 뒤 국제호텔 2층 중국집에서 짜장면으로 점심을 자주 먹었다. 그 집 짜장면이 얼마나 맛이 있었던지 그 짜장면과 양식업의 대가인 구내식당 사장이 만든 돈가스를 먹으려고 출근한다 했을 정도였다. 지금 생각하면 어수룩하고 참 재미있는 세상이었다.

나는 아침 일찍 시청 뒤 코리아 헤럴드에서 영어 공부를 한 시간 하고 출근했다. 사무관 승진을 하려고 인사고과에 신경을 쓰며 열심히 일을 하는 나를 주시하던 서무주임이 어느 날 안쓰러웠는지 넌지시 말을 건넸다.

"이 형, 아무리 승진을 하려고 용을 쓴다 해도 지금 경력으로는 절대 불가능하니 이권 부서인 양정과나 운수1·2과, 주택 행정과 같은데 가서 돈 좀 벌어 놓고 천천히 승진하시오."

그 말을 들은 나는 "예, 알겠습니다." 하면서도 '어디 두고 보십시오. 내가 해 내나, 못 해 내나.' 하고 속으로 다짐했다.

문은 두드리는 자에게 열린다고 했던가. 총무과에서 근무한 지 1년 6개월이 지날 때쯤 내무부에서 지방행정연수원의 중견 간부 양성반 교육 차출이 있었다. 대상은 전국 시도의 공무원 중 승진 소요 연수가 지난 6급 공무원이었다. 그 교육은 각 시도에서 그들을 상대로 자체 시험을 봐 10여 명을 선발해 내무부에 보고하면 내무부에서는 선발된 그들을 상대로 다시 시험을 봐서 50명을 최종적으로 뽑아 6개월간 합숙교육훈련을 시키는 제도였다. 처음에는 시장·군수요원반이라 했으나 후에 중견 간부 양성반으로 명칭이 바뀌었다.

나도 희망을 했다. 그러나 새로 부임한 소심한 계장은 서울시 보안 업무가 얼마나 중요한데 담당자가 교육을 간다는 것이 말이 되느냐며 반대를 했다. 고심 끝에 과장님께 읍소를 했다. 과장님은 내무부 출신이고 상도동 우리 집 근처에 살고 있어서 이따금 과장님 차로 같이 출근도 하는 사이였다. 과장은 계장에게 말했다.

"부하 직원이 승진 좀 하려고 애를 쓰는데 도와주는 것이 좋지 않겠나?"

의사를 타진하자 계장은 수긍했다.

드디어 시험에 응시했다. 서울시에서는 공무원 교육원에서 시험을 치르고 열두 명이 선발되었다. 그들은 내무부에 가서 다시 시험을 보았고, 그중에서 세 명이 합격했다. 나와 인사과의 강평우, 관재과의 김재종이었다.

1975년 4월 14일, 우리는 전국 시도에서 올라온 다른 지방자치단체 직원들과 수유리 내무부 연수원에서 6개월간의 연수 생활에 들어갔다. 그 교육은 집을 떠나 연수원에서 합숙하는 교육이라 긴장되고 두려움도 많았으나 6개월 후에는 사무관이 된다는 꿈이 있었기에 마냥 즐겁고 자랑스러웠다.

4
내무부 연수 생활

어렵게 내무부 지방행정연수원에 입교했다. 전국 광역시와 도에서 3~4명씩 선발되어 총 50명이 교육을 받았다. 교육 과정은 행정대학원에서 2년 동안 공부한 내용과 비슷한 과목들이었다. 6개월간 합숙하면서 공부하여 간부 공무원으로서의 지식과 자질을 갖추는 교육이었다.

당시 연수원은 수유리의 변두리에 있었다. 정문 쪽은 주택 지역이었고, 뒤쪽은 밭으로 둘러싸여 있었다. 입교 후는 토·일요일 외에는 외출이 금지되었다. 지방 출신들은 특별한 일이 없으면 외출하지 않고 공부에만 전념했다.

연수원의 원훈院訓은 '우리는 조국 번영을 책임 맡은 공무원으로서 지역사회 발전에 헌신하고 깨끗한 생활을 하는 민주시민으로서 맡은 임무를 완수하여 복된 사회를 이룩하고 국민의 모범이 되자'는 것이었다.

지도 교수님은 서울대 환경대학원 원장 노융희 박사, 행정대학원 원장 박동서 박사와 중앙대학교 사회개발대학원 원장 박문옥 박사이셨다. 그분들은 당시 우리나라 행정학계의 거두였다. 지도 교수님을 중심으로 각계각층의 내로라하는 분들을 외래 강사로 초빙하여 연수생들이 원훈대로 중견 간부로서 손색이 없도록 교육과 훈련을 시켰다.

내실 있는 교육을 위해 1주일 내지 2주일에 한 번씩 평가를 받았다. 그래서 느슨한 자세로 강의를 받을 수 없었다. 상호 경쟁이 치열하여 밤에도 대다수가 자정을 훨씬 넘도록 복습, 예습에 열을 올렸다.

나는 행정대학원을 수료한 지 얼마 되지 않아 엊그제 배운 것을 복습하는 것같았다. 그래서 밤 11시가 되면 반드시 잠자리에 들었다. 숙면을 하니 다음 날 강의 시간에 졸지 않고 집중할 수 있었다.

시험은 주로 객관식이었으나 사무관 승진 2차 시험은 주관식이므로 그 과목인 행정법, 행정학과 지역사회개발론은 주관식 문제로 출제했다. 나는 그동안 배우고 익힌 실력과 시험을 봐 온 노하우로 사지선다형 객관식 시험은 거의 만점을 받았다.

주관식 시험은 필수과목 행정법을 제외하고 나머지 두 과목 중에서 한 과목만 선택하는데 나는 행정학을 선택했다. 다른 연수생들은 주 내용이 새마을운동인 지역사회개발론이 쉽다고 여겼는지 모두 그것을 선택했다. 아마도 행정학은 까다로운 학문이라고 생각한 것이 큰 오산이었던 것 같았다. 나는 혼자였으므로 경쟁자가 없는 데 반하여 다른 연수생들은 49대 1이라는 경쟁률에 시달렸다. 게다가 행정학 교수들이 행정학에 위기의식을 느꼈는지 혼자 선택한 나를 대견하게 본 것도 한몫을 했지 싶다.

교육 수료 시 제출한 논문도 행정대학원에서 석사학위를 받았던 '동 행정에 관한 연구 논문'을 요약해서 제출했다. 교학과장은 연구 논문 평가 내용을 발표하는 자리에서 내가 제출한 논문은 우리 모두의 당면 과제인 동 행정 개편 문제를 시의적절하게 잘 연구했다며 연수생들 앞에서 칭찬했다.

연수 생활은 배우고 평가받는 것의 연속이었다. 반면에 교육 내용과 행정 실무 현장과의 괴리를 알기 위해 현지 견학도 자주 했다. 국군묘지, 새마을현장, 어린이대공원, 서울시 하수도처리장, 구의수원지, 지하철, 잠실아파트 등등. 그리고 연수 과정에서 받은 스트레스를 홀홀 떨쳐 버리고 심신을 단련해 새로운 각오로 교육에 임하기 위해 북한산의 백운대에 등산도 하고 속리산 법주사, 아산만을 관광하기도 했다.

서울시는 당시 '서울특별시 행정에 관한 특별조치법'에 따라 국무총리의 지휘 감독만 받았다. 그래서인지 연수원 직원들은 내무부 산하 시도 연수생들에 게는 까다롭게 대했으나 서울시 출신인 우리들에게는 늘 깍듯이 예의를 갖추어 대했다. 때로는 서울시와 관련된 어떤 일을 알아 봐 달라는 부탁까지 했다.

우리는 우쭐했고 다른 연수생들도 우리와 친해지려고 노력하는 눈치였다. 인사과 강평우는 체구도 우람하고 운동도 잘했다. 늘 활달하여 체육 시간이나 야외 활동 시간에 연수생들 앞에 서서 떠벌렸다.

"야, 이 촌놈들아, 너희들은 연수 생활이 끝나고 서울에 올 일이 있으면 서울 구경시켜 달라고 술을 사야하고, 우리가 너희 사는 곳에 내려가면 서울의 귀한 손님 오셨다고 술을 사야 되는 줄 알지? 이래저래 너희 놈들은 우리에게 술을 사야 할 팔자다, 이 말이야. 알간?"

그가 일갈하면 그와 친한 부산의 엄석열이가 재치 있게 되받았다.

"아이고, 형님, 잘 알아 모시겠습니다. 부산에 오면 싱싱한 회로 그 주둥이를 꽉 틀어막겠습니다. 제발 자주 놀러 오시이소."

모두 깔깔 웃으며 이런저런 농담으로 즐거운 시간을 보내기도 했다.

우리는 이른 봄 새싹이 돋아나는 4월부터 그 무더운 여름에도 책과 싸웠고, 결실의 계절 가을이 지나는 과정까지 수많은 희로애락을 겪었다. 지방행정의 주역이 돼보려고 밤낮없이 교실과 연우숙소에서 1분 1초의 시간도 아꼈다. 또한 힘을 기르고 심신을 단련하는 데도 정열을 쏟았다.

어느덧 6개월이 훌쩍 흘러갔다. 그동안 연수생들에 대한 각종 종합 평가 결과가 나왔다. 내가 1등을 했고, 나와 한 숙소에서 이른 새벽까지 매일 소곤소곤거리며 열심히 공부하느라 밤잠을 설치게 했던 부산의 주동관 씨는 3등을 했다. 매일 거의 잠을 자지 않고 공부했다는 다른 방의 막내둥이, 부산의 심재철이 2등을 했고, 고대를 졸업한 서울의 김재종은 4등을 했다.

1975년 10월 11일, 드디어 연수 생활을 마감했다. 수료식에는 장관을 대신해서 내무부 차관이 참석했고 지도 교수를 비롯한 많은 관계 인사들이 참석했다. 나는 교육 성적이 가장 우수해서 차관으로부터 국무총리상을 받았다. 연수 기간 동안 남편이 우수한 성적을 받을 수 있도록 지극정성과 알뜰한 내조의 공이 인정되어 아내도 차관으로부터 내조자상을 받았다. 나는 긴 세월 동안 보이지 않는 곳에서도 흐트러짐 없이 노력했음을 아내에게 보여준 기회여서 무엇보다 뿌듯했다.

우리들은 전국에서 모인 지방행정의 엘리트로서 지금껏 일선 행정 기관에서 능력을 마음껏 펴 보여 왔듯이 앞으로도 연수원 11기들은 그동안 배우고 익힌 지식과 지혜를 더욱더 정진시켜 새 일꾼의 모습으로 태어나 다시 만날 것과 연수원 원훈대로 실천할 것을 다짐하며 각자의 일터로 향했다.

5

서울 도심 청소 책임자

연수원에 입교한 지 6개월 만에 나의 일터였던 총무과로 돌아왔다. 교육 성적이 가장 우수했다는 소식에 사무실에는 축하와 덕담이 한가득했다.

다음 날 아침, 인사과장이 우리를 불렀다. 제1부시장님께 인사를 하러 가야 한다며 함께 부시장실로 갔다. 부시장은 내무부 지방행정연수원장 출신으로 그 교육이 얼마나 힘들고 어려웠는지를 잘 아시는 분이었다. 우리를 보고 수고했다며 격려를 하시고 인사과장에게 물었다.

"누가 1등을 했나?"

인사과장이 이종인이라고 말씀드리자 내게 다가오더니 살포시 나를 안으며 한 손으로 등을 토닥이셨다.

"자네가 서울시를 빛냈네. 자네가 우리 서울시를 빛을 냈어."

하시면서 무척 기뻐하셨다.

그러고 난 다음 날인 1975년 10월 14일, 우리 세 명 중 나만이 중구청 과장 직무대리 요원으로 발령이 났다. 주사로서 과장 직무대리는 직책을 수행하면서 사무관 시험이 있을 때는 우선적으로 시험을 볼 수 있게 하는 제도였다. 이 얼마나 고대하고 열망했던 일이었던가. 비록 사무관은 아니지만 그것으로 승진할 수 있는 희망이 있고 그들과 당당히 어깨를 맞대고 일을 하게 되었으니 자랑할 만한 일이었다. 서울시에서 종로구 필운동에 처음 9급으로 발령받은 지 꼭 8년 10개월 만이었다. 그렇게 빠른 승진은 아마 전무후무할 것이라고 주변에서 말했다.

발령장을 들고 구청장님께 신고를 했다. 청장님은 청소 업무를 맡으라고 했다. 나는 앞으로 사무관 시험 준비를 해야 하기 때문에 좀 한가한 사회과를 맡게 해 달라고 청했다. 내 소문을 들어 나를 잘 알고 있던 청장님은 단호하게 말씀하셨다.

"야, 인마, 6개월 동안 밤낮없이 공부했으면 됐지 또 무슨 공부를 더 한다고 욕심 부리냐? 청소가 중요한 업무니까 딴소리 말고 맡아 해 봐."

나는 할 수 없이 청소과장으로 부임했다.

4층에 있는 청소과로 갔다. 과장 책상 앞 응접용 탁자 위 유리가 깨져 있는 등 어수선했다. 사유인즉 어느 청소원이 자기를 한직으로 보냈다고 전임 과장에게 와서 행패를 부렸다고 했다. 이른 아침이라 미처 유리를 교체하지 못했다며 서무계장이 죄송스러워했다. 그러면서 청소원들에게 한번 약점이 잡히면 두고두고 골치 썩을 일이 생긴다며 꼭 유념해야 된다고 귀띔했다.

청소과는 서무계와 작업1계, 작업2계로 편성되어 있었다. 서무계는 일반 서무와 청소특별회계 및 차량 구입과 정비업무, 빗자루 등 청소 작업 도구를 구입하는 일을 맡았고, 작업1계는 쓰레기 치우는 일을, 작업2계는 분뇨를 수거하는 일을 담당했다.

청소과는 구 전체 세출예산의 약 3분의 1을 사용하는 큰 부서였다. 과장은 주어진 인원과 차량 등 장비를 효율적으로 적극 활용하여 관내를 깨끗하게 청소하여 시민들이 쾌적한 환경에서 생활할 수 있도록 하는 것이 주 업무였다.

청소원은 520여 명이나 되었고, 차량은 청소 작업 차량을 위시하여 54대나 되었다. 작업을 효율적으로 관리하기 위해 군대 조직처럼 청소 총 대장 밑에 23개가 되는 분대를 편성하여 분대장들이 구역별로 소속 청소원들과 함께 구역 청소를 책임지고 있었다. 차량 정비만 전담하는 부서도 있었다. 일반 청소원들은 기회만 있으면 부수입이 많이 생기는 구역으로 가려 했고, 분대장 자리가 비면 서로 하려고 경쟁을 벌였다. 이런 결정 사항들이 과장의 전결 사항이므로 과장은 청소원들에게 절대 권한을 갖고 있었다.

구청의 과장 중에서 청소과장에게만 전용 순찰 차량이 있었다. 미군용 밴으로 뒤에는 응급 시 청소원과 청소 도구를 싣고 다닐 수 있게 제작되었다. 그 순찰 차량이 매일 아침 새벽에 상도동 우리 집 앞에서 대기하고 있었다. 나는 그 차로 관내를 구석구석 순찰했고, 출근하면 회의실에는 청소 대장과 분대장들이 먼저 와서 작업 지시를 기다리고 있었다. 그때 분대장들은 자기 구역에 지적 사항이 떨어질까 전전긍긍했다. 그 긴장된 모습이 안쓰러웠다.

이에 앞서 청소원들은 새벽에 군대와 마찬가지로 구청 인근 묵동공원에 모여 매일 분대별로 인원 점검을 받고 작업계장이나 총대장의 작업 지시를 받아 작업에 임했다. 특히 중구는 서울의 심장부로 낮에는 청소 작업을 할 수 없어서 가로 청소 외에는 야간작업을 했다. 출근할 때 대로변은 물론 모든 도로가 깨끗하게 청소되어 있는 것은 청소원들이 한숨도 자지 않고 밤새껏 작업을 한 결과였다. 외국인들이 도심 거리를 보고 어떻게 이렇게 깨끗할 수가 있느냐고 감탄할 때는 수고한 보람이 있었다.

청소원들은 과장이 새로 부임하면 덕이 있는 사람인지 아닌지 관상을 본다고 했다. 과장의 덕성에 따라 사고가 많게도 적게도 난다고 했다. 그래서 덕성 있는 인물이 오기를 기원한다고 했다. 또한 청소원들은 새로 부임한 과장이 어떤 사람인지 다각도로 검증도 한다고 했다. 과장이 돈을 좋아하는지 또는 술을 좋아 하는지 아니면 노름을 좋아 하는지 등등. 내가 부임해서는 전 과장들에 비해 사고가 거의 없는 편이라고 쉽게들 말하지만 내 나름대로는 힘이 많이 들었다. 그 어려운 자리를 무사히 마감하려면 원칙과 정도를 벗어나지 않아야 된다고 생각했다.

이른 새벽에 집으로 걸려오는 전화는 영락없이 사고 보고였다. 청소원이 다쳤다든가, 사망했다든가, 차량이 쓰레기 적치장으로 가는 도중 굴렀다든가 등등. 특히 청소원이 작업 도중 차량 사고로 사망했다는 소식을 들었을 때는 참으로 마음이 아팠다. 그때는 장례 주선과 비용은 물론이고 가족의 생계 수단까지 마련해 주려고 애를 썼다.

안전사고에 대해 그렇게 교육을 시키고 틈만 나면 주의를 주었어도 불가항력이었다. 수많은 인원과 차량으로 복잡한 도심에서 작업을 하다 보면 크고 작은 사고가 터지게 마련이었다. 사고 전담 처리 직원이 있어도 나는 사고 방지에 늘 골몰해야 했다. 오죽했으면 500여 개가 넘는 수류탄과 50여 개가 넘는 시한폭탄을 항상 지니고 있으면서 그

것이 언제, 어디서, 어떻게 터질지 모르는 상황 속에서 산다고 했을까.

하루는 사무실에서 일을 보고 있는데 장모님한테서 전화가 왔다.

"애비야, 어떤 사람이 무슨 물건을 가지고 왔는데 안 받는다고 하니까 역정을 내는데 어떻게 했으면 좋겠냐."

"그래요? 누군지 바꿔보세요."

전화를 받아 보니 청소대장이었다.

"자네가 우리 집에는 어쩐 일로 갔나."

"과장님, 제가 난지도 쓰레기 적치장에 갔다 오는 길에 댁이 상도동이라 해서 인사차 들렀는데 그냥 빈손으로 들릴 수가 없어 아이들 선물용 과자 종합선물세트하고 참기름 한 병을 가져왔습니다. 할머니께서 절대 받을 수 없다고 해서 과자 상자를 확 찢어 보여드렸는데도 안 받겠다고 하셔서 가져갈 수도 없고 난감합니다. 앞으로 이런 일이 절대로 없을 테니 제 체면을 한 번만 살려 주십시오."

전화선을 타고 들려오는 청소대장의 사연이었다. 전화를 다시 장모님에게로 바꾸도록 했다.

"어머니, 별것 아니니 이번만 받아 주십시오."

나는 전화를 끊었다.

그 일이 있고 나서 청소원들 사이에서는 새로 온 과장은 큰 건물도 가지고 있고 목욕탕도 운영하는 부자라서 돈과는 거리가 먼 사람이라고 알려졌다. 과장님한테는 일로 인정을 받아야지 딴짓은 절대 통하지 않는다는 소문이 청소원들 사이에 퍼졌다. 그래서 나는 한결 수월하게 일을 할 수 있었다.

어느 날, 신당동 지역의 뒷골목을 순찰하고 있는데 공터에 쓰레기가 산더미처럼 쌓여 있었다. 깜짝 놀랐다. 화가 머리끝까지 치밀어 올라 바로 사무실에 전화를 걸어 분대장을 곧바로 들어오게 지시했다. 헐레벌떡거리며 문에 들어서는 분대장을 보자 나는 철제 접이의자를 번쩍 들고 소리를 질렀다.

"너 이 새끼, 오늘 죽여 버리겠다."

의자를 던지려는 순간 옆에 있던 서무계장이 깜짝 놀라 나를 붙잡고 말렸다.

분대장은 잘못했다고 싹싹 빌었다. 신당동이 성동구 관내에 있을 때는 그런 일이 있어도 아무렇지 않게 지나갔는데 중구로 편입되고 나서 실정을 잘 몰라 그렇게 되었으니 이번만 용서해 달라고 거듭 빌었다. 그는 3일간만 말미를 주면 깨끗이 치우겠다고 했다. 그 안에 못 치우면 어떤 처벌도 감수하겠노라고 했다. 한 번 혼쭐을 냈으니 믿어 보기로 했다.

3일째 되는 날 오후 5시경, 현장으로 나갔다. 그동안 다 처리하고 마지막 차량에 쓰레기를 싣고 있었는데 쓰레기는 벌써 거름이 되어 김이 무럭무럭 나고 있었다. 나는 분대장 어깨를 툭 치며 격려했다.

"그 봐, 이 사람아, 노력하면 이렇게 잘할 수 있는데. 수고했어."

분대장은 얼마나 혼이 났는지 자기 돈으로 청소 차량 한 대를 임대하여 두 대의 차로 밤낮없이 치웠다고 했다.

나는 중구 관내 청소를 책임진 자로서 청소 상태를 점검하고 치우는 것도 중요했지만 청소원들의 작업 여건을 개선하는 것이 더 중요하다고 생각했다. 당시 중구 쓰레기는 잠실이나 난지도에 갖다 버렸기 때문에 차량 운행 시간이 많이 걸려 작업 능률을 올릴 수 없었다. 그래서 본청에 근무하시는 고향 선배를 통해 힘을 썼더니 가까운 압구정동 쓰레기 적치장에 갖다 버리게 했다. 작업 순환이 훨씬 빨라서 청소원들이 한결 수월하게 청소를 할 수 있게 됐다.

대한민국에서 종로구는 정치 1번지였고 중구는 경제 중심구였다. 그래서 늘 두 구가 비교 대상이었다. 청계천 복개도로는 종로와 중구의 경계 도로로서 환경적 측면에서 금방 비교가 되었다. 나는 청계천 도로에 심혈을 기울여 항상 깨끗하게 청소를 하도록 하여 종로와 확연히 구별되게 했다. 본청 청소과장 회의 시 청소국장으로부터 칭찬을 자주 받았고, 대신 종로 청소 과장은 중구를 본받으라며 질책을 받기도 했다. 내심 미안하기도 했다.

중구 관내의 청소 상태는 늘 깨끗했다. 나에 대한 이런저런 소문으로 분대장들이 바짝 긴장했고, 한눈팔지 않고 열심히 일했다. 500명이 넘는 청소원들도 청소대장의 총 지휘 하에 분대장을 중심으로 일사분란하게 움직여 담당 구역을 항상 깨끗이 청소했다. 작업 여건이 비록 열악했지만 내 구역 청소는 내가 책임진다는 이들의 소명 의식 덕분에 청소과장직을 무사히 꾸려 나갈 수 있었다. 그 당시 청소원들에게 진심으로 감사를 드린다.

이 종 인 인 생 길

제7부

서울시의
중견 간부가 되어

1
꿈에도 그리던 사무관

내가 청소과장에 부임한 지 3개월이 지났을 때였다. 사회과장이 무슨 사고로 대기 발령이 났다. 청장은 나를 불러 사회과장을 겸직하라고 했다. 나는 곧 있을 시험에 대비해야 하는데 무리라며 재고해 줄 것을 건의했다.

"나도 다 생각이 있어서 겸직 발령을 냈으니까 한번 맡아서 해 봐."

구청장은 딱 잘라 말했다. 기라성 같은 선임 사무관 과장들이 많은데도 주사인 나를 인정해준 것이 고마워 꼼짝없이 나는 두 부서의 과장직을 수행하게 되었다.

사회과는 내가 직원일 때 근무했던 부서였다. 그래서 업무 수행에 어려움은 없었다. 나는 주로 청소과에서 근무했고, 사회과에는 가끔 들러 결재를 했다. 사회과의 급한 업무는 직원들이 청소과로 가져오기도 했다.

어느 날, 청소과의 작업2계장이 다른 부서로 발령이 나고 새로운 계장이 부임했다. 그는 뜻밖에도 내가 사회과에서 직원으로 근무할 때 모시던 상사였다. 입장이 아주 난처했다. 청장실에 올라가 부당함을 말씀드렸다.

"청장님, 새로 부임한 작업2계장은 종전에 저의 상사였습니다. 그분을 제 밑에서 일하게 하면 제가 어떻게 작업 지시를 할 수 있겠습니까. 제발 다른 분으로 재 발령을 내 주십시오."

"이 과장, 앞으로 공직 수행을 하다 보면 그런 일이 다반사일 텐데 그럴 때마다 어떻게 발령 취소를 할 수 있겠나. 새로 간 김 계장은 노련한 분이라서 잘할 테니 경험을 쌓는 셈치고 둘이 잘 해 봐."

할 수 없는 일이었다. 나는 작업2계장과 같이 일을 하는 동안 그분이 상사일 때를 생각해서 깍듯이 예를 갖추었다. 그분도 마음이 몹시 씁쓸했겠지만 나한테는 상사에 대한 예를 갖추어 대했다.

두 과장직을 수행하느라 정신없는 사이에 사무관 승진 시험이 곧 있을 것이라는 소문이 자자했다. 승진 시험 대상자들은 벌써부터 사무실에 나오지 않고 합숙을 하면서 도서관이나 학원에서 시험 준비에 매달린다고들 했다. 그렇게 해 주는 것이 당시 시험 준비생들에 대한 공직 부서의 배려였다. 그러나 나는 상황이 달랐다. 생각 끝에 청장님께 부탁했다.

"승진 시험이 곧 있을 것 같습니다. 저는 자리를 비울 수가 없으므로 근무시간 중에는 열심히 일을 하겠습니다. 그러나 일과 시간 후는 곧바로 퇴근해서 시험 준비를 하겠습니다. 아무리 급한 일이 있어도 저를 찾지 않겠다고 약속해 주십시오."

"좋아, 너는 공부 안 해도 틀림없이 합격할 거야. 열심히 해 봐."

그런 일이 있고 나서도 곰곰이 생각해 보니 다른 승진 시험 대상자들은 온종일 공부에 매진하는데 나만 퇴근 후에 공부해서는 그들과의 경쟁에서 떨어질 것 같았다. 고심 끝에 출퇴근 시간을 절약하기 위해 구청 주변 필동의 조용한 주택에서 하숙을 하기로 아내와 합의했다.

비록 퇴근 후부터 이튿날 아침까지지만이라도 나는 본격적인 시험 준비에 돌입할 수 있었다. 1차 시험은 객관식이라 제쳐두고 행정법, 행정학 2차 논술 시험만을 중점적으로 매달렸다. 두 과목의 예상 문제를 50여 개 이상 뽑아서 모범 답안을 작성하고, 다시 서론·본론·결론에 대한 제목과 그 아래 중간 제목, 소제목으로 요약 카드를 만들어 한 문제에 한 장씩 작성하여 그 문제를 익히기 시작했다.

내무부 연수원 교육 때 어느 교수님이 나이 서른이 지나서 공부를 하게 되면 책을 보고 있을 때는 훤히 다 아는 것 같아도 책만 덮으면 깜깜해진다고 했다. 그래서 그 연령대에 접어들면 책을 보고 익힐 때는 반드시 쓰기를 병행해야 한다고 했다. 나도 그 원리를 원용했다.

행정법 행정학의 모범 답안 요약 카드를 하루는 행정법, 다음 날은 행정학, 또 그다음 날은 행정법, 또 그다음 날은 행정학……. 이런 식으로 매일 번갈아가며 익히면서 쓰고, 쓰면서 익혔다. 그러다가 모르는 항목이 있으면 모범 답안과 책을 찾아보며 공부했다.

드디어 시험 날짜가 확정되어 하달되었다. 5월 초순경이었다. 1차 시험 준비는 시험일 3일 전부터 전념했다. 1차 시험을 치렀다. 문제 중에서 과목별로 한두 문제가 미심쩍었으나 대체적으로 잘 봤다. 합격되었다. 며칠 후에 다시 2차 시험을 봤다.

시험 전날, 연수원 동기인 김재종에게 전화를 걸어 공부를 열심히 했느냐고 묻고 혹시 모르니 행정법과 행정학 책의 목차를 쭉 훑어보고 모르는 항목이 있으면 그것을 한 번 더 보고 가라고 했다. 그 정도로 우리는 시험 준비를 거의 완벽하게 준비하고 시험을 보러 갔다.

원래 논술 시험은 한문과 섞어 답안 작성을 해야 점수가 높게 나온다고 했다. 그러나 한문을 몇 자라도 틀리게 쓰게 되면 오히려 점수가 안 나온다고 했다. 나는 한문은 읽을 수는 있지만 쓰는 것은 자신이 없었다. 그래서 한글로만 답안을 작성하기로 마음먹었다.

그때 승진 시험은 중앙부처 6급 공무원들과 함께 치렀다. 시험장에 입장했다. 긴장해서 그런지 머리가 멍했다. 앞이 캄캄했다. 눈을 감고 마음속으로 기도를 하며 한참 동안 정신을 가다듬었다. 신기하게도 조금 후 정신이 맑아지기 시작했다. 참으로 다행이었다.

시험 감시관이 답안지를 나눠줬다. 그리고 시험문제가 들어 있는 두루마리 문제집을 이조시대 과거시험을 보는 것과 같이 수험장의 칠판 중앙에 걸자 세로로 쭉 떨어지며 펼쳐졌다. 시험문제가 그 속에 적혀 있었다. 문제를 보는 순간 걱정 안 해도 되는구나, 하는 생각이 먼저 들었다. 두 과목 다 그동안 익히 공부했던 모범 답안 중의 문제였다.

답안을 작성하기 시작했다. 평소 소신대로 한글로 작성했다. 머릿속은 문제를 푸느라 급한데 손이 느려 볼펜이 듬성듬성 튀는 것 같아 글씨가 엉망일까 걱정스러웠다. 다시 마음을 추슬러 천천히 또박또박 쓰기 시작했다. 무사히 답안 작성을 다 마쳤다. 안도의 긴 한숨이 나왔다.

특히 행정학 대신 지역사회개발론을 선택한 수험생들은 시험문제가 쉽게 나왔다고 좋다며 흥분했다. 나는 주어진 여건 속에서 최선을 다했기 때문에 어떤 결과가 나오든지 겸허히 받아들이기로 하고 일상생활로 다시 돌아가 업무에 최선을 다했다.

시간은 흘러 시험 발표 날이 임박했다. 사무실에서 일을 하고 있는데 아침 10시경 김재종한테서 전화가 왔다.

"종인아, 너 소식 못 들었냐? 발표가 났다는데, 하하하. 아무 소식

없으면 이상한 것 아냐? 하하하."

그 말을 듣는 순간 맥이 탁 풀렸다. '떨어졌구나.' 하는 생각이 번쩍 들었다. 정색을 하고 농담하지 말고 사실대로 말하라고 다그쳤다. 그 랬더니 그도 농담을 하면 내가 큰 상처를 입을 것 같았는지 침착하게 말했다.

"오늘 발표가 난다고 하는데 나도 결과는 아직 몰라. 그런데 너하고 내가 떨어지면 누가 합격되겠냐? 걱정하지 말고 기다려 보자꾸나. 하 하하."

안심은 되었으나 어쩐지 찜찜했다. 나로서는 도저히 시험 결과를 알 길이 없어 대학 동기인 청와대 경호과장한테 전화를 걸었다.

"병호야, 어려운 부탁인데, 내가 지난번에 승진 시험 본 결과가 오늘 발표된다는 말이 있어. 네가 결과를 좀 알아볼 수 있겠냐? 답답해 미 치겠다."

"웅, 그래, 좀 기다려봐."

조금 있으니 금방 전화가 왔다.

"종인아, 합격을 축하해. 너는 합격을 해도 아주 우수한 성적으로 합 격했어. 웬 공부를 그렇게 열심히 했냐?"

"아, 그래? 고마워, 나중에 한턱 쏘마."

순간 만감이 교차했다. 주사가 되면서부터 이를 달성하려고 지금까 지 오랜 동안 얼마나 노심초사했으며, 텔레비전을 켰다가도 금방 '내 가 이러고 있을 때가 아니지' 하며 벌떡 일어나 책과 씨름했고, 직장일 과 아내 사업의 그 바쁜 틈바구니에서도 시간을 쪼개 도서관에서 생 활한 지 어언 4년 9개월. 드디어 목표를 달성했구나 싶었다. 하늘을 훨훨 날고 싶은 심정이었다. 온 세상이 다 내 것만 같았다.

그렇게도 꿈에 그리던 사무관이 되었다. 일반인들은 행정고시에 합격하면 사무관이 된다. 나는 34세에 사무관이 되었으니 늦게 행시에 합격된 것과 같은 셈이었다. 정부 통계에 의하면 9급으로 발령받아 사무관이 되기까지는 29년 4개월이 걸린다고 했다. 그런데 나는 9년 조금 지나 승진되었으니 평균보다 무려 20년을 앞당긴 셈이었다. 사무관 시험공부를 하다가 유명을 달리한 직원들도 있었다. 사무관 되기가 그렇게 어려웠다.

먼저 아내에게 그 기쁜 소식을 전했다. 그리고 국장과 청장에게 보고를 하고 본청에 들어갔다. 그때 막 총무처에서 합격자 통보가 인사과로 넘어 오고 있었다. 1등부터 11등까지 서울시 직원들이 휩쓸었다고 했다. 1등은 김재종, 나는 2등을 했다. 아마도 답안지를 한문과 섞어 쓰지 않은 데서 점수가 좀 적게 나온 것 같았다.

곧 합격자에 대한 인사 발령이 있을 것이라고 했다. 구청장은 나에게 중구청에서 근무할 것이라며 위생과장을 맡게 될 것 같다고 말했다. 위생과장 자리는 엄청난 이권 부서로서 어려운 자리였다. 좀 찜찜했지만 마음의 준비를 했다. 그런데 결과는 강남구청 사회과장으로 인사 발령이 났다. 나는 홀가분했다. 그리고 몇 개월이 지난 후 중구청 위생과장이 비리에 연루되었다는 소식을 들었다. 내가 그때 그 직을 맡았어도 같은 일이 벌어졌겠지, 생각하니 소름이 쫙 돋았다. 이런 것을 두고 인생 새옹지마라고 했던가.

나는 이제 명실 공히 서울시의 중견 간부가 되었다. 서울 시민들에게 무한한 봉사는 물론 서울시의 발전을 위해 최선을 다하는 공무원이 되겠다고 다짐했다.

2
꺼지지 않는 열정

강남구청 사회과장으로 부임했다. 강남 지역은 한창 개발 중이었고, 구청사는 학동 사거리에 인접해 있었다. 구청사 주변에는 몇 개의 건물이 있었고, 큰 건물이라고는 강남대로의 논현동 사거리의 제일생명빌딩과 지금의 강남역 사거리 주변 뉴욕제과가 들어 있는 건물이 고작이었다. 강남구에는 도로 주변에 3·4층 건물들이 띄엄띄엄 있었고, 5층 이하 아파트 단지들이 주택 지역 이곳저곳에 형성되어 있었다. 도로 이면에는 논밭들이 있어 일부는 농사를 짓고 있었다.

사회과 업무는 중구청에서 직원으로, 또 과장 직무대리로 근무한 경험이 있어서 업무 추진에는 별 문제가 없었다. 사회계장이 중구청 총무과에서 같이 근무를 했고, 본청 총무과 서무계에서도 마주 보고 일을 한 너나들이어서 아랫사람으로 대하기는 어려웠다. 서로 이해하고 잘해 보자고 다짐했다.

부녀계장은 경기여고를 나와 서울대를 중퇴한 분으로 나이가 많았다. 학벌과 머리가 좋다고 생각했는지 일을 멋대로 처리하려 했다. 그럴 때마다 나에게 번번이 제동이 걸렸다. 공적으로 타당성이 있는 일을 해야 하는 책임자로서 개인적으로는 미안했으나 어쩔 수 없었다.

당시 강남구에는 영세민이 별로 없어서 사회과의 주된 업무였던 영세민 보호업무는 한산한 편이었다. 지금의 종합운동장 자리가 그때는 모래뿐인 허허벌판이었다. 그곳에 집 없는 분들이 여기저기에 땅굴을 파고 그 위에 비닐이나 루핑으로 엉성하게 덮개를 덮어 살고 있었다. 그분들의 안전과 생계가 걱정이 되어 늘 관심을 가져야만 했다. 현재 주차장으로 사용하고 있는 탄천 고수부지도 그 당시에 조성한 것인데 범 구민적으로 행정력을 집중하여 관내 저소득층 주민들과 영세민들을 총동원하여 만들었다.

나는 사무관 시험공부의 후유증으로 한동안 책은 거의 보지 않았고 신문 정도만 읽었다. 그래도 내 장래에 대해서는 계속적으로 신경을 썼다. 내가 생각하고 있는 위치까지 도달하려면 구청에서만 근무해서는 부지하세월일 것 같아 본청에서 근무할 수 있는 길을 계속 모색했다.

그러면서도 주어진 업무는 빈틈없이 챙겼다. 사회과장 보직을 받자마자 당시 당면 업무인 어린이를 위한 아동회관을 건립키로 계획을 세웠다. 예산이 없어 주민들의 자발적인 기부금으로 건립키로 했다. 그래서 강남구 아동회관건립위원회를 발족해서 유지들을 위원으로 위촉하고, 이분들이 뜻있는 분들께 호소하여 건립 기금을 마련했다. 어린이회관은 역삼동 청운교회 바로 옆에 2층으로 아담하게 건립되었고, 개관 기념식도 성대하게 가졌다.

이날 개관 기념식장에는 강남 지역 주민들과 유지들은 물론 본청에서 제1부시장님도 나오셔서 축하해 주셨다. 나는 강남 지역의 아동 복리 증진을 위한 아동회관 건립 개관에 기여한 공이 지대하다 하여 아동복지 향상에 힘쓰는 모든 인사의 이름으로 감사패를 받기도 했다. 그때 부시장 수행 비서관이 곧 본청에 인사 발령이 있을 거라며 나도 포함되었다고 귀띔해 주었다. 그날은 이래저래 기분 좋은 하루였다.

행사를 무사히 마치고 사무실에 들어왔다. 청장님이 찾으셨다. 청장실에 들어서자 나에게 수고했다며 본청에 좋은 과로 들어갈 것 같다고 했다. 내가 정말 본청으로 들어가는구나 싶어 무척 기뻤다. 끊임없는 노력과 열정이 있어야만 무엇이든지 달성된다는 것을 다시 한 번 깨달았다.

다음 날, 인사 발령이 났다. 강남구에 온 지 1년 2개월만이었다. 관광과로 갈 것이라는 예측은 헛소문이었다. 기획관리관실 산하 통계담당관 통계조사계장으로 발령이 났다. 기대에 미치지는 못했지만 본청 중견 간부로 첫발을 디딘다는 자긍심을 갖고 부임했다.

3

외도

통계담당관실의 통계조사계장 업무는 일 년에 한 번씩 정기적으로 실시하는 인구조사와 그 외 주기적 또는 수시로 실시하는 산업통계 등 각종 통계조사를 하는 것이 주 업무이다.

통계조사 요원들은 이대나 숙대 등 여학생들을 주로 활용했다. 통계조사가 실시되면 학교에 가서 조사 요원으로 선발된 학생들을 모아 놓고 교육을 시켰다. 나는 조사 항목에 대해 통계를 실시하는 취지와 중요성에 대해서만 설명을 하고 조사 요령 등 세부 실시 사항은 담당 직원이 교육을 했다.

통계조사 결과에는 어떤 시책 추진의 성과가 나타나게 마련이다. 그것을 토대로 다시 정책을 수립하고 시행한다. 그렇게 볼 때 정확한 통계조사 업무는 아주 주요한 업무였다. 통계 업무는 정책을 수립, 시행하는 일은 아니지만 그 조사 결과는 시책의 방향을 결정하는 바탕이 되는 셈이다.

당시 서울시의 인구는 매년 계속 증가되는 추세여서 사회적 문제로 대두됐다. 서울시는 인구 억제 정책이 주요 역점 사업이었다. 그동안 지속적으로 실시해온 인구정책 효과가 내가 인구조사를 맡은 해에 처음으로 나타나 인구 증가율이 감소되었다.

그 당시 시장은 무척 기뻐하여 그 결과를 바로 개회 중인 국회로 가져가서 보고했다.

"존경하는 의원 여러분, 오늘 제가 기쁜 소식을 가져왔습니다. 우리 서울시의 인구 증가가 사상 처음으로 감소되었습니다."

그 사실이 주요 일간지에 톱기사로 실려 큰 이슈가 되었다. 우리의 노고가 인정받은 것 같아서 기뻤다.

서울시 인사는 한번 발령을 받으면 6개월 동안은 전보 제한에 걸려 이동할 수가 없었다. 그런데 느닷없이 같은 과 주무계인 통계기준계장으로 발령이 났다. 나는 화가 나서 바로 인사과로 내려가 과장에게 항의했다.

"나는 6개월이 지나면 다른 부서로 가려고 준비하고 있었는데 전보 발령을 내면 어떡합니까. 이곳에서 또다시 6개월 이상을 지내게 해서야 되겠습니까. 어디 사유나 들어봅시다."

강력히 항변하자 인사과 계장들이 몰려와 만류했다.

"이 계장, 과내 전보는 전보 제한 규정에 해당되지 않으니까 걱정하지 말고 기다려 봅시다."

나는 가까스로 분을 참으며 사무실로 올라왔다. 그 후에 인사과장은 '새파란 젊은 놈이 뭐 그런 것을 가지고 쁘르르 달려와 항의를 하느냐'며 무척 불쾌해했다고 했다. 나도 오기가 나서 그의 고등학교 동기 앞에서 "그 친구가 인사과장을 하는 동안 절대로 다른 직에 가지 않겠다."고 호언했다.

그런 일이 있은 후 내가 한 말을 시험이나 하려는 듯이 인사과 조직

관리계장 자리가 비었다. 조직관리계는 서울시 조직을 신설하고 폐지하는 아주 주요한 자리로 내가 탐내던 중이었다. 시장과 잘 아는 지인을 통하여 부탁했더니 시장님은 인사과장에게 나를 그 자리에 보내라고 지시했다.

인사과장은 "그렇게 하겠습니다."고 하면서 "이번 발령은 과내 전보지만 얼마 안 됐고 시장이 정식으로 발령한 인사이므로 그 자리를 공석으로 두었다가 몇 개월 후에 발령을 내겠습니다."며 계속 비워 두었다. 그러고는 시간이 경과함에 따라 흐지부지되고 말았다.

그때 일은 이성적으로 처리하지 못하고 감정에 치우쳐 대처 함으로써 그만 일을 그르쳤다. 신중치 못한 내 처신 때문이었다. 당분간 인사는 관망키로 했다.

통계 업무는 직원들에게는 일이 많으나 계장은 그렇게 바쁜 자리가 아니었다. 그래서 나는 다시 공부를 시작했다. 시청 뒤 코리아헤럴드에서 새벽이나 점심시간을 이용해서 영어와 일어를 공부했다.

한편으로는 직장 내의 인사이동 실패를 다른 곳에서 만회하려는 심정에서 내 친구가 운영하고 있는 신촌 지역 '삼강사와' 대리점을 인수해 운영해 보기로 했다. 아내가 사업해서 모아둔 돈으로 200만 원은 권리금으로 주고, 850만 원은 회사에 보증금으로 넣어 인수했다.

여동생 남편이 놀고 있을 때라 운영은 그에게 맡겼다. 첫 달 수입은 경비를 제하고 85만 원이었다. 괜찮은 사업이라고 생각했다. 그런데 얼마 후 삼립에서 '삼강사와'와 아주 비슷한 제품 '또와'를 출시하여 판매망을 확보하기 위해 덤핑으로 판촉 공세를 폈다. 제품을 공급하는 아줌마들도 삼립으로 넘어가 우리 대리점은 운영이 어려웠다. 할 수 없이 4개월 만에 문을 닫고 말았다. 그동안 한 달에 100만 원씩 총 400만 원을 손해 봤다. 그 당시는 큰 금액이었다. 만약 아내가 사업을 하고 있지 않았으면 집안이 거덜날 뻔했다. 내가 또다시 장사를 하면 우리 아버지 아들이 아니라고까지 생각하며 다시는 안 하겠다고 결심했다. 아내가 그렇게 반대했는데 무척 미안했다.

송충이는 솔잎을 먹고 살고 누에는 뽕잎을 먹고 사는 것과 같이 나도 공무원으로서 공직에 충실하고 국가와 사회에 헌신하면서 월급을 받아 생활하는 것이 정도라고 생각했다. 그처럼 정도를 벗어나 외도를 하게 되면 패가망신은 물론 그 인생은 끝장이라는 점을 잘 일깨워 주었다. 두 마리 토끼를 한꺼번에 잡으려다가 한 마리도 못 잡는 것과 똑같은 이치였다. 정신이 번쩍 들어 다시 내 본연의 일로 돌아갔다.

시간이 흘러 조직 개편에 따라 인사 발령이 있었다. 나는 기획관리관실 시정개발담당관실에 새로 발족한 시정연구계장으로 자리를 옮겼다. 시정연구개발은 새로 부임한 시장님의 역점 사업으로 적임자를 물색하다 나를 채택했다고 했다. 내 적성에 맞았고 기대하는 인사로 인정을 받았다는 점에 기분이 좋았다. 나는 미지의 시정을 개척하는 데 일조를 하겠다는 꿈에 부풀어 한껏 고무되었다. 통계 업무를 맡은 지 2년 1개월만이었다.

4
해외 첫 출장

서울시의 조직 개편에 따라 인사과의 조직관리계가 시정개발담당관실로 편입되었다. 담당관실은 신설된 시정연구계와 현행 불합리한 제도를 개선하는 기존의 제도개선계로 구성되었다.

내가 맡은 시정연구계는 미래의 시정을 연구 개발할 시정연구단을 설립해 운영하고, 시립대학교에 예산을 지원하는 일이었다. 이를 강력하게 추진토록 국장급 시정연구관도 신설됐다.

시정연구단은 비상임위원과 상임위원으로 구성했다. 서울대학교 등에서 시정 분야별로 저명한 교수를 비상임위원으로 위촉했고, 상임위원은 대학원을 수료한 우수한 인재들 중에서 서류 심사와 면접시험을 거쳐 시정 분야별로 선발하여 연구케 했다.

시정 연구를 보다 활성화하기 위해 공무원교육원 내에 '시정자료실'을 신축하여 개관했다. 1층은 자료실로 활용하고 2층은 상임연구위원들의 연구실과 세미나실 등을 만들어 연구에 전념토록 했다. 개관식 날은 시장께서 나오셔서 시정 연구의 중요성을 강조하고 격려했다.

자료실에는 각 부서에서 발간된 자료들과 시정 연구에 필요한 각종 도서를 구입하고 보관했다. 한국 주재 각 대사관에서 수집한 시정 참고 자료들도 진열했으며 국내외 귀빈이 시장을 방문할 때 선물한 물품도 그곳에 옮겨 보관했다. 그 외 직원들이 외국에 출장 갔다 올 때 가지고 온 자료와 각 대학이나 연구소 등에서 시정과 관련되어 발간된 각종 자료들도 수집하여 진열해 시정 연구에 활용토록 했다.

시정 연구위원들은 주기적 또는 필요시 회의를 개최하여 연구 과제와 당면 과제에 대해 토론 후 시정에 기여할 확률이 높은 과제를 채택하여 시장께 보고하고 담당 부서에 참고토록 통보했다. 시장은 당면 시책의 어려운 의사 결정을 할 때는 본회의에 부쳐 연구위원들의 의견을 참작하기도 했다. 그런 일들의 행정적 뒷받침은 모두 시정연구계장이 했다.

그런 와중에 자료 수집차 일본에 출장을 가려고 준비 중이었는데 과장께서 시장실에 갔다 오더니 느닷없이 일본 출장 준비는 그만두고 독일 뮌헨에서 개최하는 '세계대도시 시장회의'에 감사관을 수행하고 갔다 와야 된다고 말했다. 그 당시 외국 여행은 공무나 기업체 직원들이 해외 사업장에 출장 가는 외에는 민간인은 갈수 없을 때였다. 해외에 나갈 때도 중앙정보부에서 신분 조사와 철저한 보안 교육을 시켰다. 외국에 오갈 때는 지인들이 마중이나 배웅을 하려고 공항에 떼로 몰려나가던 시절이었다. 얼마나 외국 나가기가 힘들던 시절이었는지 직장 동료 한 분은 외국에 출장가게 되자 집안에서 잔치까지 벌여 주었다고 자랑했다.

출장 일정은 뮌헨에서 국제회의에 참석하고 파리와 로마를 거쳐 돌아오는 코스였다. 처음 가는 외국 여행이라 기대에 부풀었고 염려되기도 했다. 김포공항에서 파리행 비행기에 몸을 실었다. 당시에는 여행 경로가 알래스카의 앵커리지 공항을 경유해야 하므로 무려 18시간 동안 비행기를 타야 했다. 지루했지만 창밖에 펼쳐지는 광경의 신기함에 더 매료되었다. 앵커리지 공항 내의 상점들은 거의 일본인들이 운영하고 있어서 그네들의 국력이 부럽기도 했다.

파리의 오를리 공항에 도착하자 안개가 잔뜩 끼어 있어 착륙이 어려웠다. 조종사가 베테랑급이라 곧 착륙할 것이라 했으나 세 번을 시도해도 실패했다. 결국 인근 브루쉘 공항으로 30여 분간 더 날아갔다. 그곳에서 급유를 받고 다시 오로라 공항으로 왔다. 그러나 우리가 타고 갈 비행기는 이미 뮌헨으로 떠나고 없었다. 막막했다.

마침 잘츠부르크에서 음악 공부를 한다는 마산의 한 대학교수가 자기도 뮌헨으로 간다며 함께 항공사에 도움을 청해 보자고 했다. 공항 직원이 컴퓨터로 확인 후 뮌헨행 비행기는 드골 공항에서 5시에 가는 것뿐이라며 수속을 해 주었다. 그때만 해도 우리나라 행정부의 컴퓨터 사정은 세금고지서를 발급하는 정도였으므로 컴퓨터의 편리함과 유용함을 그때 처음으로 실감했다. 그곳 오를리 공항은 흰색, 검은색, 황색 등 각종 사람들이 우글거려 마치 인종 전시장을 방불케 해 어리둥절했다.

드골 공항에서 비행기를 타고 뮌헨에 도착하니 어둑어둑했다. 서투른 영어로 국장님의 도움을 받아가며 가까스로 우리가 묵을 호텔에 도착했다. 호텔은 고색이 짙은 최상급 호텔이었다. 장시간의 비행으로 지친 몸을 따뜻한 물로 목욕 후 깊은 잠에 빠졌다.

이튿날 등록을 하고 회의에 참석했다. 아시아인은 싱가포르에서 온 사람 외에는 없었다. 회의에 참석했으나 동시통역이 명확치 않고 내용도 지루하고 따분했다. 저녁에는 뮌헨시장이 초대하는 만찬에 참석했다. 만찬 장소는 일반 식당이 아닌 시청사 내에서 특별한 손님들만 초대할 때 사용하는 장소로 우아하고 역사성이 풍기는 장소였다.

다음 날, 뮌헨에 살고 있는 독일인 토목 기술자가 우리를 찾아왔다. 그는 서강대교를 건설할 때 참여했다며 토목과장으로부터 우리가 뮌헨에 체류하는 동안 안내를 하라는 지시를 받았다고 했다. 고마운 분이었다. 그분의 승용차로 뮌헨 시내의 이름난 곳들을 관광했다.

먼저 히틀러가 동지들을 모아 혁명을 도모했다 해서 유명 관광 장소가 된 맥줏집을 찾아가 맥주도 한잔 했다. 클래식 음악이 흘러나오는 아담한 맥줏집이었다. 뮌헨 시가지를 한눈에 감상할 수 있는 남산 타워 같은 곳도 방문했다. 타워 꼭대기 360도로 천천히 회전하는 레스토랑에서 점심식사를 하면서 전 시가지도 구경했다. 드럼통같이 둥글게 만든 건물 네 개가 지주 하나에 매달린 것 같은 특이한 건물이 인상적이었다. 수많은 관광객이 찾는다는 마리엔 광장에 있는 시청사도 찾았다. 일정 시간에 상연되는 시청사 타워의 인형극과 글로겐슈필(실로폰)의 연주도 감상했다.

저녁에는 그 유명한 옥토페스티벌 축제 현장으로 갔다. 독일 특유의 맥주를 마시면서 여유를 즐겼다. 축제장은 거대한 가설물을 여기저기 설치하고 실내에는 한가운데 단을 쌓고 그 위에서 악단이 기타와 다른 악기로 흥을 돋우었다. 각국에서 온 관광객들은 이에 맞추어 한데 어울려 노래하고 춤추며 환담을 즐겼다. 우리는 스위스에서 온 젊은이들과 한 테이블에서 어울렸다.

며칠이 지나자 독일 음식에 질렸다. 그 당시 뮌헨에는 한국 음식점이 한 곳도 없었다. 안내하는 분이 우리 입맛에 맞는 음식을 찾으려고 일식집이나 중국식당에 갔는데도 신통치 않았다. 중국식당에 갔을 때였다. 한국의 젊은 부부가 아이를 업고 지친 모습으로 들어왔다. 부인은 독일에서 간호사로 일하고 있고 남편은 유학을 왔다고 했다. 국장님은 측은한 마음이 들었는지 이 먼 곳까지 와서 고생이 많다며 식사하라고 100불을 주자 고마워 어찌할 바를 몰라 했다. 과연 스케일이 큰 분이었다.

다음 날은 오스트리아의 잘츠부르크 쪽 고속도로를 한 시간 정도 달려 아름다운 큰 호수가 있는 곳에 갔다. 호수의 주변 숲 속에는 주택들이 띄엄띄엄 있었고 물이 명경같이 맑았다. 어떻게 호수 물이 이렇게 맑으냐고 묻자 주변 주택이나 상가에서 나오는 오수는 한 방울도 그 호수로 들어가지 않는다고 했다. 그곳을 찾는 이용객들은 고령의 노년층뿐이었다. 그들은 그곳에서 식사하며 환담과 여유를 즐겼다. 젊은이들은 일하느라 올 수 없다고 했다. 우리나라와 너무나 대조적이어서 독일인들이 부럽기도 하고 존경스럽기도 했다.

4박 5일간의 뮌헨 일정을 마치고 파리로 향했다. 눈 덮인 알프스산맥 상공을 30여 분간 날아갔다. 창밖으로 보이는 저 험산 준령들을 나폴레옹은 현대식 장비 같은 것도 없이 어떻게 넘었을까. 그저 놀라울 뿐이었다.

파리에서의 일정은 견학이었다. 독일 광부였던 분이 자가용 벤츠로 우리를 안내했다. 에펠탑과 센 강, 노트르담 사원, 베르사유 궁전 등등, 특히 나폴레옹무덤을 방문했을 때는 수많은 관광객들이 진을 치고 있어 놀랐다. 살아서는 엄청난 국위를 떨쳤고, 죽어서도 돈을 벌어들여 부국하고 있으니 그야말로 프랑스인들이 존경하고 잊지 못하는 애국자라 생각되었다. 그는 금빛으로 제작된 관에 안치되어 돔의 한

가운데 높은 받침대 위에 늠름하게 누워 있었다. 그를 둘러싼 둥근 벽면에는 군데군데 휘하 장군들의 관도 안치했다. 또한 당시 전투 장비들도 전시하여 그때의 전투 상황을 연상케 했다. 저녁에는 파리의 2대 쇼의 하나인 물랭루주도 관람했다.

2박 3일간의 파리 일정을 마치고 로마로 향했다. 에어프랑스를 이용했다. 두 분의 남자 승무원은 잘생긴데다가 만면에 웃음을 띤 얼굴로 친절히 봉사했다. 보기에 너무 좋았다. 비행기 내에는 승객들이 별로 없었다. 한국사람 같은 세분이 앞좌석에 앉아 있었다. 우리는 중간쯤 자리를 잡았다. 비행기가 이륙 후 국장님께 말씀을 드렸다.

"앞좌석에 앉은 분들이 한국사람 같은데 한번 말을 붙여볼까요?"

"자네, 무슨 소리를 하는 거야? 세상이 얼마나 무서운데, 만약 말을 걸었다가 이북 사람이면 어떡할 거야?"

괜히 말씀을 드린 것 같았다. 그런데 얼마 안 있어 앞좌석의 세 명 중 한 명이 우리 좌석 뒤로 자리를 옮겨왔다. 우리는 아랑곳하지 않고 환담을 계속했다. 그분이 우리 귀에 가까이 대고 조심스럽게 속삭였다.

"서울에서 오셨습니까? 두 분이 말씀하시는 것을 들으니까 서울에서 오신 것 같아 반가워 여쭈어 봅니다. 우리는 코트라 직원으로 유럽에서 6개월간 교육을 받고 귀국하는 길에 로마와 동남아를 거쳐 가려고 이 비행기를 탔습니다. 정말로 반갑습니다."

"아, 그렇습니까? 정말 반갑습니다."

"우리는 공항에 차가 나오게 되어 있으니까 만약 택시를 이용하신다면 숙소까지 모시겠습니다."

"감사합니다."

이렇게 우리 민족은 만나면 서로 반갑고 도와주려 하는데, 분단된 민족의 슬픔을 뼈저리도록 느꼈다. 분명히 한 나라 국민인데도 서로 터놓고 얘기하지 못하고 주춤거리며 눈치만 보는 분단의 이 아픔. 언제 우리도 통일이 되어 마음 놓고 누구에게나 다가설 수 있을까, 씁쓸한 생각에 젖었다.

로마의 레오나르도 다빈치 공항에서 시내까지는 한참 걸렸다. 운전기사가 소매치기가 많다며 손가방을 창문 쪽에 두지 말라고 했다. 그리고 전날 신문에 로마 시 한 해 수입의 30% 이상을 소매치기로 벌어들인다며 시민으로서 부끄러워 얼굴을 들 수 없다고 했다. 이를 방치하면 로마 시의 장래가 암울해진다고 대대적인 소탕 작전을 펴야 한다는 기사가 났다고 했다. 무서운 도시라 생각되었다.

호텔에 도착하여 투어를 신청했다. 나폴리와 폼페이 그리고 소렌토를 관광하는 일정이었다. 다음 날 아침, 버스에 올랐다. 어느 광장에 도착했는데 수십 대의 버스가 운집해 있었다. 버스에 탄 관광객들을 모두 내리게 하여 영어, 독어, 일어의 언어 영역별로 분류하여 다시 버스에 승차시켰다. 우리는 영어권 버스에 탔다. 가는 곳마다 안내원이 영어로 해설하는데 반은 알아듣고 반은 눈치로 이해했다.

세계 3대 미항의 하나인 나폴리는 휘어진 해안 도로를 따라 시가지가 형성되어 있었다. 아열대산인 오렌지의 가로수가 끝없이 연속되는 모래 해안의 아름다운 풍경을 배경으로 사진도 찍었다. 로마시대의 고대 도시인 폼페이는 화산 대폭발로 파묻혀 있던 것을 발굴한 곳으로 유적지가 원형을 유지해 그 옛날도 도시계획에 의해 도시가 형성된 것을 알 수 있었다. 파도가 철썩이는 바닷가 언덕 위의 도시 소렌토. 풍경이 너무 아름다워 돌아오라는 노래까지 있는 소렌토에서 이

탈리아 전통 대표 음식 스파게티로 식사도 하고, 선물할 접시도 몇 개 샀다. 그날 하루는 투어로 끝났다.

다음 날은 로마 시내 관광에 나섰다. 고대 거대한 원형 경기장 콜로세움과 뒤로 돌아서서 동전을 던지면 소원이 이루어지고 다시 로마를 찾는다는 트레비분수, 거짓말한 사람이 손을 넣으면 손이 잘린다는 진실의 입, 르네상스 건축을 대표하고 세계에서 가장 큰, 성 베드로 성당, 교황이 통치하는 바티칸 궁, 수많은 광장에 세워진 말을 탄 동상들, 건물 위에 새겨진 인물들, 모두가 문화 재감이었다. 특히 베드로 성당 내에 그려진 미켈란젤로의 걸작 '천지창조'와 '최후의 심판'을 보고 미술에 문외한인 나도 이 성당만큼은 어떤 일이 있어도 훼손되어서는 안 된다는 생각이 들었다.

9박 10일간의 해외 첫 나들이를 마감하고 귀국 길에 올랐다. 비행기의 짐칸에서 느닷없이 아름다운 멜로디가 들려 스튜어디스가 확인을 했다. 그 소리는 내가 두 딸에게 선물하려고 산 인형에서 흘러나온 것이어서 모두 웃음을 자아내기도 했다.

그 여행에서 나는 많은 것을 배우고 깨우쳤다. 잘사는 나라에 대한 부러움, 분단된 민족의 쓰라림, 서투른 나의 영어 실력, 컴퓨터의 위력 등등. 이런 것들을 극복하기 위해서는 더욱더 분발해 배전의 노력을 해야겠다고 다짐했다. 어려운 여건에도 나를 외국에 보내준 국가가 고마웠다. 또한 나만이 이국의 정취를 보고 호사를 한 것 같아 아내에게도 미안했다. 언젠가 꼭 기회를 만들어 다녀오게 해야겠다고 마음먹었다.

5

행정의 소용돌이 속으로

시정연구계장으로 일한 지 1년이 좀 지나, 같은 과내 조직관리계장으로 자리를 옮겼다. 조직 관리 업무는 서울 시민의 편익 증진과 시정 여건의 변화 등으로 조직을 개편해야 할 필요가 있을 때 기구를 신설하고 폐지시키며 이에 따른 공무원 수를 증감시키는 중요한 직책이었다. 그 업무는 인사과 소속으로 있을 때 가려다가 쓴맛을 본 곳이기도 했다. 그 직책은 상황에 따라서는 승진도 할 수 있는 자리였다.

조직관리계장으로 부임했을 당시는 10·26사건으로 인해 사회적으로 혼란한 시기였다. 신군부는 이를 수습하고 통치권을 확립코자 임시행정기구인 국보위를 설치했다. 이곳에서 각 부처 및 시도의 행정기구를 대폭 개편토록 지시하였다.

이 지시에 따라 서울시는 당시 본청의 18개국을 10개국으로 대폭 축소해야만 했다. 이 작업을 위해 서울시를 지도 감독하는 총리실의 제3조정실 직원들과 합동으로 조직 개편 작업반을 편성 시행하게 됐다.

작업실은 세종문화회관에 설치했다. 작업량이 워낙 방대하고 어려운 작업이라 집에서 출퇴근도 하지 못하고 그 주변의 여관에서 숙식을 하며 3개월간 밤낮없이 일을 했다.

국 조직을 여덟 개나 줄이는 것은 시정 수행에 큰 차질을 초래하기 때문에 각종 사유를 들어 수차 불가함을 건의했으나 묵살당했다. 별 도리 없이 10개 국으로 축소할 수밖에 없었다. 결국 국장급 보직 자리를 축소하는 만큼 산하 과 제도도 축소할 수밖에 없어 인원 감축이 불가피했다. 그러므로 모든 시 공무원들의 촉각은 우리가 일을 하고 있는 조직 개편 작업실로 향했다. 천신만고 끝에 주어진 기간 내에 조직 개편 작업을 마무리하고 인사과에 통보함으로써 대단원의 막을 내렸다. 이는 나의 공직 생활 34년 동안 가장 힘들었고 어려웠으며 또한 보람된 일이기도 했다. 그리고 인원을 배치하는 문제는 인사과 몫이었다.

나는 조직 관리 업무를 맡고 있는 동안 통일주체국민회의에서 시행하는 주요 선거 사무를 보조하기 위해, 서울시 파견관으로 차출되어 40여 일 동안 근무한 적도 있었다. 또 막대한 예산을 투입한 건설 장비인 중기가 제대로 활용되지 못한다는 정보가 있었다. 그에 따라 중기 활용 실태를 진단해 본 바 그 활용 실태가 아주 미미하였으므로 각종 중기를 필요한 부서로 이관토록 하고 중기관리사업소를 폐지시키기도 했다. 이 외에도 과·계 단위 업무를 수시로 진단하여 폐지 또는 신설하고 정원을 조정해 나갔다.

그 당시 서울시는 사무관에서 서기관으로의 승진은 1년에 4~5명 정도밖에 되지 않아 하늘의 별 따기였다. 마침 관리직 승진은 직원들 중에서 우수한 자를 선발, 교육원에 배치하여 직원들을 교육시키도록 하고 그들 중에서 우선적으로 승진시키라는 총무처에서 지침이 하달되었다. 나는 이 기회를 놓칠 수 없다고 생각해 교육원 근무를 희망했다. 교관 자격 심사위원회에서 심사 결과 선발되어 교육원으로 가게 됐다.

교육원에 부임하자마자 서울시 7급과 9급 공무원의 공개채용 선발 시험 업무를 맡아 처리토록 지시를 받았다. 전형1계장으로 보직을 받아 시험 출제를 곧바로 해야 했다.

시험 출제 작업은 교육원 내 별도로 마련된 시험 관리실에서 했다. 그곳은 통제된 구역으로 한 번 들어가면 시험문제를 출제 완료할 때까지 외부와 완전히 차단된 채 나오지 못한다. 즉 문제집과 답안지를 작성하여 시험 장소로 운반할 때까지 15일 동안 작업을 했다. 작업실 내에는 숙식을 할 수 있는 시설과 운동 기구들이 있어 큰 불편은 없었다.

시험문제는 시험 과목별로 대학의 권위 있는 교수들에게 의뢰, 난이도를 상·중·하로 나누어 출제케 했다. 그중에서 난이도를 적절히 배분하여 문제집을 작성했다. 이때 영어나 제2외국어인 독일어, 아랍어 등은 단어에 오류가 생길까봐 스펠링 하나하나를 대조해서 출제해야만 하는 등 아주 힘들었다.

당시 시험은 응시생들이 많아 시험 장소를 4개 학교에서 치르도록 했다. 시험 당일 날 문제집과 답안지를 시험 장소별로 분류하여 포장한 것을 착오 없게 차량에 실어 운반토록 했다. 이렇게 하는 것도 여간 신경이 쓰이는 것이 아니었다. 전형은 수많은 수험생들이 관련되어 있으므로 만약 한 가지만 실수를 해도 엄청난 사회적 문제가 일어나기 때문이다. 이 모든 과정을 내가 책임지고 해야만 했다. 즉 시험문제 수집, 출제, 인쇄. 문제집을 시험 장소별로 분류, 포장, 시험 감독관의 교육 등등. 시험이 끝날 때까지 일련의 과정을 살얼음판을 걷는 심정으로 극히 조심스럽게 일을 해야만 했다.

시험은 아무 사고 없이 끝났다. 심호흡을 하며 마음을 달래고 그동안 함께 고생한 직원들에게 수고했다며 격려했다. 이젠 전산실에서 채점만 무사히 끝나 발표만 하면 되었다.

채점 결과가 나왔다. 보고서를 만들어 원장과 제일 부시장의 결재를 받아야만 신문에 합격자 발표를 할 수 있었다. 국가공무원 시험 규정과 지방공무원 시험 규정의 합격점의 산출 방식이 달라 합격자 수에 다소 차이가 있었다. 서울시는 지방공무원이므로 당연히 지방공무원 시험 규정에 의거 합격자를 결정해야 했다. 이 규정에 의거 합격자를 결정하고 제1부시장 결재를 받으러 갔다.

제1부시장은 군대 출신자였다. 합격자를 국가공무원 시험 규정에 의거 해 오라는 것이었다. 서울시 공무원은 지방공무원이라서 안 된다며 계속 세 번에 걸쳐 결재를 받으려고 노력했으나 역정을 내면서 유권해석을 받아오라고 호통을 쳤다.

사무관이 부시장을 설득, 이해시키는 일은 어렵다고 판단하여 교육원에 가서 원장님께 전후 사정을 보고드렸다. 원장님은 생각을 하시더니 두 규정을 제정할 당시 사회적 여건을 대조해서 작성해 오라고 했다. 부리나케 작성한 자료를 가지고 부시장실로 결재를 받으러 갔다. 한참 후에야 오셔서 한 첫말이 '무식한 자들하고 일을 하려니 별일을 다 당한다'면서 결재 서류를 주셨다. 업무를 잘 모르면 직접 일을 처리하는 전문가들의 의견을 들어 결정해야 할 것 아닌가.

다음 날, 합격자 발표를 하고 무사히 시험 업무에 종지부를 찍었다. 전형 업무를 맡은 지 꼭 40일만이었다. 전형 업무는 공무원이 하는 일 중에 가장 까다롭고 책임이 막중한 업무라고 생각했다. 다시는 그 일을 하고 싶지 않았다. 내가 교육원으로 갈 때는 공무원들을 교육시키는 교관 요원으로 갔다. 가르치는 일이 내 적성에 맞으면 대학으로 직을 옮기려고 내심 마음먹고 있었다. 원장님께 말씀드려 교수부로 자리를 옮겼다.

내가 맡은 강의는 서울시 공무원들과 중앙부처 6급 이하 공무원들에게 '행정학의 기초이론'과 '기획실무'였다. 한 시간 강의를 위해 1주일 이상 자료를 수집하고 교안을 작성하여 강의에 임했다. 그래도 어려울 때가 많았다. 그럴 때마다 더욱 열심히 공부하여 유능한 교관이 되도록 노력했다.

그곳은 나만 잘하면 문제가 없는 곳이었다. 상사의 간섭도, 상사에게 보고할 일도 없었다. 그저 열심히 공부하고 자료를 수집해서 교육생들에게 주어진 시간에 교육만 잘 시키면 되었다. 퇴근 후 잔무를 보는 일도 없었다. 퇴근 시간만 되면 곧바로 집으로 향했다. 우리 아파트 단지에서는 나를 '땡' 신사라고 불렀다. 시간이 많으니까 자연히 가족들과 많은 시간을 갖게 되었다. 가족과 함께 전국의 유명 관광지나 산들을 섭렵했다. 가족들도 내가 그곳에 근무했던 기간이 가장 행복했다고 했다.

나는 교수부에서 2년 7개월이나 근무했다. 그곳에 있는 동안 미 국무부 인사원의 6주간 교육 훈련 과정도 수료했다. 사회정화위원회에서 실시하는 사회정화 강사로 초빙되어 각 구청을 순회하면서 정화 교육도 시켰다. 그러나 교수 업무보다는 행정가가 내 적성에 맞는다고 생각했다. 책상에 앉아 계획을 세우고, 실천하고, 그 성과를 점검해

가면서 계속적으로 업무를 개선하는 것이 더 좋았고 보람을 느꼈다. 그래서 유능한 행정관이 되도록 승진에 더욱 신경을 썼다. 이를 위해 정치권은 물론, 두루 백방으로 노력했다. 그 결과인지 느닷없이 본청 감사관실 감사1계장으로 인사 발령이 났다. 또다시 행정의 소용돌이 속으로 들어가게 되었다.

6

미국 연수 생활

미국 국무부 인사원에서 실시하는 공무원교육원 교관들에 대한 교육 훈련이 있었다. 서울시에서는 이 6주간의 교육 과정에 나를 참여케 했다. 각 부처에서 한 명씩 차출되어 총 열여덟 명이 연수하러 갔다. 총무처에서 간단한 오리엔테이션을 받고 1984년 5월 25일 출국했다. 첫 번째 해외 출국 때와 달리 가족들의 배웅 없이 혼자 공항으로 나가 출국 수속을 마쳤다.

두 번째 외국 여행이라서 그런지 여행의 설렘도 없었다. 어려운 외국 여행을 나만 하는 것 같아 살림 일에 여념이 없는 아내에게 미안했다. 비행기 안에서 아내의 모습이 떠올랐다. 내 옆의 친구가 집사람이라면 얼마나 좋을까 싶었다. 머지않은 장래에 우리 부부가 손을 잡고 세계 여행길에 오를 것을 희망하고 또 그렇게 되기를 빌었다.

알래스카의 앵커리지 공항. 시설이 좀 변했고 한국인 상인이 많아졌다는 외에는 저번이나 지금이나 변함이 없었다. 비행기 안에서 내려다본 앵커리지 주변의 장엄한 산과 골짜기들, 처음 외국에 갈 때의 들뜬 기분도, 감상적인 마음도 어디로 갔는지 없었다. 사랑하는 아내와 두 딸 생각뿐이었다.

앵커리지에서 다시 뉴욕으로, 창밖에 보이는 그린란드의 눈 덮인 산맥들과 황량한 벌판들을 보면서 감상에 젖을 법도 한데 나는 비행기 안에서 자는 듯 마는 듯 지루한 시간을 보내며 여행이 귀찮다는 생각만 했다. 내 옆 좌석의 관세청 직원은 뭐가 좋은지 싱글벙글거리며 술과 음식을 계속 맛있게 들고 있었다.

밤 9시경, 드디어 뉴욕에 도착했다. 상공에서 바라다 본 뉴욕의 야경은 한마디로 장관이었다. 꼭 비단 폭에 빤짝이는 구슬을 꿰어 놓은 것 같았다. 질서 정연하게 계획된 도시의 마천루와 가로등들, 나무가 어우러져 있는 숲 속의 주택가들, 한 폭의 그림 같았다.

우리가 도착한 케네디공항은 김포공항에 비해 한없이 넓었다. 공항에서 입국 수속을 하는데 자국민에게는 우대를 하고 외국인에게는 엄청 까다로웠다. 이에 비해 우리나라 공항은 경제 발전을 위해 우리 국민보다 외국인을 어쩔 수 없이 우대해야 하는 현실이 서글퍼지기도 했다.

뉴욕에서 일박을 하고 워싱턴으로 가기 위해 공항으로 갔다. 마침 5월 28일은 미국의 현충일이라 연휴라서 무척 복잡했다. 약 45분 동안 비행기를 타기 위해 줄을 서서 몇 시간 기다렸다. 12시가 지나서야 겨우 탔다. 엄청 짜증스러웠다. 그러나 비행기에서 내려다본 워싱턴의 시가지는 그야말로 아름다운 숲 속의 도시였다.

워싱턴에서 우리가 체류할 동안 통역을 해 줄 김 교수의 안내로 숙소에 도착했다. 여장을 풀고 곧바로 식사를 하러 나갔다. 식당을 몇 군데 들렀으나 연휴라 문을 닫아 허탕을 치고 겨우 맥도날드 집에 들렀다. 워싱턴에서 첫 식사를 햄버거로 때웠다. 날씨마저 더워 이래저래 짜증이 극도에 달했다.

우리가 걸어가는 길옆에 한 무리의 노점상이 있었다. 미국에도 노점상을 하는 분들이 있구나 생각하면서 그들을 보니 바로 한국인들이었다. 깜짝 놀랐다. 더욱 놀란 것은 우리가 반가워 인사를 하려는데 그들은 외면했다. 그러면서 자기들끼리 하는 말이 "저기 봐, 저기 서울 촌놈들 왔다."며 수군거렸다. 너무나 슬펐고 어처구니가 없었다. 원대한 아메리칸드림을 품고 간 것이 고작 그런 일을 하려고 갔는가 싶어 그들이 미웠고 한편으론 안쓰러웠다. 그런 정신으로 일찍 조국에서 일을 했으면 그보다는 더 잘살고 있지 않았겠는가, 그 모습을 본 외국인들은 우리 국민을 어떻게 생각할까 싶어 더욱 마음이 침울하고 무거웠다.

우리가 체류할 숙소는 호텔이지만 콘도와 같이 직접 음식을 만들 수 있는 시스템이 되어 있었다. 마침 인근에 한국인이 경영하는 슈퍼마켓이 있어서 식재료를 이것저것 사 왔다. 옛날 부산에서 자취했을 때의 실력을 발휘해 밥을 짓고 김치와 고추장, 마늘, 베이컨에다가 포도주를 곁들여 식사를 하고 나니 그제야 살 것 같았다. 한국보다 엄청나게 싼 소고기와 포도주, 자몽, 바나나를 잔뜩 사다 냉장고에 넣고 먹었다. 특히 자몽에 설탕을 재어 놓고 수시로 떠먹는 맛은 일품이었다.

다음 날도 계속 연휴라서 포토맥 강을 가로질러 버지니아 쪽에 있는 '루레이 동굴' 구경을 갔다. 가는 길 양쪽은 평지인데 전부 숲이었다. 숲 속에 간간이 집들이 있었다. 동굴은 우리나라 고수동굴과 같았으나 원형그대로 잘 보존되어 있었다. 중간에 벼룩시장도 구경했고, 당시 우리나라에 없는 대형 판매 시설에 들러 구경도 하고 두 딸의 학용품도 샀다.

그다음 날도 공휴일이라 아침 일찍 백악관까지 조깅도 하면서 시가지를 구경했다. 식사 후에는 남북전쟁의 최후의 격전지이고 링컨 대통령이 연설한 곳으로 유명한 게티즈버그를 관광했다. 가는 길은 산세가 수려하고 온통 숲의 터널이어서 그 지역 전체가 공원과 같았다. 저녁은 라면으로 간단히 때웠다. 그때부터 라면의 효용성과 참맛을 알았고 '팔도라면'을 잊지 못한다.

교육이 시작되는 날이었다. 아침 일찍 일어나 아내와 아이들에게 엽서를 쓰고 조깅을 나갔다. 일부러 흑인들이 사는 골목길을 뛰었다. 지저분하고 더러웠다. 이른 새벽인데도 여기저기 모여 웅성거리고 잡담하고 시시덕거려 그들 스스로 격을 떨어뜨리고 있었다.

미 인사원 회의실에서 간단한 오프닝 세레모니를 가졌다. 책상 위에는 차 한 잔도 없이 물주전자와 종이컵뿐이었다. 개회식과 동시에 본 훈련 과정과 워싱턴 시에 대한 설명으로 아주 간략하게 끝냈다. 과연 실용주의 나라라는 냄새가 물씬 풍겼다.

교육은 그렇게 시작하여 강의와 현지 견학으로 이루어졌다. 강의는 주로 교육 문제를 다뤘다. 어린이의 조기교육 문제 시간이었다. 미국 어린이들은 일찍 교육 시설에 맡겨져 교육을 받으므로 많은 장점이 있다고 강조했다. 나는 한국 어린이들은 엄마의 무한한 사랑을 받으며 정서적으로 안정된 가운데 교육을 받는다고 했다. 그렇게 교육 환경이 다른 가운데 배운 어린이들이 장차 어떤 결과를 초래할 것인가에 대해 질문을 했다. 그 교수는 이를 진지하게 설명하고 이해시키느라 한 시간 가까이 시간을 보냈다. 강의가 끝난 후 그 교수는 내게 다가와 어려운 질문 때문에 많은 시간이 걸렸다고 했다.

강의 교육은 대체로 일찍 끝났다. 그래서 시내 구경을 하게 돼서 좋았다. 그러나 워싱턴의 밤거리는 으스스하고 썰렁했다. 사람이 텅 빈 유령도시 같은 생각이 들어 해가 지면 급히 숙소로 돌아왔다.

매일 아침 조깅을 했다. 워싱턴 거리는 어디를 가나 비슷비슷했다. 현지 견학을 갔다. 국회의사당과 워싱턴기념탑 사이의 넓은 잔디밭 양쪽에 있는 전시관, 기념관, 미술관이 늘어선 스미소니언 광장, 역사관, 산업전시관이었다. 비행기를 처음 발명한 라이트 형제가 탔던 비행기를 비롯하여 옛것들을 그대로 간직했으며 모든 것이 웅대했다. 나는 유심히 관람했다.

일일관광도 했다. 볼티모어의 수족관과 그곳 주민들의 아라비안 춤이 인상적이었다. 해군사관학교가 있는 아나폴리스를 견학했으며, 기념품으로 뜨개질 모자도 하나 샀다. 배를 타고 해안 일대를 관광했다. 아름다운 곳이었다.

시내 관광도 했다. 워싱턴기념탑에 올라 시내 전경을 보고 포토메틱 강변을 산책하고 제퍼슨기념관을 보고, 전차를 타고 웰링톤 국립묘지로 갔다. 관광버스에 함께 탔던 인도 여성이 몸은 예쁘게 치장했으나 인도인 특유의 지독한 냄새가 나서 곤욕을 치렀다. 국립묘지 내에서는 식사를 할 수 없어 전차를 타고 시내로 들어가 햄버거로 점심을 때웠다. 햄버거에 들어가는 상추 한 장, 토마토 한 조각이 들어가느냐 들어가지 않느냐에 따라 값이 달랐다. 과연 합리적인 국가라고 생각했다.

두 딸의 선물로 앞치마를 샀다. 엄마를 많이 도와주라는 뜻도 있고, 그것을 받는 그들의 표정도 보고 싶어서였다. 그리고 조지타운에 들러 상점들을 구경하면서 맥주 한 잔으로 목을 축였다.

비밀경찰 본부와 훈련소도 방문했다. 모의 시가지 시설 교육장에서 실제 훈련, 지하 사격장, 개 훈련시설 등. 저녁에는 워싱턴기념관 전망대에서 야경과 링컨기념관, 워터게이트 등을 구경했다. 숙소에 오니 아내로부터 편지가 와 있었다. 어찌나 반가운지 편지에 키스를 하고 꼬마들의 재롱을 떠올리며 먼 이국땅에서의 외로운 생활에 크나큰 위안을 받았다.

교육 기간 중 2박 3일간 뉴욕 시를 방문했다. 그레이하운드 버스를 타고, 허드슨 강과 이스튼 강이 흐르고 있는 뉴욕 시에 갔다. 시가지의 마천루들, 맨해튼 거리, 시가지의 건물 중 가장 높다는 월드트레드 빌딩 전망대에서 시가지 구경, UN본부빌딩 내부 관람, 뉴욕의 환락가이자 중심가인 브로드웨이, 록펠러광장, 전 세계의 문화와 역사의 유물들을 한눈에 볼 수 있는 거대한 자연사박물관 관람 등, 온종일 정신이 없었다. '한국인의 거리'에 갔을 때에는 마치 우리나라에 있는 것 같은 착각에 빠져들었다.

아침에는 센트럴파크에서 조깅을 했다. 거대한 빌딩 숲 속에 시설된 공원, 울창한 숲과 호수가 있고, 갖가지 운동 시설이 있는 넓디넓은 공원이었다. 많은 사람들이 운동을 하고 있었다. 특히 개를 몰고 나온 팬암항공사 여 승무원과의 대화가 인상적이었다. 일본 동경까지는 많이 가 봤으나 인근에 있는 한국엔 못가 봤다면서 한번 가보고 싶은 곳이라고 했다.

그곳에 머무는 동안 중학교 동창생인 신중성을 만났다. 그는 중학교에 다니는 동안 우리 동네에서 하숙을 해서 나와 아주 친했다. 친구들 중에 내가 세 번째로 자기를 찾았다고 했다. 그는 뉴저지 주에 살고 있으며 쌍둥이 빌딩 85층에 있는 미사일 연구회사에 근무한다고 했다. 아침에 그의 아내가 뉴저지 역까지 태워다 주면 전차를 타고 빌딩 지하역에 내려 승강기를 타고 사무실에 올라간다. 사무실에서 일을 하고 퇴근 후는 역순으로 같은 방법으로 집에 돌아간다고 했다. 저녁에는 신문을 보든가 텔레비전을 시청하는 것이 일상생활이라고 했다. 너무나 단조로운 생활에 놀랐다.

우리나라에서는 한때 외국에 살고 있는 우수 두뇌들을 영입하려고 했었다. 그때 그도 러브콜을 받았는데 본인은 귀국하고 싶었으나 아이들 교육 문제로 부인이 반대해서 그만두었다고 했다. 우리는 '한국의 거리'에 있는 우래옥에서 한식을 맛있게 먹었다. 그때 나는 카드로 계산하는 방법을 처음 보아 신기했다. 그러나 미국에서는 일반적이라고 했다.

우리는 브로드웨이의 한 연극 무대에서 6년째 계속 공연을 하고 있다는 '오칼카타'란 연극을 봤다. 배우 모두가 완전 나체로 출연해서 멋쩍어 비싼 공연료에도 불구하고 전편만 보고 나왔다. 친구에게 미안했지만 그가 귀국하면 꼭 보답하리라고 생각했다.

뉴욕 시 방문을 끝내고 워싱턴으로 돌아갔다. 그동안 정이 들어 그런지 마치 내 집에 온 것 같았다. 한국에 전화를 걸었다. 반가운 아내의 목소리, 아침이라 잠에서 갓 깨어난 두 아이의 음성, 아무 일도 없다고 해서 마음이 놓였다. 그러나 통화 중에 전화가 뚝 끊겨 기분이 확 잡쳤다. 돈이 아까워 다시 전화를 할 수도 없었고, 그만두었다. '보이스톡'이란 상상도 못할 때였다.

교육 기간 동안 틈을 내서 나이아가라 폭포 구경을 갔다. 비행기로 약 50분, 미국의 북단 버펄로 공항에 도착했다. 그곳에서 자동차로 달리기를 40여 분, 거대한 나이아가라 폭포에 도착했다. 나이아가라 강을 두 개 건너고 국경 검문소를 거쳐 캐나다에 도착했다. 미국 쪽의 일자형 폭포와 캐나다 쪽의 말발굽형의 거대한 폭포에서 엄청난 수량의 물이 장관을 이루었다. '나이아가라의 장관이여, 왜 이곳에 있는가. 우리나라에 있으면 오죽이나 좋겠는가.' 하는 생각이 들었다.

배를 타고 폭포 밑에 들어가 보기도 하고 전망대에 올라가 양쪽 폭포를 한눈에 관망하기도 했다. 그리고 그 거대한 물이 360도 회전하여 5대호 중의 하나인 온타리오 호로 흘러 들어가는 월폴 위로 케이블카를 타고 스릴을 만끽하면서 왕래하기도 했다.

쉼 없이 떨어지는 거대한 물줄기를 보면서 너무나 아름다워 그곳에 폭 빠지고 싶은 충동을 느끼기도 했다. 또한 아침 햇살을 받아 떨어지는 폭포는 형형색색의 주옥과 같이 아름다웠고 청색, 녹색, 흰색이 조화를 이룬 한 폭의 우아한 비단 같았다. 그런 색깔의 천이 있다면 한복을 만들어 아내에게 입히면 얼마나 더 아름다울까 생각하기도 했다.

워싱턴으로 가는 도중 비행기 안에서 미국 젊은이와의 대화를 나눴다. 그는 건축학을 전공했고 샌프란시스코 주변에 살고 있다면서 우리나라는 전혀 모른다고 했다. 마음속으로 의아해했지만 그것이 지금 세계 속의 한국의 위치라고 생각하니 서글퍼지기도 했다.

강의는 계속되었고 연방정부 고급공무원 훈련원, 버지니아 주립대학, 비행기 관제소, 교육 방송국, 국세청 훈련원, NASA도 견학했다. NASA는 전 우주공간의 인공위성을 관찰하고 우주와의 교환 및 전 세계와 즉시 통화할 수 있는 시스템도 체계화되어 있었다. 인간의 능력은 노력만 하면 무한대로 개발할 수 있구나 하는 생각이 들었다.

영국인이 처음 미국에 발을 디딘 곳, 조지타운과 첫 도읍지인 윌리엄스버그도 방문했다. 그때의 건물 양식이 그대로 보존되어 있었는데 지금의 건축 양식과 별 차이가 없었다. 국회의사당 내부도 견학했다. 여러 가지 예술품으로 장식되었고, 특히 인상적인 것은 각 주의 대표적인 인물상과 중앙 꼭대기에 기도실이 있다는 사실이었다.

"This nation under God"

기도실 정면 간판 위에 걸려 있는 글귀였다. 가슴 뭉클한 문구였다. 의원들이 법안 입안과 심의 시, 어려운 일에 봉착할 때면 그 일이 해결될 때까지 그곳에서 밤새 기도를 드리면서 하나님과 교통하여 결정한다는 것이었다. 나는 우리나라 국회의원들도 이와 같이 해 달라고 한참 동안 기도를 했다. 그리고 세계 제일의 도서관도 구경하고 대법원도 들렀다.

다음 날이면 교육이 끝나는 날이었다. 감사원 윤 과장과 함께 정부 간행물 센터와 회계검사원에 들러 자료를 몇 권 구했다. 그곳에서 마지막으로 초대 대통령, 워싱턴이 살았던 집을 방문했다. 그는 그곳 더 넓은 농장에서 320여 명의 노예를 거느리고 살았다고 했다. 앞에는 포토맥 강이 흐르고 아름답게 꾸며진 그의 무덤과 노예들의 기념비가 인상적이었다.

교육 기간 동안 뒷받침해 준 직원 캐롤이 자기 집으로 우리를 초대했다. 뒤뜰에서 바비큐 파티를 하며 술도 마시고 노래도 불렀다. 내가 한국 대표로 '내 본향 가잔다'라는 가곡을 불러 박수를 많이 받았다. 집 안에서 신발을 신고 생활하는 방식만 다를 뿐, 가정생활은 우리와 별로 차이가 없었다. 우리의 가정생활이 더 위생적이고 아기자기하며 재미있다고 생각했다.

교육 마지막 날, 간단한 수료식과 기념 촬영을 했다. 여자 부수석의 진지한 말씀이 인상적이었다. 오랜만에 그곳 우래옥에서 한식으로 파티 겸 점심을 같이 했다. 저녁에는 세계은행에서 파견 근무를 하고 있는 재무부 이 과장 집에 몇이서 초대를 받았다. 많은 사람 중에 서울시 직원인 나를 특별히 초대해 준 것을 이상하게 생각했으나 내 상사인 원장과 잘 아는 분이라서 그런 것 같았다.

미국 연수 생활의 막을 내렸다. 연수 생활을 하는 동안 더운 날씨 등으로 짜증스러운 일도 많았지만 훌륭한 교육 강의와 현지 견학 등으로 많은 것을 배우고 익혔으며 선진 문화를 접할 수 있는 좋은 계기가 되었다.

귀국길에 올랐다. 댈러스 공항에서 샌프란시스코행 비행기에 몸을 싣고 다섯 시간 정도 공중에서 머물렀다. 비행기 안에서 바라본 미 대륙 횡단의 광경들, 한 시간 동안의 숲의 운해, 세 시간 동안의 끝없는 평원과 농원, 한 시간 동안의 사막지대, 무수한 호수들, 로키산맥의 웅장함 등, 이 지구상의 모든 현상들이 한 국가 안에 존재해 있는 그런 큰 나라였다.

샌프란시스코는 아름다운 도시였다. 도착과 동시에 시내 관광에 나섰다. 서울의 남산과 같은 시내 중심에 위치한 관망대, 아름다운 금문교, 온갖 열대식물로 꽉 찬 대공원, 그 유명한 해변가의 생선 가게들, 시내 중심에 위치한 차이나타운, 언덕길에 지그재그로 찻길을 만들고 그 중간중간에 꽃을 심어 유명한 아름다운 꽃길 등. 집들은 유럽식으로 지었고 골목거리가 정교하게 꾸며 놓아 요술쟁이가 사는 도시를 연상케 했다.

전차를 타러 가다가 운 좋게 레즈비언, 호모들이 축제를 벌이는 퍼레이드를 보았다. 브라질의 리오축제와 같이 각 단체별로 온갖 장식의 쇼를 벌이고 행진하면서 단체를 선전하고 가입을 권유하는 모습은 가관이었다. 우리나라에서는 꿈도 못 꾸는 광경이었다.

1박 2일의 일정을 마치고 미국 제2의 도시 로스엔젤래스로 향했다. 도착하자 관광길에 올랐다. 어린이들의 꿈의 동산 디즈니랜드로 갔다. 어린이보다 어른들이 훨씬 많아 아이러니했다. 먼저 배(기선)를 타 보고 기차도 타고, 급행열차로 동굴 속을 지나며 온갖 무서움에 떨기도 했다. 세계 각국의 인형들이 노래하고 춤추는 인형의 집을 배로 구경하고, 모노레일도 타 보고, 잠수함도 타고 해저의 온갖 신비함도 만끽했다. 아이들이 좋아하는 곳인데, 아내와 두 딸과 함께였다면 얼마나 좋았을까 생각했다.

유니버설 스튜디오로 갔다. 영화 제작 과정을 관람했다. 우리가 차를 타고 관람할 때 갑자기 비가 퍼붓고 나무가 넘어지며 천둥이 치고 홍수가 나는 바람에 깜짝 놀랐다. 우리 차가 지날 때 지뢰가 터지고 다리가 내려앉는가 하면 호숫가를 지날 때 둑이 터지고 상어가 우리 차를 급습하는 바람에 간장을 서늘하게 했다. 영화 속의 한 장면을 체험케 했다. 로켓이 그냥 장난감이고 킹콩이 주먹만 한 제품이라는 것들을 알고부터는 영화를 볼 때 꼭 사기를 당한 것 같았다.

'한국의 거리'는 우리나라를 방불케 했고 L·A의 야경은 서울의 야경과 흡사했다. 할리우드 거리에 있는 유명한 차이니스 극장도 보고 유명 연예인들의 손자국과 발 사인도 보았다. 별것도 아닌데 관광객을 유인하고 유명세를 타는 이유를 잘 모르겠다.

2박 3일간의 관광을 끝내고 하와이로 향했다. 비행기 내에서 이주일, 이덕화, 조용필, 하춘화 등 연예인도 만났다. 하와이에 도착하자 호텔 지배인이 레이를 목에 걸어주며 우리를 환영했다. 여장을 풀자마자 와이키키 해변에서 오후 내내 수영을 했다. 물속이 그렇게 부드럽고 좋을 수가 없었다. 저녁에는 궁둥이를 흔들고 혀를 내 놓으며 '와!' 하는 하와이의 전통 춤을 감상했다.

다음 날은 오하우 섬 전체를 일주하는 여행을 했다. 화산의 분출구 다이아몬드 헤드를 비롯하여 물고기와 더불어 노는 하나우마 만, 효녀가 바위에서 떨어졌는데 이때 바람이 불어 다시 땅에 올려놓아 살아났다는 전설의 바람언덕, 파파야 코코넛 농장, 태평양 연안 원주민들의 전통·문화센터에서 그들의 생활 습성, 하와이대학, 사탕수수밭과 파인애플 농장, 진주만 일원, 시청사와 중앙공원 등, 저녁에는 다시 수영을 하고 휘황찬란한 야시장도 구경했다.

6주간의 연수 생활을 마치고 드디어 귀국길에 올랐다. 일본 나리타 공항을 경유하는 긴 여정을 마치고 그리운 고국 대한민국에 도착했다. 얼마나 편안하고 나를 반겨주는 나라인가.

입국 수속을 마치고 나오자 "아빠!" 하는 소리가 났다. 얼마 만에 들어보는 반가운 소린가. 사랑하는 아내와 두 아이가 나를 얼싸안고 반겨 주었다. 이 포근한 가정과 가족들. 외국 생활에서 어찌 이런 편안함을 가져보았겠는가.

내가 태어나고 자란 이곳, 내가 살고 살아가야 할 아름다운 우리나라, 선진 미국에서 보고 배운 것들을 내 것으로 만들어서 이 나라를 위해, 그리고 사랑스러운 우리 가족들을 위해 영원히 헌신하고 노력하리라.

7
중견 간부로 승진

　서울시 직원이면 누구나 한 번쯤은 근무하고 싶어 하는 부서가 있다. 바로 감사담당관실이다. 나는 그 부서에 간부직으로 발령을 받았다. 내겐 영광이었고 한편 긴장도 되었다.

　감사담당관실의 하위 조직은 감사총괄계, 감사1계, 감사2계, 감사3계로 구성되었다. 감사총괄계는 감사계획과 암행감사반을 운영했고, 나머지 계는 본청과 구청 및 사업소에 대한 정기 또는 수시 감사를 실시했다. 다만 감사3계는 기술 분야를 맡았다. 나는 감사1계장으로서 감사 현장의 책임자였다.

　감사담당관실의 주요 업무는 일상 감사 외에 원활한 시정 수행을 위한 시장의 지휘권 확보에 있었다. 서울시의 거대한 조직과 8만여 명의 직원들이 맡은바 업무를 일사불란하게 추진토록 자극과 통제가 필요했다. 그 일을 위해서 감사과 직원들은 항상 긴장하고 시정 구석구석에 늘 관심을 가져야만 했다. 그동안 교육원 교수부에서 했던 강의와는 하는 일이 전혀 달랐다. 바짝 긴장하게 되었고 정신이 번쩍 들었다.

　그곳에 발령받은 지 7일째 되던 날, 퇴근 후 세수를 하는데 물이 눈에 자꾸 들어왔다. 이상했으나 별일 없겠지 생각하며 잤다. 다음날 아침 아내와 함께 산책을 나가려고 현관문을 나서는데 아내가 갑자기 물었다.

"여보, 당신 얼굴이 왜 그래? 이상해졌어."

집으로 들어와 거울을 보니 입이 비뚤어져 있었다. 깜짝 놀랐다. 바로 병원 갈 준비를 하고 아내와 함께 나갔다. 시간이 너무 일러 아내가 가끔 다니는 용산에 있는 지압원에 가서 침을 맞았다. 그래도 마음이 놓이지 않아 경희대 한방병원에서 진료를 받고 집으로 왔다.

의사인 큰처남과 상의를 했다. 안면마비는 내버려둬도 이삼 개월 후면 돌아온다며 걱정 말라고 했다. 내가 직장에 나가지 못하자 나를 걱정해 주는 많은 분들이 위로 전화를 했고, 어디어디가 용하다고 추천을 했다. 국장과 과장도 걱정이 되어 집으로 문병을 왔다. 사무실 일은 걱정하지 말고 치유에나 신경 쓰라고 했으나 바쁜 부서라 무척 미안했다.

급한 마음에 용하다는 곳은 다 가 봤다. 수천 명의 안면마비 환자를 낫게 했다고 소문난 금호동의 침쟁이한테도 갔다. 그런데 잘 낫지 않았다. 오히려 부작용으로 걸음걸이조차 공중에 부웅 떠서 걷는 것 같았다. 큰 처남에게 다시 상의했다. 청량리에 있는 성바오로병원 신경외과 과장에게 부탁을 해 두었으니 가서 진료를 받으라고 했다. 독일에서 의학을 수료한 의사는 직접 목과 엉덩이에다 주사를 놓았다. 주사 값은 상상외로 엄청 비쌌다.

내 병명은 안면신경마비가 아니라 중추신경마비라서 치유가 잘 되지 않았다. 내가 장기간 자리를 비우게 되자 그 자리를 탐내는 자들이 별별 음해를 다 한다는 소문이 들렸다. 국장은 내게 집에만 있으면 답답해 오히려 병을 키우니 사무실에 나와서 자리를 지키고 장기전에 대비하라고 했다. 성품이 불같이 급한 분이신데 참 고마웠다. 나도 병세가 조금씩 호전되고 있어 그 뜻에 따르기로 했다. 병에 걸린 지 꼭 40일 만이었다. 시간이 흐름에 따라 내 병은 몰라보게 좋아졌다.

건강이 회복되자 내 본연의 업무에 충실했다. 감사1계장으로 근무한 지 꼭 1년 만에 국 주무계장인 감사총괄계장으로 자리를 옮겼다. 그 자리는 특별한 하자가 없는 한 승진하는 자리였다. 전심전력으로 열심히 일을 해서 유종의 미를 거두겠다고 내심 굳게 다짐했다. 승진에 필요한 모든 조건들을 하나하나 갖추어나갔다.

총괄계장의 중요한 일중의 하나는 '주간업무보고서'를 작성하는 일이었다. 이는 시정 전반에 걸쳐 문제점이 있는 업무를 파악해서 토요일에 시장님께 직보直報하는 일이었다. 시장은 월요일 아침마다 개최하는 확대간부회의 때 이를 참고하여 지시하는 제도였다.

시의 주요한 행사가 있을 때도 성공적인 달성을 위해 감사관실은 그 업무 추진 사항을 점검하고 보고했다. 86년도 아시안게임을 준비할 때였다. 서울시 위상을 국제적으로 높이기 위해 환경 정비에 모든 행정력을 쏟았다. 환경 정비는 각 구청에서 추진하되 본청 각국에서 지원토록 했다.

감사관실은 영등포구청을 지원함과 동시에 시 전체의 추진사항을 매일 점검하여 간부회의에 보고해야 했다. 토·일요일도 없이 3개월 동안 밤낮을 가리지 않고 일을 했다. 심지어 나는 목욕할 시간도 없어서 간부들이 회의하는 시간에 잠시 짬을 내어 샤워를 하곤 했다.

때론 몸이 비틀리는 증상을 느끼기도 했다. 사람은 일정 시간 일한 후는 반드시 쉬어야 한다는 점을 깨달았다. 주말 휴일 제도는 인체를 감안해 마련한 꼭 필요한 제도라고 생각했다. 그렇게 열심히 일함으로써 아시안게임을 성공적으로 마쳤고 서울시의 환경이 일신되었다.

감사관실은 주어진 본연의 업무보다 부수적인 일로 더 바쁠 때가 많았다. 감사 총괄 업무를 맡은 지 2년이 좀 지날 무렵, 서울시 조직 개편으로 무려 55명이나 되는 사무관이 서기관으로 승진되는 대대적인 인사 조치가 있었다. 나도 그 안에 당연히 포함되었다. 쉽게 승진이 되고 보니 그동안 승진을 하려고 온갖 노력을 했던 것이 한편 허망하게 느껴지기도 했다. 승진된 사람들 중 절반 이상이 교육 발령을 받았으나 나는 성동구청 도시정비국장으로 발령이 났다. 또다시 일선 구청 업무를 다루게 되었다

8
기초 행정의 달인이 되었는데

구청국장으로 발령을 받고 나니 대우가 확연히 달라졌다. 사무실이 별도로 주어졌고 여비서도 두게 되었으며 운전기사가 딸린 전용 차량도 있었다. 그만큼 주어진 일을 책임지고 열심히 하라는 뜻이라고 생각했다.

도시정비국에는 주택과, 건축과, 도시정비과 및 공원녹지과가 있었다. 전문 지식을 필요로 하는 업무들이다. 과·계장들이 전문직들이라 국장은 관리만 잘하면 되었다.

발령받은 때는 노태우 정권 시절로 민주화 바람이 거세게 불던 시기였다. 관내 이곳저곳에 추진 중에 있던 재개발지역 주민들이 100명 또는 200여 명씩 하루가 멀다 하고 몰려왔다. 일부는 아파트 건설을 빨리 추진하라 하고 일부는 절대 추진하면 안 된다고 떼를 지어 들이닥쳤다. 내가 하는 일은 거의 그들과 대화하고 설득하며 때론 설전을 벌이고 일을 해결하는 것이었다. 매일 아침 출근할 때면 오늘도 전쟁터로 간다는 심정으로 집을 나섰다.

전임 국장은 데모대가 온다는 정보만 있으면 순찰을 핑계로 도망쳤다고 했다. 애꿎은 총무국장이 시달림을 받았단다. 나는 내 일은 내가 책임지고 해결하려 했다. 데모 대원들이 아무리 청장 면담을 요청해도 절대 허락하지 않았다. 내가 해 줄 수 없는 일은 청장이 해 주라고 해도 절대 해 줄 수 없다며 강하게 밀어붙였다. 대신 약속 사항은 틀림없이 지켜 처리해 주었다. 시간이 지남에 따라 내 소신이 먹혀들기 시작했다. 경찰 정보 팀에서도 제대로 일을 처리하는 국장이 왔다며 좋아했다.

나는 데모대가 왜 몰려오는지 분석했다. 그동안 재개발 민원에 대해 직원들이 애매모호한 답변을 해서 스스로 민원을 야기했다는 사실을 알았다. 민원이 들어오면 '되고 안 됨'을 분명히 해서 통보하라 했다. 재개발 관련 민원 사항은 반드시 내 결재를 받아 처리하라고 했다. 그 후 민원은 점차적으로 줄어들기 시작했다.

그 당시 아파트 건립 승인 사항이 본청에서 구청으로 이관되는 시점이었다. 국내서 내로라하는 아파트 건설업체의 상무, 전무라는 임원들이 내 방을 들락거렸다. 이들은 방문할 때마다 인사치레로 봉투를 내밀었다. 처음 대면하는 자리인데 어처구니가 없었다. 재개발 조합장들도 틈만 나면 입주권이나 양복 표를 가지고 와서 유혹했다. 내가 감사과에 근무한 경험이 없었더라면 그들의 유혹에 빠졌을 수도 있다고 생각했다. 그때 나는 부정부패를 방지하려면 받는 사람보다 주는 사람을 우선적으로 처벌해야 된다고 주장했다. 그곳에 오랫동안 있으면 큰일 날 것만 같았다.

때마침 건축직인 일부 건설국장들이 자기들 전공인 건축 업무가 있는 도시정비국장으로 보직 변경을 해 달라고 시장께 요청했다. 시장은 일리 있다며 이를 받아들여 자연히 행정직인 나는 9개월 만에 건설국장으로 자리를 옮겼다. 참으로 다행스러웠고 잘된 일이었다.

건설국에는 토목과, 하수과, 수도1과, 수도2과가 있었다. 도시정비국보다는 한결 업무가 가벼웠다. 나는 오전에는 주로 건설 현장과 고지대를 순찰하면서 위험 요소와 상수도 불 출수出水 지역이 있는지를 파악하고 대처했다. 오후에는 사무실에서 결재도 하고 일을 보았다. 그곳에 출입하는 건설업자들도 첫인사가 봉투 내미는 것이었다. 우리나라 건설업자들의 정신을 근본적으로 뜯어고쳐야 한다고 생각했다.

성동구는 저지대가 많아 상습 침수 지역이 많았다. 여름철 우기 시를 대비해서 부단하게 하수관 개량 공사를 하는 등 수방 대책에 온 힘을 쏟았다. 그렇게 1년 2개월을 근무하다가 구로구청 시민국장으로 보직을 옮겼다.

시민국에는 사회과, 청소과, 산업과, 부녀과 및 위생과가 있었다. 구로구는 저소득층이 많아 이웃돕기성금을 모아 그들을 도와주어야 했다. 연말이면 나는 구청장과 함께 이웃돕기성금 모금에 진력했다. '과부 사정은 홀아비가 안다'는 말이 있듯이 어려운 생활을 하는 주민이 많았지만 서로 도와주려고 해서 의외로 성금은 잘 모였다. 고마운 분들이었다. 그렇게 모금한 성금으로 소년소녀가장 및 생활보호자와 도움이 필요한 분들에게 분배했다.

그리고 부자 구인 강남의 몇몇 아파트 단지 부녀회에 요청하여 불필요한 의류와 가재도구들을 수집하여 벼룩시장을 개설했다. 필요한 주민들에게 아주 싼 값에 팔기도 하고 나누어 주기도 했다. 그와 같이 시민국장의 일은 어려운 주민을 도와주는 일이었다.

1990년도에 국지성 호우가 쏟아져 강동구 일부와 구로구의 개봉동 일대가 완전히 침수되었다. 구청에서는 수해 대책 상황실을 설치하고 이에 대처했다. 물이 빠지자 쓰지 못할 가재도구들이 도로에 산더미처럼 쌓였다. 도시 미관은 물론이고 전염병도 우려되어 빨리 치우지 않으면 민원이 폭발할 것 같았다. 고심 끝에 관악구청 시민국장께 협조를 구해 청소 차량을 지원받았다. 그리고 쓰레기 임시 적환장을 관내 천황동의 넓은 빈 공터에 설치하고 밤낮없이 수해 쓰레기를 실어 날랐다. 그 많던 쓰레기들이 금방 치워졌다.

그때 시장님께서 수해 지역을 살피려 구청을 방문했다. 수해 현장에 나가 일을 해야 할 공무원들이 상황실에서 대기하고 있으니 역정을 내고 수해 현장으로 갔다. 이미 수해 현장은 말끔히 치워져 있었다. 시장은 수행원에게 수해 지역이 어디냐고 문의했다. 이곳이라고 대답하자 쑥스러웠는지 청장께 전화를 걸어 조금 전 상황실에서 역정 낸 것, 미안했다며 직원들이 수고 많았다고 격려해 주라고 했다. 그와 같이 어떤 상황이 발생하면 민첩하게 처리할 수 있는 기지가 필요했다.

그곳에서 일한 지 11개월 만에 다시 성동구청 재무국장으로 발령이 났다. 재무국에는 재무과와 세무1과 2과 및 지적과가 있었다. 재무국장 자리는 내근을 하면서 구청의 세입과 세출을 균형 있게 편성해서 살림을 잘 꾸려가야 하는 자리였다.

그 당시 구청장은 내가 본청 총무과 서무계에서 일할 때 나를 잘 이끌어 주던 상사였다. 그분께서 본청 내무국장으로 발령이 났다. 발령장을 받고 와서 나를 불러 앞으로 어떻게 할 것이냐고 물었다. 나도 승진 때문에 본청에서 근무하고 싶다고 했다.

얼마 후 내무국장으로부터 연락이 왔다. 승진이 용이한 국 주무과장은 상정과장밖에 없고 그 외는 감사 2담당관 등 몇 자리가 비었다면서 내 의견을 물었다. 나는 국장님 의견에 따르겠다고 했다. 내 경력을 감안해서 본청 감사 2담당관으로 발령을 냈다. 재무국장으로 일한 지 꼭 1년만이었다.

감사 2담당관은 주로 사업소에 대한 감사를 했다. 과장은 감사 실시 전 직원들을 교육시키고 감사 결과를 시장께 보고하는 일이었다. 본청직제 개편으로 감사 2담당관 자리가 없어지자 1년 2개월 만에 다시 조사담당관으로 자리를 옮겼다.

이때 김영삼 정부가 들어서면서 부정부패 공무원들에 대한 숙정 작업이 시작되었다. 업무 분장상 이 일은 조사담당관인 내가 맡아 해야 했다. 그러나 나는 오랜 기간 동안 서울시에서 근무했으므로 아는 사람들이 많아 그 작업을 추진하기가 어려웠다. 마침 그때 청와대에서 근무하다 발령받아온 군 출신인 감사담당관이 맡아하기로 했다.

사정 기준은 재산이 많고 여론이 좋지 않은 자들을 우선 대상으로 했다. 이들에 대한 리스트를 작성했다. 그들로부터 재산 형성 과정에 대한 정당성을 설명할 기회를 주었다. 그리고 부시장을 위원장으로 하는 사정심사위원회를 만들어 사실 여부를 심사했다. 서기관 이상 심사 대상이 100명이 넘었다. 심사 결과 숙정할 리스트를 만들어 그 순서에 따라 30명이 넘는 간부들이 옷을 벗었다. 나도 재산이 많다는 이유만으로 조사담당관으로 일한 지 4개월이 좀 지나 송파구의회 사무국장으로 전보되었다.

구의회 사무국에는 과제도가 없고 의정계와 의사계가 있었으며 전문직이 있었다. 사무국장의 일은 구의원들이 하는 일들을 보조하고 의사 진행을 하는 일이었다. 구의원들과 대화하는 것이 주된 일과였다. 통제기관인 구의회와 집행기관인 구청이 대립각을 세울 때는 난감했다. 그때는 그야말로 솔로몬의 지혜가 필요했다.

시간이 많은 보직이라 이때다 싶어 수십 년간 나를 괴롭혀온 고질병 치질을 수술했다. 이는 아내가 그동안 계속 권유해온 일이기도 했다. 치질 수술 전문병원에 입원을 하고 환부를 도려냈다. 워낙 환부가 깊어 수술 시간도 오래 걸렸고 입원 기간도 열흘이 넘게 걸렸다. 해묵은 고질병을 도려내고 나서 완치가 되자 몸이 가뿐했다.

그 당시 서울시에서는 규모가 큰 성동·도봉·구로구를 분구키로 결정했다. 나는 도봉구의 분구 준비담당관으로 발령이 났다. 송파에 온 지 1년이 채 안 된 시점이었다.

사무실은 도봉구청 내에 설치했다. 분구될 구청의 청장과 부구청장은 이미 발령이 나서 와 있었다. 분구 작업을 위한 작업 팀을 구성하고 분구 작업에 들어갔다. 새로 탄생할 구 명칭부터 만들었다. 여러 가지 안이 제시되어 논의 끝에 강남구에 대응할 구가 강북에도 있어야 한다며 강북구로 했다.

1개 구가 탄생하려면 구 행정조직에 관한 조례 등 필수 조례 10여 가지를 제정해 구의회의 승인을 받아야 했다. 직원들은 다른 일로 바빠 구의회에는 나 혼자 참석했다. 구의원들은 몇 가지 질의를 하더니 혼자 와서 답변하는 그 용기가 가상하다며 이내 승인을 해 주었다.

승인된 조례에 따라 하위 규정인 시행규칙도 제정해야 하고, 그에 따라 조직 편성과 인사 발령도 해야 했다. 그리고 신설된 강북구 지역 내에 있는 모든 교통표지판과 안내판 등에 도봉구라는 문구는 모조리 삭제하고 강북구로 표시해야 했다. 눈코 뜰 새 없이 바쁜 일정을 보냈다. 다행히도 도봉구 청사가 강북구 내에 있어 그 청사를 강북구청 청사로 사용하기로 해 청사 준비로 인한 번거로움은 면했다. 그렇게 해서 강북구는 1995년 3월 1일 탄생했다. 개청 행사와 함께 나는 강북구청 총무국장으로 부임하게 됐다. 분구 준비담당관으로 발령받은 지 2개월 17일만이었다.

총무국에는 총무과, 기획과, 공보실, 감사실, 시민봉사실이 있었다. 총무국은 구행정의 기획과 집행 부서인 여타 실국의 업무를 지원하는 일이 주 업무였다. 신설 구청인데다가 민선 구청장이 부임하는 등 이래저래 잡다한 일로 바쁘게 보냈다. 총무국장으로 발령받은 지 4개월 만에 3급대우 발령을 받았다.

나는 총무국장으로 일을 하면서 동사무소를 그 지역 주민의 봉사센터로 만들었다. 관내 각 기관에 협조를 구해 은행 단말기와 공중전화기 및 우체통도 설치했으며, 팩스와 민원 상담을 통해 어려운 일들을 처리해 주도록 했다. 당시 청와대에서는 각 지자체의 우수 업무 추진 사례를 발췌하여 여타 지자체에 보급하면서 그때 동사무소의 명칭을 지금의 주민센터로 바꾸었다.

그 당시 강북구청에서는 중국 북경시의 밀운현과 자매결연을 추진 중에 있었다. 실무협의 대표단을 7명으로 구성하여 6박 7일 동안 업무 협의를 하려고 밀운현을 방문했다. 나는 단장으로 참가했다.

북경 공항에 도착하니 밀운현 직원들이 마중을 나왔다. 그 당시 북경 공항은 시설들이 초라하고 공항 직원들과 승객들도 시골티가 묻어났다. 우리를 마중 나온 직원들도 너무나 순박해 보이고 시골 아저씨

같은 인상이었다. 우리는 곧장 밀운현으로 출발했다.

도로의 양쪽에 늘어선 미루나무들이 퍼레이드를 펼치는 것 같아 인상적이었다. 도로 양옆 50m 정도, 개발을 유보하고 있는 것은 미래를 생각하는 중국인들의 혜안이 돋보였다. 숙소에 도착했다. 숙소는 정부에서 운영하는 어양회관이었다. 지내기에 큰 불편은 없어 보였다.

다음 날, 현 정부를 방문하여 환영 인사도 받고 선물도 서로 교환했으며 기념사진도 찍었다. 환영식이 끝난 후 우리는 밀운수고水庫를 시찰했다. 보터를 타고 시찰했는데 물 보관 창고라기보다 넓은 바다 같았다. 그 물은 북경 시민의 상수도로 사용한다고 했다. 저 멀리 병풍처럼 둘러쳐진 연산산맥과 조화를 이루어 가히 장관이었다.

귀청하여 오후에는 상호 업무를 협의했다. 그들은 경제 문제에 많은 관심을 가졌다. 온 신경이 기업을 유치하는 데 쏠려 있었다. 우리의 행정 체계에 대해 설명을 듣고 무척 감명을 받는 것 같았다. 저녁에는 환영 만찬에 참석했다. 산해진미가 따로 없었다. 요리의 종류가 무궁무진해 보였다. 술을 마시고 난 후 빈 잔을 머리 위에 탈탈 터는 음주 문화가 독특해 보였다.

다음 날은 만리장성을 관광했다. 만리장성의 한 구간인 사마대장성에 올랐다. 축조 후 원형 그대로 보존되어 있는 장성이었다. 그 옛날 그 험준한 산맥을 따라 현대식 장비도 없이 그 무거운 재료들을 어떻게 운반하여 축조했는지, 우리 인간의 무한한 능력에 감탄을 보내지 않을 수 없었다.

밀운현 내 여러 시설들을 시찰했다. 명문학교인 밀운 제2중학교, 밀운중의원, 사하유치원, 성관노인원, 운강편직공장, 몽골 캠프장, 밀운

방직공장, 맥주공장, 공업개발 지구를 방문했다. 가는 곳마다 우리 일행을 환영한다는 플래카드가 걸려 있어 가슴이 뭉클했으며 책임감도 갖게 했다. 또한 방문 기관에 맞게 인사말을 해야 했기 때문에 순간적인 기지가 필요했다. 저녁에는 주로 자매결연에 필요한 여러 가지 사항들을 논의하여 우호교류협약을 위한 협의서 초안을 작성하는 등 우리의 의도대로 잘 마무리 지었다.

북경시도 방문했다. 대도시의 교통 체증은 중국도 다르지 않았다. 어렵게 도착하여 자금성과 천안문 광장이며 모택동 전시관 등을 관람했다. 스케일이 어마어마하게 커서 과연 대국다웠다. 경치가 아름답기로 유명한 흑룡담도 관광하고 환송식에 참석했다. 식이 끝나고 환송연이 있었다. 각종 음식과 주류가 풍성했다. 방문 동안 환대해준 것에 대한 감사의 인사말을 했다. 그것으로 자매결연을 추진키 위한 우리 쪽의 방문 일정은 마무리됐다. 우리 일행은 무사히 귀국하여 일상 업무에 복귀했다.

서울시에서 구청의 직제 개편에 따라 기획실이 신설되었다. 총무국장으로 근무한 지 1년 10개월 만에 기획실장으로 자리를 옮겼다. 기획실에는 기획과와 감사실, 공보실이 있었다.

기획실장으로 부임한 지 8개월이 지날 때 쯤 북유럽에 선진국 시찰이 있었다. 청장과 구의원, 과장 등 아홉 명으로 시찰단을 구성하여 방문길에 올랐다. 7박 8일간의 시찰이었다.

먼저 네덜란드의 암스테르담을 방문했다. 그 도시는 잘 꾸며진 집들과 운하 및 숲이 한데 어울려진 외관상 아름다운 도시였다. 그러나 내면을 잘 들여다보면 한마디로 환락의 도시였다. 섹스박물관을 비롯하여 전 세계의 홍등가의 총 본산지라 할 수 있는 공창 지역, 칸칸의 홍등 아래 온갖 자태로 손님을 유혹하는 홍등가 아가씨들, 러브 쇼에서 행위예술이라는 미명하에 각종 작태를 묘사한 성행위, 공공연한 마약거래 등등. 그런 것들을 구경하기 위해 구름처럼 관광객들이 모여들어 밤새도록 인산인해를 이루는 곳이었다.

사우나 시설도 모두 남녀 혼탕이었다, 우리나라와 같은 욕조는 없고 사우나 시설뿐이었다. 남녀의 나체들이 더욱 적나라하게 보였다. 그래도 전혀 부끄러움이 없고 아랑곳하지 않았다. 우리도 처음에는 멋쩍었으나 아주 자연스럽게 그 분위기에 휩싸였다.

우리는 시내 관광에 나서 먼저 유명한 나막신 공장을 구경하고 밀랍인형관과 풍차마을을 관광했다. 운하 선상 유람도 했으며 유명한 꽃시장과 벼룩시장도 구경했다.

네덜란드 시찰을 마치고 핀란드의 헬싱키로 향했다. 유명한 핀란드 사우나를 체험하기도 했다. 시가지를 시찰하고 특히 콘트라 양로원, 시벨리우스의 공원, 루터파 총본산인 대성당, 카우피 광장 등을 둘러보고 그 유명한 관광용 선박인 실자라인을 이용하여 스웨덴의 스톡홀름으로 향했다. 그 선박 내에는 대도시의 한 지역을 옮겨 놓은 것 같았다. 대형 뷔페식당을 비롯하여 각종 음식점, 면세점, 나이트클럽, 수영장, 사우나와 별별 상점들이 다 진열되어 있었다. 그것은 배라기보다 움직이는 하나의 도시 같았다.

밤새껏 항해해서 스톡홀름에 도착했다. 먼저 시가지를 한눈에 볼 수 있는 살트쉰 호 언덕에 올라 시내를 감상했다. 강과, 숲과, 바다와, 개성 있는 건축물 등이 조화를 이루었고, 조용하고 깨끗하며 신선해 보이는 정말 아름다운 도시였다. 폐기물 처리 및 재활용 시설이 있는 쓰레기 소각장 코빅도 방문했다. 기술 담당자가 브리핑을 하는 모습이 인상적이었다. 프뤠쉔다 장애재활학교와 노벨 평화상 수여 장소인 시청사의 내부도 관람했다. 바사호 박물관에는 침몰한 지 300년 후에 선체를 그대로 인양해서 전시한 바이킹 선박이 있어 퍽 인상적이었다.

다음은 노르웨이의 수도 오슬로로 향했다. 그 유명한 조각공원을 시찰했다. 인간의 삶과 희로애락을 193점의 조각으로 표현하여 설치한 것은 정말로 뜻깊은 공원이라 생각했다. 121명의 조각 탑 남녀상도 인상적이었다. 산타클로스의 고향이라는 두레박 마을과 스키점프 장으로 유명한 홀멘콜렌에서 실제 스키를 타는 것과 똑같은 시뮬레이션 차를 타고 스키 타기 체험도 했다.

시내의 골목 양옆으로 즐비하게 들어선 상점들에 들어가 가족들에게 선물할 노르웨이의 유명한 스웨터를 샀다. 현지 안내원이 내 고향 거창 분이라 무척 반가웠으며 그분을 통해 건강보조식품 오메가3를 잔뜩 구입했다.

귀국길에 올랐다. 도중에 덴마크의 코펜하겐에 들러 시내를 관광했다. 왕립공원에 왕실 보물을 보관하고 있는 로센보르궁전을 관람했다. 그 당시 왕과 왕비가 사용했던 온갖 금장식과 보물들이 눈부시게 빛났다. 사치의 극치라고 할 수 있을 것 같았다. 시청사와 의사당도 둘러보고, 황소 네 마리 분수대 게피온과 인어상도 구경했다. 키에르케고르의 동상이 있는 왕립도서관도 관람했다. 그리고 우리 일행은 무사히 귀국했다.

서울시에서는 구청 직제 개편 시 기획실장을 3급인 부이사관 직으로 하려 했으나 실익이 없다며 신설된 지 1년 7개월 만에 폐지했다. 나는 강북구청에서는 갈 곳이 없었다.

인사과장한테서 연락이 왔다. M구청 총무국장에 내정이 됐다고 했다. 그 구청의 부구청장도 내가 그쪽으로 오게 됐다며 알려 주었다. 나는 그렇게 알고 마음 편히 있었다. 인사 발령 날 아침, 인사과장한테서 급히 연락이 왔다. 내가 M구청으로 갈 수 없게 됐다며 큰일 났다고 했다. 지금 갈 수 있는 곳은 수도사업소장 자리밖에 없다고 했다. 나는 우리 집에서 가장 가까운 남부수도사업소로 보내 달라고 했다. 그래서 남부수도 사업소장으로 부임하게 됐다.

남부수도사업소는 관악구와 동작구의 주민들에게 맑고 깨끗한 수돗물을 공급해 주는 것이 주 임무였다. 사업소에는 총무과, 과징 1·2과, 공무 1·2과가 있었으며 직원 230여 명이 근무하고 있었다. 나는 직원들에게 취임식에서 우리들은 관내 주민들에게 항상 깨끗한 수돗물을 풍족하게 공급하는 것이 목적이므로 어느 부서에서 일하든지 이에 초점을 맞추어야 된다고 역설했다. 만약 그 일에 한 치라도 소홀히 하는 직원이 있다면 함께 근무할 수 없다고 했다.

우선 나부터 솔선수범을 보였다. 틈만 나면 관내 구석구석을 순찰하여 누수가 되고 있는지, 고지대에 물을 공급하는 가압장이 제대로 관리되고 있는지 등을 관찰하고 개선해 나갔다. 관내에는 재개발 지역이 많아 철거 과정에서 수도관을 건드려 누수되는 곳이 많았다. 이런 곳을 일일이 찾아내 수리하여 유수율有水率을 증대시키는 데 혼신의 힘을 쏟아 부었다.

그렇게 열심히 일을 하고 있을 때에 텔레비전에 예고 자막까지 내보

내면서 저녁 9시 뉴스에 대현산 배수지에 지렁이가 들어가 수돗물이 의심스럽다고 톱뉴스로 방영되었다. 난리가 났다. 알고 보니 동작구청 구의원이 배수지에 대해 확인하는 과정에서 우리 직원이 불친절했다고 해서 앙심으로 조작을 해 놓고 촬영해 생긴 일이었다.

국토부 담당과장에게서 전화가 왔다. 전후 사정을 얘기했다. 나쁜 놈이라면서 상급 부서에는 자기가 알아서 처리할 터이니 적절히 대처하라고 했다. 나는 보고서를 만들어 상수도 사업본부장에게 상세히 보고했다. 여기에는 한 치의 거짓도 없으니 내일 아침 시장께 이대로만 보고하면 된다고 했다. 다음 날 아침, 조사과장에게서 전화가 왔다. 전후 사정을 얘기하자 알았다며 걱정 말라고 했다. 그렇게 해서 지렁이 사건을 종결지었다.

다음 날, 감사요원들이 들이닥치는 등 사업소가 쑥대밭이 될 줄 알았는데 너무나 조용하게 끝나자 직원들은 소장의 능력을 다시 한 번 평가하게 되었고 내 말을 더욱 잘 따랐다.

동작구 의회에서 출석하라는 공문이 왔다. 나는 출석할 이유가 없다며 꼭 나를 출석시키려면 서울시장의 승인을 받아 오라고 일축했다. 의회에서는 망신을 당했다며 그 구의원에게 책임을 물었다고 했다. 구의원들의 자질이 참으로 한심했다.

일선 기관장을 하다 보면 크고 작은 일들이 비일비재하게 일어난다. 하루는 아침 일찍 출근을 하는데 본부 당직실에서 전화가 왔다. 노량진 수원지 앞에 상수도관이 터져 물난리가 났다며 빨리 현장으로 가 보라고 했다.

현장에는 본부에서 나온 관계관들과 우리 직원들이 웅성거리며 작업을 하는 것 같았다. 자세히 보니 작업 현장에는 인부 두 명이 구덩이 속에 들어가 터진 부위를 막고 있었다. 그곳에 나온 직원들도 그 두 사람만 바라보며 의지했다. 또한 그렇게 하는 것이 최선이라고 했다. 물은 솟구치고 있고 막막하기만 했다. 내가 할 수 있는 일이라곤 아무것도 없었다. 지금까지 공직 생활 중 이렇게 내가 무능하다고 느낀 적은 처음이었다.

조금 있으니까 '와!' 하고 환호성이 터졌다. 나무 꼬챙이로 터진 곳을 막았다고 했다. 한심했다. 지금 하늘에는 인공위성이 날고 IT 기술이 발달해 전 세계를 한눈에 볼 수 있는 시대인데, 상수도 행정은 아직도 이렇게 낙후됐나 싶어 씁쓸했다. 수도사업소장은 상수도 배관을 잘 아는 기술직이 맡아야 하지 않을까 생각되기도 했다.

당시 공직 사회는 젊고 능력 있는 자를 우대하라는 대통령의 말 한마디에 서울시에서는 41년생들을 고령이라 하여 모두 대기 발령을 냈다. 나는 나를 필요치 않는 곳에서는 있을 필요가 없다고 생각하여 정년 2년여를 앞두고 부이사관 승진과 동시에 2000년 3월 31일 과감하게 명예퇴직을 했다.

강산이 세 번씩이나 변한다는 30년이 훌쩍 넘는 긴 세월 동안 나는 서울시에서 열심히 일을 했다. 보람 있는 일도 많았으나 한편 아쉬운 점도 있었다. 구청에서 하는 일은 안 해본 것이 없었다. 기초 행정만큼은 달인이라고 할 수 있을 즈음에 일을 그만두게 되는 아이러니는 우리나라만의 문화일까. 아니면 윗선 눈치만 보는 소신 없는 상사의 어리석은 판단 때문일까.

9
아버지와 나

아버지 이덕기 씨는 할아버지 이우현 씨와 할머니 이기동 씨 사이에서 1918년 11월 1일, 경남 거창에서 태어났다. 4남 4녀 중 맏이였다. 비교적 부유한 농촌 가정에서 태어난 아버지는 고등보통학교를 졸업하고 공무원이 되었다. 월천면사무소에서 근무를 했고, 22세에 어머니 전기숙 씨와 결혼했다. 그 이듬해에 나를 낳았다. 그 후 직장에서 산업계장으로 승진하는 등 행복하게 지냈다.

결혼한 지 9년 만에 어머니가 지병으로 돌아가시자 아버지는 쓸쓸해하셨다. 우리 남매를 보살피는 데 진력했다. 송아지가 제 어미 곁을 늘 맴돌듯 나도 아버지 곁에서 항상 서성거렸다. 아버지가 안 계시면 찾아 헤맸다. 잠시도 아버지를 떨어지지 않으려고 했으며, 밤에는 아버지의 팔베개를 베야 잠이 들곤 했다. 어머니가 안 계신 자리를 아버지가 채워 주셨다.

아버지는 성격이 온화하시고 좀처럼 화를 내지 않으셨다. 무슨 일이 있을 때마다 성격이 드센 삼촌들과 고모들이 아무리 공격을 해도 그저 '허허' 하면 그만이었다. 화를 내는 일이 거의 없었다. 법 없이도 살아가실 수 있는 심성이 착한 분이셨다.

상처를 하게 되자 젊은 나이에 혼자 살 수 없다며 주위에서 재혼할 것을 강요했다. 어머니를 떠나보낸 후 2년 만에 처녀와 결혼을 다시 했다. 읍내에서만 자란 젊은 새어머니는 농촌의 대가족을 거느린 맏며느리로서의 역할이 벅찼다. 집안 식구들과의 갈등으로 늘 시끄러웠고 조용한 날이 거의 없었다.

그런 와중에 아버지는 직장 상사인 면장의 횡령 사건에 연루됐다고 모함을 받아 경찰서에서 잠시 영어의 몸이 되기도 했다. 그 일로 얼마나 충격을 받았던지 바로 공직을 그만두고 평생 농부로 사셨다. 아버지는 능력이 있어 굳이 농사일을 안 해도 편히 살 수 있었다. 그런데 예기치 못한 사건에 휘말려 세상사가 너무 더럽고 추해 보여 만사를 팽개치고 깨끗한 자연의 섭리대로 살려고 농사일을 택하셨다. 그 결정을 했을 때의 아버지의 심정은 어떠했을까. 몸에 배지 않은 고된 농사일이 지겹고 무척 힘들었을 텐데도 조금도 내색하지 않고 오로지 일에만 전념하셨다. 농사일 외에는 아무 생각도 없는 분 같았다. 나는 그런 아버지가 무척 안쓰러웠고 마음이 아팠다.

농부 생활을 하는 아버지의 깊은 뜻도 모르고 나는 공무원이 되었다. 그때 아버지는 기뻐하기보다 걱정부터 하셨다. 공직 사회를 잘 알고 있던 아버지는 행여 당신의 전철을 밟을까 우려하셨던 것 같았다. 그런 아버지의 깊은 사랑을 느끼면서도 나는 직장일로 아버지와 떨어져 살게 되었다.

나는 부산시를 거쳐 서울시로 직장을 옮기는 동안 박봉에 시달려 아버지를 잊고 있었다. 그래도 아버지는 내가 잘되기를 늘 바랐고 기대도 했다. 아버지는 어린 이복동생들을 교육시키고 키우느라 고생이 많으셨다.

내가 직장에서 어느 정도 자리가 잡히자 명절이나 제사 때는 비용을 조금씩 보냈다. 그리고 아버지에게 필요한 보청기와 TV 및 겨울용 오리털 잠바 등 물품들을 사서 보내기도 했다. 그 외 환갑과 칠순잔치도 차려주는 등 자식으로서 공경하려 노력했다. 그리고 매달 용돈도 조금씩 보내기 시작했다. 그래도 동생들 교육비 문제로 늘 어려움을 겪으셨다. 나도 가정을 가져 큰 금전적인 도움을 줄 수 없어서 고등학교를 나온 두 여동생을 시청에 취직시켜 그들이 아버지를 도와주도록 했다.

나는 장남으로서 아버지를 모시고 싶었으나 서로가 처한 환경이 달라 함께 살 수는 없었다. 아버지가 서울에 오셔도 잠시 들렀다 가셨고, 주로 여동생들 집에 있다가 시골 농사일 때문에 바로 내려가시곤 했다. 비록 현실적으로 함께 살 수는 없었으나 늘 그것이 마음에 걸리곤 했다.

나는 아버지의 순박하고 그 참된 정신을 이어받아 복마전이라고 불리는 서울시에서 34년간의 공직 생활을 깨끗하게 마무리할 수 있었다.

아버지는 한평생 건강하게 사셨다. 그래도 연세가 많아지면서 이곳저곳 아픈 데가 생기기 시작했다. 건강이 좋지 않아 시골 병원에서 치유가 잘 안 되면 서울에 있는 대학병원에 입원해서 치료를 받았다. 그러면 곧 나았다. 그러기를 수차례 반복했지만 세월을 끝내 이겨내지 못하셨다.

강북구청 기획실장으로 근무하고 있을 때 아버지가 위험하다는 소식을 듣고 서울의 병원에 입원시키려 했으나 소용이 없을 것 같다 해서 급히 시골로 달려갔다. 아버지는 이미 정신을 놓고 있었다. 가슴팍이 모두 퍼렇게 멍이 들었고 산 사람과는 달랐다. 아무리 큰 소리로 "아버지, 제가 왔어요." 하고 몸부림치며 불러도 소용이 없었다. 심호흡만 가쁘게 쉬었다. 그러기를 몇 시간, 아버지는 옛 친구 이름을 부르면서 "이젠 갈까?" 하시더니 사랑하는 아들딸들이 지켜보는 가운데 1997년 5월 16일 80세를 일기로 영면하셨다.

아버지 시신의 염습은 동네에 경험 있는 분이 있어 그분과 함께 내가 했다. 코와 귀 등을 솜으로 막고 몸을 깨끗이 닦아드리고 수의를 입혔다. 그때 부자지간의 정 때문이었는지 시신에 대한 무서움이나 두려움은 전혀 없었고, 그저 안쓰럽고 불쌍해서 계속 울며 어루만졌다. 그리고 입관했다.

장례는 성대히 치렀다. 고향의 친지들과 유지들은 물론이고 내 직장에서도 많은 분들이 내려와 조문했으며, 전국에 흩어져 살고 있는 일가친척들이 모두 모여들어 꽃상여를 타고 떠나는 아버지의 마지막 가시는 길에 애도했다.

아버지를 동리 입구 선산에 모셨다. 그곳은 아버지께서 평소에 땔감을 마련하려고 많이 머물렀던 곳이었고, 가족들이 잠들어 있는 곳이기도 했다. 아버지는 조강지처인 내 어머니 묘소 바로 옆에 안치해드렸다. 이승에서 만나 못 다한 부부의 정을 저세상에서나마 함께하도록 모두의 마음을 모아 모셨다. 50여년 만에 만난 어머니와의 해후는 잘 이루어졌으리라 믿었다.

묘소 앞쪽은 아버지가 한평생 열심히 일을 하셨던 삶의 터전인 우리 집 논들이 훤히 보였다. 뒤에는 할머니가 잠들어 계시고, 길 건너 보이는 산등성이에는 할아버지가 잠들어 계신 곳이다. 그리고 아버지 묘소 주변에는 아버지의 동생들 내외분과 사촌형님 내외분도 함께 있어 저세상에서는 외롭지 않을 것으로 생각되었다.

영원한 안식처, 그곳에서 그동안 이 세상에서 힘들고, 고달프고, 섭섭했던 모든 일들을 훌훌 벗어버리고 함께했던 가족들과 함께 편히 쉬시기를 바라는 마음이었다.

제8부
또 다른 세상에서

1

새로운 삶의 터전 마련

나는 서울시가 41년생들을 고령이라고 하여 신년 초에 대기 발령을 낼 것이라고 예상했다. 그래서 전 가족들이 함께 퇴직 기념 여행을 다녀올 수 있도록 미리 속초의 한 콘도에 예약을 해 두었다.

예상대로 2000년 1월 14일 대기 발령이 났다. 그다음 날 우리 내외는 두 딸과 사위, 그리고 손자와 함께 속초로 떠났다. 그곳에서 3박 4일 동안 머물면서 설악과 동해의 아름다운 풍광들을 감상하고 전통 음식들도 맛보면서 즐겼다. 그리고 가족들의 위안을 받기도 했으며 앞으로 할 일들도 구상했다. 인생여정 동안 30년이 훌쩍 넘게 정들었던 직장 생활을 그만두게 된 허전한 내 마음을 위로라도 하려는 듯 함박눈까지 펑펑 내려 주었다. 이내 안정을 되찾게 되었다.

그 후 아내와 나는 앞으로 살아갈 새 터전을 마련하려고 가정생활에 대혁신을 시도했다. 아내가 사업할 때 돈이 모이면 우리의 장래를 위해 이곳저곳에 부동산을 사 둔 것이 있었다. 그것들을 전부 매매 또는 교환하여 생산성 있는 부동산으로 바꾸기로 결정했다. 서울의 대형 부동산 중개업소는 물론이고 소유 부동산 인근의 중개업소에 모두 매물로 내 놓았다.

바쁜 하루하루가 시작되었다. 언제 어디에서 어떤 연락이 올지 몰라 늘 대기했고 부르면 곧바로 달려갔다. 서울 시내와 주로 수도권 지역인 인천, 부천, 구리, 오산 등지였으며 멀리 원주까지 갔다 오기도 했다. 약속 시간 때문에 점심을 거를 때도 있었으며, 때로는 운전을 하면서 차 안에서 김밥이나 빵으로 해결할 때도 있었다.

교환 대상 부동산은 우리 인간에 비유하면 회생이 거의 불가능한 중환자처럼 부동산으로서의 가치가 미미한 물건들이었다. 그러나 가끔은 보석 같은 알짜배기도 나와 있어 반드시 현장을 봐야만 했다.

퇴직을 했지만 현직에 있을 때보다도 더 바쁜 나날을 보냈다. 그렇게 하기를 5개월이 좀 지났을 때 우리가 원하는 대로 매매와 교환이 전부 이루어졌다. 그동안 세금만 내고 처박아 놓은 쓸모없었던 부동산들이 매월 수익금을 우리 손에 쥐어주는 황금알로 바뀌었다.

또 우리는 앞으로 받게 될 퇴직금을 놓고도 의논을 했다. 일시금으로 받을 것이냐 아니면 매월 연금으로 받을 것이냐를 두고 고민했다. 아내는 일시금으로 받아 점포를 사 놓자고 했다. 그러면 퇴직금은 건물에 그대로 묻혀 있고, 임대료도 연금같이 매월 받게 될 것이니 얼마나 좋으냐고 했다. 나는 점포 관리도 쉽지 않고 월세가 제때 들어오지 않을 경우도 있을 것이라며 속 썩이지 말고 연금으로 받자고 했다.

그즈음 한 예식장에서 만난 친구들과 퇴직금에 대해 의견을 나누었다. 한 친구는 '공무원과 군인들 퇴직금은 먼저 보는 놈이 임자'라는 말이 있다면서 일시금은 사기당할 가능성이 크다고 했다. 또 어떤 친구는 퇴직한 선배들 중 일시금으로 탄 사람들은 자녀들 사업 자금을 대주거나 친지들의 꼬임에 빠져 퇴직금을 모두 탕진해 친구들 모임에도 나오지 못한 신세가 됐다며 연금이 좋다고 했다.

이때 재테크의 귀재라고 소문난 친구는 가정에 들어오는 수입원은 다양하게 해 놓아야 된다고 했다. 즉 부동산 임대료, 연금 수입, 은행 이자, 주식투자 수입 등등. 그래야 어느 한쪽에 문제가 생겨도 안전하다며 우리 부부에게는 꼭 연금으로 하라고 권유했다. 아내는 친구들의 말을 듣고 일리 있는 충고라며 연금으로 받자고 했다. 그런 결정이 있고 난 후 매월 들어오는 임대료와 연금을 합쳐보면 현직에 있을 때 받았던 월급보다 훨씬 많았다.

아내는 이젠 노후 걱정은 안 해도 될 것 같다며 안심했다. 삶에 대한 걱정을 덜게 되자 재산 관리에 관심을 갖게 됐다. 대학 동창 세무사와 상담해서 임대사업자 등록도 했다. 졸지에 우리는 사업가가 되었다. 그동안 사위 직장에 편승하여 의료보험료를 면제받았던 혜택은 없어졌다. 대신 지역의료보험에 편입되어 의료보험료가 매월 부과되었다. 보험료 납입고지서를 받고 많은 금액에 깜짝 놀라기도 했다.

퇴직 후 일시적으로 암울했던 마음이 가정생활의 혁신으로 안정을 찾게 되자 그동안 분주했던 일들로 피로했던 심신을 달랠 겸 우리는 해외여행을 다녀오기로 했다. 마침 관악구의 한 지역신문사가 백두산의 야생화 탐사 관광객을 모집한다는 소식을 듣고 참가하여 다녀왔다.

여행을 다녀온 후 그동안 공무원이라는 신분 때문에 늘 이 눈치 저 눈치 보느라 자제했던 골프도 마음대로 쳤고, 외국여행도 다녀오면서 친구들과 어울렸다. 특히 골프는 적어도 매주 2회 이상 필드에 나갔다. 퇴직 후의 생활이 이렇게 재미있을 줄은 몰랐다. 남은 인생을 줄곧 그렇게 즐기려는데 주위에서 나를 가만 놔두지 않았다. 함께 일 좀 하자며 자꾸 손짓을 해서 새로운 생활 전선에 뛰어들게 되었다.

2

창업과 시련

중학교 동창생이 나를 찾아왔다. 그는 내가 현직에 있을 때 가끔 사무실에 들르던 친구였다. 이번에는 혼자가 아니고 둘이었다. 같이 온 사람은 민주산악회에서 같이 활동하는 동지라고 했다. 이름은 신운철이며 의류 덤핑 장사를 했었다고 했다.

찾아온 목적은 사업을 하려는데 도와달라는 청이었다. 도로상에 설치된 맨홀이 침하 또는 파손되었거나 도로포장 공사를 할 때는 도로 표면에 맞게 맨홀 인상공사를 해야 하는데 기존의 공법은 도로를 굴착해야 하는 등 흠이 많다고 했다. 그래서 이번에 신 사장이 맨홀 높이 조절용 링을 발명, 땅을 파지 않고 시공하는 새로운 공법을 개발해서 특허를 받았다고 했다. 이를 서울시에 보급코자 하는데 아는 사람이 없어 시정을 잘 아는 내가 좀 도와줬으면 했다. 그런 부탁은 흔히 있는 일이라 한번 알아보겠다고 한 후 돌려보냈다.

그 후 그들은 전화도 계속하고 샘플까지 만들어 갖고 와서 설명하면서 나를 설득했다. 이론상으로는 기존 공법들에 비해 공기가 단축되어 교통 체증을 최소화하고 획기적인 예산 절감을 할 수 있으며, 환경문제도 다소 해소하는 것 같아 보였다. 그래서 나는 기술직 과장한테 전화를 해 놓을 테니 찾아가서 시험 시공을 한번 해 본 후 다시 논의하자고 했다.

시험 시공을 해본 담당 과장은 탁월한 기술이라며 상부에서 지시 공문만 있으면 물량은 상당히 많을 것이라고 했다. 신 사장은 이에 고무되어 사업을 시작하겠다고 했다.

처음에 사무실을 월곡동에 냈다가 얼마 후 여의도 63빌딩 옆 라이프콤비빌딩 409호로 옮겼다. 여직원도 한 사람 채용했다. 그래서 나는 신 사장이 돈도 좀 있는 능력 있는 사업가인 줄 알았다. 그런데 알고 보니 사무실도 지인의 도움을 받았고, 재산도 달랑 부인 명의의 연립주택 하나만 갖고 있었다. 경제적인 능력은 전무한 사람이었다. 다만 배짱 하나는 두둑했으며 무엇을 만들어내는 머리만큼은 탁월했다.

나는 앞으로 일을 추진하는 과정에서 금전적인 문제에는 절대 나에게 부탁하지 않기로 신 사장에게 확답을 받고 사무실에 나가서 일을 돕기 시작했다. 내가 아니면 누구 하나 관청의 맨홀 담당 부서가 어디인지도 모르는 사람들이었고 문서 작성도 제대로 하지 못했다. 사업 계획서를 비롯하여 판촉용 팸플릿 작성이나 사무실 내에서 일어나는 모든 행정 일은 내가 도맡아 했다. 회사에서 하는 일은 하나하나가 전부 생산성과 관련되었다.

시간이 지나감에 따라 사업 체계가 어느 정도 잡히자 주식회사를 설립키로 했다. 신 사장과 나, 그리고 전 세무서 과장이었고 현재 세무사로 일하고 있는 분이 주축이 되었다. 자본금 5,000만 원으로 주식회사를 창업했다. 회사 명칭은 ㈜둥지엔터프라이즈라고 명명했다. 창업 신청 시 자본금을 내야 하는데 그 돈도 없어 내가 빌려주었고,

회사 설립 후 곧바로 인출해 받았다. 우리는 창업 공헌도에 따라 주식을 배당받았고 주주가 되었다. 2000년 9월 20일, 명실 공히 주식회사로서의 체계를 갖추어 출발했다. 내가 퇴직한 지 6개월이 채 못 된 시점이었다.

우리는 사무를 분장해서 추진키로 했다. 신 사장이 대표이사가 되어 회사를 총괄하고 영업 및 기술개발과 시공 현장을 담당키로 했다. 나는 이사로서 영업 일도 도우며 사무실의 내부 행정을 맡았으며, 세무사 황만순 씨는 세무회계 분야와 기업 관련 업무를 맡고 감사로서 역할을 했다. 이외 몇몇 인사를 선임하여 임원진을 구성해 업무에 임했다.

업무는 아웃소싱 체제로 추진했다. 제품은 남양주시에 있는 삼성주물에서 제작했고, 공사 현장에서의 실제 시공도 전문 시공업자에게 맡겨 공사를 했다. 사무실에는 꼭 필요한 경리 여 직원과 공사 설계 담당 직원 및 중기 운전기사 등 최소한의 인원으로 운영했다.

회사 창업과 제품 및 시공 기술에 대해 홍보하기 시작했다. 팸플릿을 제작하여 전국의 도로 관리 부서에 배부하고, 일부 건설신문에도 홍보물을 게재하여 홍보했으며, 서울시나 경기도 등 수도권에는 직접 맨홀 담당 부서를 방문하여 제품과 기술에 대해 설명하고 사용하도록 권했다.

조금씩 우리 회사 제품과 기술로 맨홀 인상공사를 하는 부서가 나오기 시작했다. 그들의 입소문과 영업 판촉 덕분에 우리 회사 기술의 시공 범위가 확대되어 갔다. 창업 3년차부터는 연 매출액이 10억 원을 능가하기 시작했다. 우리는 제품과 기술의 우수함에 대한 홍보는 물론이요 기술 개발을 계속 추진해 나갔다. 그래도 워낙 자금 사정이 열악해서 때로는 공사 대금이 없어 쩔쩔매 내가 빌려주었다가 공사 대금이 들어오면 받기도 했다.

그동안 기술 개발을 꾸준히 한 결과 이동식 아스콘 보온저장장치 및 360도 회전 지면평삭기 등 맨홀 시공에 필요한 기계를 발명했다. 그래서 정부에서 기술인증도 해 주었다. 즉 건설신기술지정, 정부성능인증, 정부조달 우수제품인정, 벤처기업지정, 각종 기술개발로 특허등록 등등이었다. 우리 회사의 기술과 제품이 공공기관이 아닌 민간업체에서 사용하는 제품이나 기술이었다면 공사비의 절감과 공기 단축 등으로 벌써 대박이 났을 것이다.

이젠 회사가 조금은 숨통이 트이기 시작했다. 나는 처음에는 회사를 위해 무보수로 일을 시작했다. 주주라서 월급은 받지 않았지만 어느 시점에 이르자 법인카드도 발급받아 사용했고 매월 업무 추진비도 받아 활용했다.

호사다마라 했던가. 우리 회사 기술로 시공하는 부서가 점차 늘기 시작하자 회사 경영에 위협을 느낀 기존 시공업자들이 우리 회사 기술과 제품을 음해하기 시작했다. 그들과 공무원들 사이에는 다년간 유대 관계가 돈독해서인지 공무원들은 기존 업자들의 시공 방법을 두둔했으며 우리 회사 기술은 도외시했다. 나는 퇴직한 지 얼마 되지 않아 맨홀 관리 부서에 지인들이 다수 있었다. 그들에게 부탁을 했다. 그러면 알았다면서 걱정 말라고 했다. 그러나 말뿐이었다. 알아보면 직원들과 기존 업자들의 반발 때문이었다.

내가 현직에 있을 때 아주 친한 친구가 K구청 부구청장으로 있어 회사 설립 동기와 제품 및 기술의 우수성에 대해 설명하면서 한번 사용해 보라고 권유한 적이 있었다. 그는 걱정 말라며 어느 한 구간을 선택하여 시범적으로 사용해 보고 예산 절감과 시민 편익 증진에 기여한다면 앞으로 적극적으로 사용하겠다고 했다. 나는 그 말을 단단히 믿고 있었다.

그런데 한 달이 지나고 두 달이 지나도 아무 소식이 없었다. 전화를 걸어 어떻게 됐느냐고 물었더니 토목과장이 맨홀 시공 분야에는 말썽이 많아 민원 제기 등 꼭 필요한 곳에만 시공토록 예산 책정을 했기 때문에 시험 시공 같은 것은 할 수 없다고 보고했다며 미안하다고 했다. 그런 것이 현실이었다. 세상이 다 그런 것을 누구를 원망하겠는가.

그래서 우리는 기존 업자들과 경쟁에서 이기는 수밖에 없었다. 그 방법은 지속적인 기술 개발로 그들보다 월등히 우수한 기술을 갖추는 것뿐이었다. 그동안 기존 업자들이 우리 제품과 기술에 대한 음해 공작도 허위라고 서울시나 경기도 및 인천시와 심지어 감사원 등에서 유권해석을 받아 제출해도 소용이 없었다. 그래도 우리는 끈질기게 기술을 연구하고 제품을 개발하며 투쟁했다.

그런 가운데 정부에서 인증한 기술 유효기간도 지나 그 효력마저 없어지자 엎친 데 덮친 격으로 시련이 닥쳤다. 그동안 공사할 때마다 내가 회사에 빌려주었던 돈도 수주 물량 부족으로 돌려받지를 못했다. 아내는 회사를 믿지 못해 아예 돈거래를 딱 끊었다. 회사는 움직여야 하고 신 사장은 자금 확보 능력도 없어 결국 내가 나서야 했다. 심지어 여동생과 사촌 동생에게까지 부탁하여 회사에 일부 도움을 주었는데도 그것마저 잠기고 말았다.

회사를 창업할 때 돈거래는 절대 하지 않기로 했는데 조금만 도와주면 될 것 같아 거래를 한 것이 큰 실수였다. 결국 그 문제로 아내와 딸들과도 소원해졌고 일가친척에게도 실없는 사람으로 전락하고 말았다. 한평생을 올곧게 살아온 내가 사업을 하면서 그 명성이 일시에 무너지고 말았다.

사람은 주어진 환경과 자기 능력 범위 내에서 살아야 하는데 자천 타천으로 사업을 한답시고 덤벼들어 두 번씩이나 실패를 보았다. 한 번이면 족할 것을 그것을 생각지 못하고 또 허망한 꿈에 매달렸으니 실패에 대한 질책을 받아도 할 말이 없었다.

한편 달리 생각해 보면 그 일이 아니었으면 퇴직 후 10여 년이라는 그 기나긴 세월을 할 일 없이 허황되게 보내지 않았을까 하는 생각도 들었다. 그런데 사업 덕분에 매일 동분서주 좌충우돌하며 뛰어다녀 시간 가는 줄을 몰랐다. 그것으로 위안을 삼아야 할 것 아닌가 싶기도 했다. 지금까지 내 생을 돌이켜보면 나는 돈과는 거리를 두고 살아야 하는 팔자 같았다.

나는 원주로 이사를 해야 할 형편이어서 회사를 그만두어야만 했다. 회사 일은 신 사장에게 맡길 수밖에 없었다. 현재 회사에 내 자금이 잠겨 있고 주주로 있기 때문에 가끔 연락도 하고 나가기도 한다. 그동안 빌려준 자금 회수가 염려되어 법원으로부터 회사에게 지급명령서도 받아 놓았다. 대표이사가 회사 경영을 잘해서 하루빨리 내 돈을 갚으라는 심리적인 압박이었다.

지금까지 회사가 어려운 상황에서도 신 사장은 기술 개발을 지속적으로 해서 서울시로부터는 기술의 우수성을 인정받고 있다. 서울시에서는 우리 기술을 전반적으로 사용하려 시도했으나 산하기관에서 그동안 말을 듣지 않아 지지부진한 상태에 놓여 있다. 그래도 서울시는 우수한 기술을 도입하고 싶어 현재 검토 중이므로 기대를 해 봐야겠다. 만약 우수 기술로 인정되면 회사는 그 지긋지긋한 부실 경영에서 해방되리라고 본다. 그것을 겨냥해 현재 투자자들도 저울질을 하고 있어 그 시련의 멍에에서 곧 벗어날 것이라고 본다.

지나온 내 인생 여정을 돌이켜보면 유아기와 청소년기를 제하면 한 평생을 일만 하고 살아온 셈이다. 나는 공직 생활 35여 년, 회사 생활 10여 년, 도합 45여 년이란 긴 시간을 일하는 데만 쏟았다. 이는 강산이 네 번이나 변하고도 더 넘는 기나긴 세월이다. 이젠 신체적인 조건도 약해지고 정신적인 판단도 흐려지는 적절한 시점에 은퇴를 하게 되었다. 남은 은퇴 생활은 내가 처해 있는 환경과 조건에 맞추어 무리 없는 삶을 누리고자 한다.

이　종　인　　인　생　길

제9부
시야를
세계 속으로

내가 취직하기 전 어느 날, 고향 마을의 한 우물가에서 친구들끼리 환담하며 놀고 있을 때였다. 이때 멀리 하늘 위에 비행기가 날아가고 있었다. 나도 저런 비행기를 타고 외국을 갈수 있을까 하는 생각이 문득 들었다. 나는 친구들에게 물었다.

"우리도 생전에 저런 비행기를 타고 미국에 한번 가 볼 수 있을까?"

그때 친구이자 집안 아저씨인 중기가 한마디로 절대 갈 수 없다고 일언지하에 잘라 말했다. 나는 그 말을 듣고 괜히 불가능한 것을 말했나 싶어 무안해졌다. 그 당시 우리나라 실정으로는 그 대답이 옳았는지도 모른다.

그로부터 50여 년이 지난 지금, 나는 세계지도를 펴 놓고 보노라면 미국은 물론, 웬만한 외국의 유명 관광지는 거의 다 갔다 왔다. 우리나라 경제가 그동안 비약적으로 발전했고, 특히 내가 공무원이었기 때문에 그런 기회가 빨리 온 것 같았다.

중기 아재의 그 말을 생각하며 앞으로 나는 미래에 일어날 일에 대해서는 함부로 단정해서 말을 하지 말아야겠다고 생각했다.

1
해외 출장

한때 우리나라에서는 공무나 기업체에서 사업상 외국에 출장 가는 것 외에 일반 민간인들은 해외여행이 전반적으로 허용되지 않았었다. 그때 나는 공무원으로 근무한 덕분에 선진 외국의 문을 일찍 두드릴 수 있었다.

● 1980년 9월 26일부터 10일간 독일 뮌헨에서 개최했던 세계대도시 시장회의에 수행원으로 참석.

● 1984년 5월 25일부터 6주간 미국 워싱턴에서 미, 인사원美, 人事院 주관으로 실시하는 공무원 교관 요원들의 행정 연수 및 훈련에 참가.

● 1995년 9월 25일부터 7일간 중국 북경시 밀운현과 서울시 강북구청 간의 자매 결연 추진을 위해 추진단장으로 밀운현을 방문.

● 1997년 9월 22일부터 8일간 북유럽의 선진국인 네덜란드, 핀란드, 스웨덴, 노르웨이, 덴마크의 주요 도시들과 쓰레기 소각장 시찰.

2
해외여행

1989년부터 해외여행이 일반인에게도 허용되자 친구들의 모임에서, 때로는 골프를 치러, 그리고 여건이 허락하는 범위 내에서 아내와 함께 패키지여행으로 해외여행을 자주 다녔다.

🌿 중국

중국은 거리도 가깝고 각 지역마다 경관이 특이해 그 아름다운 풍광을 구경하려고 20회 이상을 다녀왔는데도 아직도 가 볼 곳이 많다.

● 관악신문사 주최로 백두산 야생화 탐방을 아내와 함께 다녀왔다. 백두산 서쪽 백운봉 산장에서 일박을 하면서 청명한 밤하늘에 어린이 주먹만 한 별들이 반짝이는 아래서 캠프파이어를 했다. 그때 금방 잡은 송아지 고기 바비큐와 백두산 산딸기를 먹으면서 즐겼다. 숙소의 보안등 주변에 날아들었던 모양도 색깔도 각기 다른 수많은 나방들이 이튿날 아침 마당에 죽어 깔려 있는 것을 보고 놀라기도 했다. 백두산 서쪽의 무한히 펼쳐진 넓은 평원에 각양각색의 각종 들꽃들. 그랜드캐니언을 방불케 하는 대협곡. 천지 주변에서 도시락 점심을 먹으며 백두산 천지를 감상했던 일. 하산할 때 호랑이 능선을 따라 내려오면서 잠시만 멈춰서도 일시에 달려드는 수많은 날파리 떼들. 북쪽 루트를 따라 천지에 오를 때 느

닷없이 퍼부었던 소나기 때문에 난감했던 일. 우렁차게 쉼 없이 떨어지는 장백 폭포. 온천물에 삶은 달걀을 까먹던 일. 연길 시내의 모든 간판들이 중국 글에 앞서 우리 한글을 먼저 쓴 것을 보고 가슴이 뭉클했던 일들이 지금도 뇌리에 생생하다.

● 전 직장 동료 5명이 부부 동반으로 풍광이 아름답기로 유명한 계림, 항주, 소주, 상해를 거쳐 황산까지 맞춤형 여행을 했다. 계림 이강의 배 위에서 술잔을 기울이며 주변의 아름다운 풍광에 도취했고, 황산에서는 '등 황산 천하 무산'이라고 걸려 있는 간판이 시사하듯이 계림과 황산은 천하 절경이었다. 한 친구는 황산의 배운정에서 앞에 펼쳐진 기암절벽과 운무에 휩싸인 깊은 계곡들을 감상하면서 이곳은 말과 글로서는 도저히 표현할 수 없는 아름다운 선경이라고 말할 정도였다.

● 서울시 전직 수도 사업소장들의 모임인 서수회에서 부부 동반으로 장가계 구경을 다녀왔다. 장가계는 아득한 먼 옛날 지반이 가라앉아서인지 수많은 천태만상의 크고 작은 바윗덩어리들만 솟아 있었다. 해를 거듭하면서 그 위에 소나무와 각종 수목들이 자라 바위와 조화를 이루어 아름다운 풍경구가 된 곳이다. 모노레일과 케이블카를 타면서 이곳저곳을 구경했다. 그곳 원주민들이 세운 특이한 모양의 호텔 토가족 풍정원에서 묵으며 특별히 주문한 산양 고기로 원기를 북돋았다. 그때 산양 골을 내가 독식하는 바람에 미운털이 박히기도 했다.

● 술친구 모임인 '헬렐레'에서 부부 동반으로 구채구와 황룡을 다녀왔다. 구채구는 중국 소수민족의 하나인 장족의 마을이 9개를 이루고 있는데서 유래되었다. 현재는 3개 마을만 개방되어 있다. 구채구는 흔히들 '죽기 전에 꼭 가봐야 할 여행지'의 하나로 꼽는다. 여러 개의 푸른 호수와 맑은 물, 아름다운 폭포와 급류로 깨끗하고 영롱한 물의 천국이다. 구채구에서 황룡까지 가면서 웅장한 폭포가 굉음을 내며 떨어지는 아름다운 모니골도 보고 4,300m의 고산을 산소마스크를 쓰고 넘기도 했다. 황룡은 석회물질이 가라앉아 누런 황금색을 띠고 있는 수천 개의 연못으로 이루어져 있어 이를 공중에서 내려다보면 마치 한 마리의 황룡이

푸른 산과 계곡의 산림 속에 누워 있는 것 같다 하여 **황룡**이라 했다. 말로는 표현할 수 없는 아름다운 풍광들이었다.

● 아내와 함께 패키지로 오지인 귀주성과 꽃의 도시 곤명, 중국 무술의 본원지인 소림사, 빙등축제로 유명한 하얼빈, 아름다운 산수로 유명하며 세계자연 유산인 삼청산 등도 다녀왔다.

- 귀주성은 중국에서도 오지 중의 오지로서 세계에서 네 번째로 크다는 황과수폭포가 위치해 있고, 원시 묘족들이 살고 있는 곳이다. 2만여 개나 되는 비슷한 봉우리들이 마치 산들의 평야같이 펼쳐져 있어 장관을 이루는 만봉림과 마령하 대협곡이 있어 비경을 이루고 있다. 여행 중 몇 곳의 묘족 마을에 들러 그들과 함께 춤도 추고 전통 생활방식도 관찰했다. 용승의 다락논들이 이채로웠다.

- 중국 남방 지역 곤명에는 돌들이 솟아올라 숲을 이루고 있는 기이한 석림과 각양각색의 석순과 신비에 가까운 각종 모양들로 이루어진 구향동굴이 유명하다. 바람의 도시 대리의 이해호수, 비록 케이블을 이용했으나 5,100m의 옥룡설산에 올라 만년설을 감상하고 산소 부족으로 고생했던 일이 새롭다. 차마 고도의 시발점인 대리 고성과 여강 고성도 눈에 선하다.

- 중국 무술의 진원지 소림사에서는 무술 시범도 보고 미국의 그랜드캐니언을 상상케 하는 아름다운 운대산의 협곡인 홍석협, 담폭협, 천폭협을 보고 버스를 타고 운대산 정상까지 가는 동안 길이 얼마나 꼬불꼬불하고 험한지 아찔했던 순간들이 떠오른다.

- 송화강에서 두껍게 언 얼음을 채취하여 건물도 짓고 작은 마을을 만들어 축제를 벌이는 하얼빈 얼음축제는 꼭 한 번은 봐야 할 곳이라고 생각된다. 각종 네온사인으로 조명한 얼음도시의 아름다움은 물론이고 영하 30도의 혹독한 추위 속에서도 얼음 건물 안에서 식사도 하고 차도 마시면서 여유를 즐겼던 추억이 새롭다.

- 중국 태산의 웅장함과 황산의 기이함, 그리고 여산의 수려함이 함께 공

존하는 것 같은 삼청산을 둘러보고 도교의 발원지 용호산수를 구경했다. 여산 온천에서 여행의 피로를 풀었던 일도 잊을 수 없는 추억거리였다.

🌿 대만

먹고 노는 모임 '헬레레'에서 역시 부부 동반으로 타이베이의 옛날 화산 폭발 시 용암이 끓어오르며 기이하게 생긴 모양들이 있는 기륭의 야류 공원과 국립공원 박물관, 태노각 협곡 등을 관광하고 왔다.

🌿 일본

일본은 우리나라와 가까워 거동이 자유롭지 못할 노년에 가려고 관광지인 북해도와 도야마의 다테야마, 쿠로베 협곡으로 이어지는 알펜루트와 오키나와만 여행했다.

- 북해도에서는 엄청나게 많이 내린 눈이 인상적이었고, 아사히 생맥주와 북해도 감자, 우유 및 털게 요리가 맛있어서 잊지 못한다.
- 도롯고 열차를 타고 깊은 계곡과 대자연의 경이로움을 만끽하며 여행하는 쿠로베 협곡과 하얀 만년설로 덮여 있어 일본의 북알프스라 불리는 다테야마 산을 잇는 알펜루트를 다녀왔다. 그곳은 일본인들도 자주 못 간다는 지역이다. 고원버스로 산 정상의 바로 밑까지 오르고, 그다음부터는 케이블카와 로프웨이, 트롤리버스, 지하 케이블카 등 7개의 이동 수단을 이용해 산을 넘어가면 댐 건설로 아름다운 호반이 형성되어 있다. 산행의 들뜬 마음을 가라앉게 해 주었다.
- 오키나와는 관광지로서는 우리나라 제주도보다 세련되지 못했다. 미군이 오래 주둔해서 그런지 일부 지역은 서구풍의 풍경이었으며 시골티도 벗어나지 못한 지역이 많았다. 다만 세계 최대급의 츄라우미 수족관과 나하시를 관통하는 모노레일과 같은 유이레일이 인상적이었다. 먹거리로서는 돼지고기로 만든 테비치

가 내 입맛을 사로잡았으며, 바다포도라는 우미부도가 건강에 좋다 하여 많이 먹었다.

⁕ 동남아시아

주로 아내와 함께 패키지로 여행을 했다. 때로는 친구들끼리 골프 여행도 다녔다. 인도네시아를 비롯하여 베트남, 캄보디아, 태국, 필리핀, 미얀마를 여행했다.

- 인도네시아 발리는 결혼 25주년 기념으로 큰딸 수민이가 여행을 시켜 주었다. 베트남의 하롱베이와 캄보디아의 앙코르와트 및 미얀마의 양곤, 바고에는 수민이가 방학 중이라 아내와 함께 셋이서 다녀왔다.
- 태국의 방콕은 여행의 경유지로 많이 이용되어 다른 곳을 여행하면서 자연히 여러 번 들르게 되었다. 중국 사람들이 소 계림이라 부르는 푸껫 여행은 아내와 함께 갔다. 그곳에서 피피 섬도 둘러보고 스노우쿨링을 하면서 바닷속의 아름다운 물고기들과 놀기도 했다.
- 필리핀의 휴양지인 보라카이에 아내와 함께 다녀왔다. 그곳에서 후킹투어도 했고, 각종 생선 요리와 열대 과일들을 맛보며 즐겼다. 화산이 폭발하여 큰 호수와 섬이 생기고, 그 섬에 다시 화산이 폭발하여 정상에 호수가 생긴 아름다운 따가이따가이를 배와 조랑말을 타고 친구들과 함께 관광했다. 현지인의 도움으로 배를 타고 가다가 어떤 구간은 억지로 끌다시피 해 어렵게 올라가 물벼락을 맞은 팍상한 폭포도 잊을 수가 없다. 얼마 안 되는 팁을 받고 좋아하는 그들을 보며 마음이 짠했던 생각이 난다.
- 친구들과의 골프 여행은 태국의 치앙마이와 중국의 하이난도 등에서 했다. 여행 경비의 본전을 빼려고 여행 기간 내내 하루에 27홀, 36홀을 치려고 했다. 날씨는 더운데 이것은 운동이 아니라 노동이었다. 그래서 나는 18홀만 치고 쉬다가 왔다.

⚜ 인도·네팔

● 2002년도에 인도 여행을 갈 때는 일반인들은 모집이 쉽지 않아 불교 신자들의 성지순례를 따라 14일간 여행했다. 아잔타, 엘롤라 석굴은 잊을 수가 없다. 현대식 장비도 없는 그 시절에 석산을 파고 그 속에 불교 사원과 불상, 수도장, 숙소 등을 어떻게 만들 수 있었는지 경탄하지 않을 수 없었다. 특히 아잔타 석굴의 많은 벽화는 인도의 가장 유명한 유적 중의 하나였다. 인간이 지상에서 만든 건축물 가운데 가장 아름답다는 무굴제국 때 왕비의 무덤인 타지마할. 성 전체가 붉은 화강암으로 만들어져 강열한 인상을 주는 아 그라 성. 초등학교 때 배웠던 세계 3대 문명의 발상지인 갠지스 강. 그 강에 배를 타고 건너 모래사장에서 불교 의식에 참석했던 일. 강변의 화장터. 그 더러운 강물에 몸을 던지고 씻는 불교 의식의 모습이 눈에 선하다. 부처님이 태어나서 성불할 때까지 그 과정의 길을 따라 가면서 불자들의 불교 의식에 참여했던 일도 뜻이 있다고 생각된다. 여행 중 이른 아침 어느 시골 마을 앞, 풀이 나 있는 공터에 사람과 돼지와 개들이 한데 어울려 볼일을 보고 있는 장면은 웃어야 할지 울어야 할지 묘한 기분이었다.

● 인도 여행을 마치고 네팔로 들어갔다. 인도에 비해서 아주 깨끗해 보였다. 심호흡이 절로 나왔다. 그러나 버스터미널 내의 화장실에 소변용 칸이 너무 좁아 옆으로 서서 눠야 될 판이어서 웃고 말았다. 히말라야 등산의 시발점인 포카라로 가는 길에서 바라본 눈 덮인 히말라야의 준봉들이 멀리서 우리를 환영해 주는 것 같았다. 포카라 호수에서 뱃놀이도 하고 아침 일찍 바라본 안나푸르나봉의 일출 광경은 가히 장관이었다. 수도인 카트만두에는 왕궁과 티벳 불교 사원이 인상적이었다. 우리가 숙박한 리조트의 근처 협곡에 독수리들이 배회하는 광경도 이국적이었다.

🔅 아프리카

서울 강남의 한 헬스클럽 회원들이 아프리카로 여행을 떠난다며 함께 가자고 친구한테서 연락이 왔다. 그곳에 한번 가 보려고 생각하고 있던 중이라 쾌히 응낙하고 아내와 함께 합류했다.

2004년 8월, 14일간의 여정으로 장도에 올랐다. 여행 일정과 식사 메뉴까지 꼼꼼히 챙긴 맞춤형 여행이었다.

아프리카까지는 비행시간이 너무 길어 홍콩에서 1박을 하고 가기로 했다. 그곳에 머무는 동안 유원지인 리펄스베이와 해양공원을 둘러보고 빅토리아 산정에서 홍콩의 야경도 감상했다. 심천의 유명한 소수민족 쇼도 관람했다. 배우가 700명이나 동원되고, 실제 마차가 무대 위를 질주하는 엄청난 물량에 그저 어안이 벙벙할 뿐이었다.

이튿날, 남아공의 요하네스버그를 거쳐 케이프타운에 도착했다. 하늘에서 내려다본 테이블마운틴은 신비 그 자체였다. 해안선을 따라 희망봉으로 가는 길목에서 바라다 본 인도양의 아름다운 광경은 나를 몰입시켰다. 그곳의 펭귄 서식지와 물개 섬도 구경했다. 드디어 인도양과 대서양이 만나는 희망봉에 도착했다. 그 옛날 얼마나 어려운 고난 끝에 도착했으면 이곳을 희망봉이라 했을까. 초등학교 때부터 듣던 이름이라 감개무량했다.

그 희망봉 관광을 마치고 케냐의 수도 나이로비로 향했다. 그곳에서 전세기로 동물의 서식지인 마사이마라에 도착했다. 겉은 자연에 걸맞게 조화를 이루어 지어졌고, 안은 호텔과 같이 안락하게 만든 롯지에서 숙박하면서 마사이마라와 탄자니아의 세렝게티 국경 접경 지역까지 게임 드라이브를 하면서 각종 사파리 투어를 했다. 마사이 원주민 마을도 방문했고, 나쿠루 호수의 홍학과 펠리컨 서식지도 관광했다.

큰 굉음 소리와 물안개가 일직선상에서 길게 피어오르는 세계에서 두 번째 큰 빅토리아 폭포를 감상하고 잠베지 강에서 선셋 유람선을 타고 득실거리는 하마와 악어들을 보면서 저물어 가는 아름다운 저녁노을을 구경했다.

보츠와나의 초배국립공원에서 게임 드라이브도 한 후 남아공의 행정수도인 프레토리아로 갔다. 잃어버린 도시를 되찾았다는 선시티에서 세계 100대 호텔 중 하나인 펠리스 호텔에서 1박을 하면서 민속촌도 둘러봤다.

아프리카 여행은 그 동안 텔레비전에서만 보았던 마사이마라나 초배국립공원, 나쿠루 호수 등에서 동물 세계를 직접 보고 체험한 뜻깊은 여행이었다.

🌱 지중해 연안 국가

지중해에 인접해 있는 국가 이집트, 터키, 그리스, 스페인을 2003년도 가을에 13일간 아내와 같이 패키지여행으로 다녀왔다.

● 초등학교 때부터 익히 들었던 이집트 수도 카이로의 그 유명한 피라미드와 스핑크스를 구경했다. 날씨는 더운데 아무것도 없는 피라미드 속에 들어가 보기도 하고 나일 강에서 해질녘 뱃놀이도 했다. 카이로 시에는 무덤이 마을로 형성되어 있는 것이 특이했다. 무덤주택은 산자와 죽은 자가 공존하고 있으며, 동리 내에는 전기, 수도, 시장, 버스도 운행된다고 했다. 이런 독특한 문화는 죽은 후 시신이 썩지 않고 바로 말라버리는 그 지역 특유의 기후 때문에 가능하다고 했다.

이곳에 사는 주민들은 전체 주민의 21%나 된다고 했다. 고대 이집트 왕들의 무덤과 유적들이 산재되어 있는 룩소도 다녀왔다.

● 터키의 이스탄불에서 유명한 가죽 제품 공장에 가는 길에 전 직장 동료였고 당시 시의원이었던 허만섭을 만났다. 서로가 다른 일정 때문에 차도 한잔 나누지 못하고 헤어졌지만 무척 반가웠다. 세계는 넓은데 좁기도 한 것 같았다. 그곳에 머무는 동안 전통시장 구경도 하며 터키의 대표 음식 케밥도 사서 먹었다. 성 소피아사원과 에레비탄 지하 물 저장 창고도 둘러봤다. 동서양을 가로지르는 보스프로스 해협에서 크루즈 관광도 하면서 즐겼다.

● 그리스의 아테네로 가서는 전 시가지가 한눈에 들어오는 인레오빠 언덕에 올라 시내 전경을 감상했다. 철학자 소크라테스가 갇혀 있었던 감옥도 보고 세계보물 제1호인 파르테논 신전에도 들렀다. 아테네 특유의 하얀 벽에 붉은 기와로 덮인 아름다운 주택들을 감상하면서 바다의 신이었던 포세이돈 신전이 있는 수니온 곳에도 갔었다. 크루즈로 에게해를 건너 에기나 섬에 가서 마차도 타고 생 문어를 맛보기도 했다.

● 스페인의 마드리드로 가서는 그곳 전통 음식점에 들러 하몽으로 식사를 했다. 하몽을 만들기 위한 돼지 다리들을 상점 내에 쭉 걸어 놓은 것이 인테리어로서 일품이었다. 2000년의 고도인 톨레도로 갔다. 톨레도는 참고 견디며 항복하지 않는 성이라는 뜻이라 한다. 그곳까지 가는 도중에 올리브 나무들이 수해를 이루고 있는 것이 퍽 인상적이었다. 그곳 산또또메 교회의 내부의 찬란한 순금 장식들이 놀라웠다. 세고비아에서는 동굴 속에서 스페인 전통춤인 플라멩코를 감상했다. 그리고 그라나다와 피카소의 고향인 말라가를 거쳐 그 나라 제2의 도시 바르셀로나로 갔다. 스페인의 대표적 건축가인 가우디가 설계한 파밀리아 성당의 웅장함과 예술성을 보고 감탄을 연발했다. 다른 가우디의 작품인 구엘 공원과 몬 주억 언덕의 분수 쇼도 볼 만했다.

🌿 북유럽

북유럽 여행은 두 번이나 다녀왔다. 첫 번째는 재직 때 공무로 출장을 갔었고, 두 번째는 아내가 북유럽은 못 가 봤다 해서 아내의 회갑을 맞아 기념 여행으로 다녀왔다. 두 일정 중 도시 지역은 겹치는 곳이 많았으나 두 번째에는 러시아 여행이 추가되었고 관광지가 많았다.

● 러시아의 모스크바에서는 붉은 광장과 크레물린 궁전, 전쟁기념관의 꺼지지 않는 불을 둘러보았다. 모스크바에서 제일 높은 곳 200m 정도의 언덕에 올라가 보기도 했다. 그곳에서 결혼식을 올린 커플들이 친구들과 더불어 음료나 과자류로 간단하게 뒤풀이하는 것이 이색적이었다. 성 페테르부르크에서는 네바 강에서 유람선을 타고 관광을 했다. 도심에서는 거리의 화가에게 우리 부부의 초상화를 그리게 한 것이 새로웠다. 피터대제의 아름다운 여름 궁전 등을 관광하고 다음 여행지로 떠났다.

● 열차를 타고 핀란드 헬싱키로 향했다. 차창 밖 이국의 들꽃들이 낯선 우리들을 반기면서 살포시 웃어 주는 것 같았다. 출장 때와 마찬가지로 실자라인을 이용하여 스웨덴의 스톡홀름에 도착하여 관광하고 노르웨이의 오슬로에 도착했다.

● 노르웨이에서는 송네피오르드를 위시해 3대 피오르드에서 유람선을 타고 이 세상에 비길 수 없는 절경들을 관광했다. 산악열차를 타고 아름다운 자연 경관을 감상하면서 플롬까지 가는 도중에 폭포가 떨어지는 곳에 두 요정이 나와 춤을 추는 장면은 인상적이었다. 북해 무역의 중심지로 발달했고 목조건물 양식의 보유로 유명해진 베르겐에 들러 어시장도 구경하고 그 나라 최고의 작곡가 그리그의 생가도 둘러보았다.

● 귀국길에 덴마크의 코펜하겐과 네덜란드의 암스테르담도 들렀다.

◡◟ 캐나다

캐나다 여행은 두 딸과 사위가 효도하겠다며 경비를 부담해서 내 회갑 기념으로 다녀왔다. 아내와 함께 11일간 캐나다 전역을 관광했다. 먼저 밴쿠버에 들러 온갖 꽃들로 장식된 부차드가든과 빅토리아 섬을 관광했다.

자연 경관이 수려한 캘거리를 지나 밴프에서 1박을 하면서 웅장하고 장엄한 로키산맥의 위용들을 감상했다. 설상차를 타고 만년설 위를 달려 보기도 하고, 곤돌라를 타고 전망대에 올라 웅대한 로키산맥들을 감상했다. 도로 위에 어슬렁거리는 사슴들과 곰들을 보고 우리가 그들을 피해서 가야 한다는 가이드의 말을 듣고 이 나라는 과연 야생동물들의 천국이구나, 하는 생각이 들었다.

오대호 부근에 위치한 토론토 시내를 둘러보고 킹스턴으로 갔다. 그곳 세인트 로렌스 강에 1,800여 개나 되는 크고 작은 천섬에서 유람선을 타고 섬 하나하나를 살펴보면서 시간을 보내기도 했다. 몬트리올에서는 올림픽 경기장을 보고 북미의 파리라 부를 정도로 프랑스 분위기가 물씬 풍기는 퀘벡으로 갔다. 시내 관광을 하면서 퀘벡의 상징인 샤또프론트낙 호텔에서 기념사진도 찍었다. 성벽으로 둘러싸인 아름다운 도시였다.

돌아오는 길에 그 나라 수도 오타와에도 들러 시내를 구경했다. 다시 토론토로 가서 나이아가라 폭포 구경 길에 올랐다. 나이아가라 폭포는 두 번째 여행이었다. 공무로 출장 중 처음 들렀을 때 이곳은 반드시 아내와 함께 꼭 와야겠다고 다짐한 지 무려 18년이나 자나서였다. 그래서 더욱 감개무량했다. 그곳에서 우리는 배를 타고 폭포 바로 밑에서, 나이아가라 강변에서, 그리고 헬리콥터를 타고 공중에서 폭포의 장엄함을 감상했다.

세계에서 가장 작은 교회라는 곳에서 그동안 우리에게 풍족한 삶을 주신 하느님께 감사 기도를 드렸다. 저녁에는 그 유명한 아이스 와인과 바닷가재 요리로 캐나다 여행을 자축했다. 그 특별한 와인을 우리만 즐기기에는 식구들에게 미안해 몇 병 사왔는데 그것을 맛본 딸들과 사위가 얼마나 맛이 좋았는지 영원히 잊지 못할 술이라고 했다.

캐나다 여행을 하면서 이 나라는 맑은 공기와 깨끗한 물과 아름다운 자연 경관이 한데 어우러져 지구상에서 우리 인간이 살기에는 가장 좋은 나라라고 생각했다.

ᐛ 남아메리카

2000년도에 명예퇴직을 한 나에게 아내는 그동안 식구들을 먹여 살리느라고 고생이 많았다며 퇴직 기념 여행은 꼭 자기가 시켜주고 싶다고 했다. 그러면서 비용과 시간과 건강이 허락해야만 갈 수 있는 남미로, 그 조건이 맞는 이때 다녀오자고 했다.

남미 여행을 가기로 결정하고 여행사를 통해 함께 갈 여행 팀을 수소문했으나 가는 팀이 없었다. 마침 모두투어 여행사에서 그다음 해 2월에 리오축제에 맞추어 18일간 여행을 간다는 팀이 있어 가까스로 합류했다.

2001년 2월 25일, 눈이 엄청 많이 내려서 비행기가 이륙할 수 없어 몇 시간을 공항에서 기다렸다가 출발했다. 로스앤젤레스를 경유하여 멕시코시티로 향했다. 멀고먼 장거리 비행이었다.

멕시코시티의 시내 관광과 마야문명의 발상지라는 신전, 해와 달의 피라미드를 구경하고 저녁에는 그 나라 전통 춤을 감상하면서 전통주 '데킬라'로 여행에 지친 몸과 마음을 추슬렀다.

세계적 휴양지 칸쿤으로 갔다. 그곳은 미국인들이 은퇴 후 '가장 살고 싶어 하는 곳'으로 아름다운 해변에 위치한 곳이었다. 앞에는 카리브 해가 펼쳐져 있고, 뒤로는 석호가 형성되어 마치 초승달 모양을 한 지역이었다. 아내와 함께 석호에서 모터보트를 타고 내가 직접 운전하여 10여 개 팀의 보터들과 함께 안내 보트를 따라 달려 카리브 해에 도착해서 스노우쿨링을 즐기기도 했다.

대표적 마야 유적지 체첸이사도 관광했다. 작은 피라미드 같은 신전 앞에서 박수를 치면 뱀의 우는 소리가 들려 기이한 분위기를 자아냈다.

칠레의 수도인 산티아고, 브라질의 상파울로를 경유하여 브라질과 아르헨티나의 국경 지역에 위치한 세계 최대 폭포인 이과수로 갔다. 말 그대로 거대한 물과 우렁찬 폭포 소리가 뒤엉킨 장엄한 폭포였다. 2단, 3단의 폭포, 직하폭포 등 각가지 형태의 폭포에서 튕겨 나오는 물안개가 장관이었다. 보트를 타고 '악마의 목구멍'이라는 곳까지 들어가면서 느껴보는 스릴은 말로 표현할 수 없었다.

세계 3대 미항 리오데자네이로에 도착하자 코로바도 언덕의 예수상을 보고 사진도 찍고 아름다운 시내를 감상했다. 코카카바나 해변에서 찬 맥주 한 캔으로 목을 축이면서 여행담을 나누기도 했다.

저녁에는 리오축제를 관람했다. 리오축제는 브라질의 전통과 문화를 대표하는 축제로서 200여 개의 삼바스쿨에서 1년 동안 춤과 노래와 의상 등으로 축제를 위해 준비한 조직적이고 체계적인 경연장이다. 그 기간 동안에는 브라질 전체가 일을 멈추고 밤낮없이 축제를 즐긴다고 했다. 축제의 규모와 화려함으로는 전 세계에서 최고인 것 같았다. 우리도 관람석에 앉아 브라질 국민들과 함께 춤도 추고 노래도 따라 부르며 축제를 즐겼다.

페루의 수도 리마를 거쳐 안데스산맥의 해발 3400m 지점의 분지, 옛 잉카제국의 수도였던 쿠스코로 갔다. 어마어마한 큰 돌에 이음새를 정교하게 박은 돌담 등 그 시대의 많은 유적들이 남아 있었다.

수도원을 개조한 아늑한 호텔에서 1박을 했는데 침대가 하도 커서 방을 연상케 했다. 넓고 깨끗한 침대에서 잠을 푹 잘 줄 알았는데 고산 속의 산소 부족으로 시간마다 깨게 되어 잠을 설쳤다.

해발 2,900m에 위치한 작은 도시 우루밤바에서 1박을 하고 마추픽추로 향했다. 기차를 타고 우루밤바 강의 거센 물길을 따라 안데스산맥의 비경을 감상하면서 달리기를 2시간여 정도, 날카로운 산들과 깎아지른 절벽에 둘러 싸여 산 정상에 남아 있는 도시, 산 아래에서 보면 전혀 상상할 수 없는 잃어버린 잉카의 공중도시 마추픽추 역에 도착했다.

그곳에서 다시 버스를 타고 구불구불한 산길을 40여 분 올라가면 해발 2,400m에 위치해 있었다. 거기에는 옛 농경지와 신전, 생활 터전들이 고스란히 남아 있어 보는 이들을 경탄케 했다.

내려올 때도 역시 버스를 이용했으나 우리를 안내한 가이드의 보조 아동이 잽싸게 버스보다 먼저 내려와 산비탈 도로의 굽이진 곳곳에서 우리말로 크게 '안녕!' 하고 손짓을 해서 우리들을 놀라게 했다.

그리고 도착지에서는 버스에 올라와 하직 인사를 했다. 모두가 팁을 주지 않을 수 없었다.

마추픽추 관광을 끝내고 아마존 강의 유람과 정글 탐험을 위해 이키토스로 이동했다. 세계에서 가장 큰 강이고 길이는 두 번째 긴 강이다. 우리가 간 곳은 상류 지점인데도 강폭이 4km가 넘는다고 했다. 그 강에서 배를 타고 강 주변을 감상하면서 지류에서는 낚시도 했다. 메기 종류의 고기들이 낚였다. 그리고 그곳에 정착하여 살고 있는 야누이 토착 원주민촌에도 들러 그들과 어울려 춤도 추고 그들이 만든 수공예품을 사기도 했다.

18일간의 남미 여행 동안 여행 구간이 넓어 주로 비행기를 이용하느라 열여섯 번이나 비행기를 갈아탔다. 짙은 안개로 조마조마한 적도 있었고, 난기류로 비행기가 많이 흔들릴 때도 있었다. 두려움에 떨다가 착륙하면 승객들은 일제히 손벽을 치며 환호하고 무사히 도착했다고 안도했던 일들이 생각난다.

3

해외 가족 여행

알래스카

두 딸과 함께 알래스카 여행을 다녀왔다. 앵커리지에서 숙박을 하면서 1일 관광을 했다. 그곳의 교통수단은 주로 경비행기로서 어디를 가나 수륙양용 경비행기들이 많았다.

경비행기를 우리 식구만 타고 맥킨리 산맥을 구경했다. 골짜기를 비행기로 날면서 만년설과 맥킨리 산의 장엄함을 감상했다. 계곡에 두껍게 언 얼음판이 햇빛에 반사되어 군데군데가 새파랗게 빛났다. 마치 에메랄드 보석같이 아름다웠다. 하늘에서 바라본 광활한 습지도 볼 만했다.

콜롬비아 빙하 구경을 떠났다. 기차를 타고 가다가 또 배로 갈아탔다. 뱃길 주변의 자연 경관들이 아름다웠다. 특히 새들의 서식처와 물개들이 일광욕을 즐기는 모습은 인상적이었다. 배 위에서 먹는 점심은 특별한 맛이었다.

콜롬비아 빙하에 도착했다. 바다 위에 얼음덩어리들이 둥둥 떠내려가고 어떤 빙하는 일부가 녹아 물이 폭포같이 떨어지는 곳도 있었다. 빙하가 쏟아지지 않자 소리의 진동으로 쏟아지는 광경을 보려고 배안의 관광객들이 일제히 함성을 질렀다. 몇 번 시도한 끝에 드디어 빙하가 우르르 쏟아져 내렸다. 과연 장관이었다. 모두 함성을 지르며 열광했다. 그곳에서 저녁식사를 하고 돌아올 때는 비행기를 이용했다.

1997년도만 해도 가족끼리의 해외여행은 드문 일이어서 같이 여행 온 분들의 부러움을 사기도 했다. 시내 구경을 하면서 두 딸은 옷에 관심이 많아 옷 몇 벌을 샀는데 가게 주인이 딸들을 보고 부모님을 잘 만나 좋겠다고 했다. 둘째 딸은 그 옷을 지금도 입고 있다. 알래스카는 북극에 가까운 지역이라 백야라서 밤 11시가 되어도 어둡지 않았다. 우리들은 호텔 주변 거리 카페에서 밤늦도록 맥주잔을 기울이며 가족애를 돈독히 했다.

☘ 뉴질랜드

둘째 딸 수현이가 결혼하고 얼마 안 있어 큰딸 수민이와 함께 9년 만에 다시 가족 여행을 다녀왔다. 회사일로 사위는 함께 가지 못했지만 시가의 양해는 그가 구했다. 10일간으로 뉴질랜드의 남·북 섬을 두루 관광했다.

수도 오클랜드에서 로토루아의 와이토모로 가서 반딧불 석회동굴을 구경하고 와이오타푸에서 지열로 땅이 부글부글 끓으며 수증기를 내뿜는 광경을 보면서 온천욕도 즐겼다.

타우프로 가서 뉴질랜드의 상징인 양털 깎기도 구경했다. 그때 조그마한 개 한 마리가 주인의 구령에 따라 수많은 양 떼들을 이리저리 모는 것을 보고 훈련의 대단함을 알았다.

남섬에서 가장 큰 도시이고 정원의 도시라는 크라이스처치를 거쳐 퀸스타운으로 갔다. 우아하고 평화로워 여왕의 도시라는 퀸스타운, 곤돌라를 타고 전망대에 올라가면 시가지 전체와 와카티푸 호수를 둘러싼 우람한 산맥들을 한눈에 볼 수 있다. 도시의 이미지와는 달리 전 세계에서 가장 액티비티한 도시이기도 하다. 번지점프의 발상지가 바로 그곳이었다.

가족끼리 호숫가를 산책하면서 좀 특이한 빈 병을 주운 작은 딸이 그것을 집으로 가지고 가겠다는 것을 내가 몰래 내다 버려 한바탕 소동이 일어났었다. 가족들로부터 집중 공격을 당했다. 미국의 클린턴 대통령이 들렀던 찻집에서 차를 들면서 환담을 나누기도 했다.

남반구의 피오르드 해안인 밀포드 사운드로 갔다. 가는 도중에 폭우가 쏟아져 온산에서 쏟아지는 수십 개의 임시폭포에서 물이 쏟아지고 한편으로는 줄줄 물이 내려오는 광경이 그야말로 장관이었다. 가이드도 이런 광경은 처음이라며 우리를 행운아라고 했다.

육지 속으로 15km나 들어온 바다 밀 포드 사운드에서 크루즈를 타고 주변 경관을 감상했다. 양옆으로 깎아지른 듯한 바위 절벽이 솟아 있는 곳 여기저기서 쏟아지는 폭포 비를 맞으며 아름다운 절경을 만끽했다.

푸카키 호수에서 바라보면 하얀 만년설을 이고 있는 마운틴 쿡을 헬리콥터로 관광했다. 그 장엄함은 메킨리 산을 연상할 정도였다.

뉴질랜드는 녹색의 세상이었다. 모든 땅들은 초록빛 풀들로 덮혀 있었다. 그 풀로 일용할 양식을 취하는 흰 양 떼들만이 멀리서 보면 구더기처럼 굼실거리고 있었다. 여행하는 동안 흙을 본 적이 없었다. 이 녹색의 아름다운 나라에서 사랑하는 가족과 함께 여행을 하게 된 것은 행복 그 자체였다.

괌·사이판

이제는 손자들이 태어나 우리 가족은 모두 일곱 명이 되었다. 한참 재롱을 떠는 손자들에게 다른 세상을 보여주고 가족들이 좀 더 친밀감을 갖도록 가족 전원이 해외여행을 다녀왔다.

2007년 6월에 괌으로, 그 후 1년 뒤인 2008년 6월에는 사이판으로 여행을 갔다. 두 곳 다 P.I.C에서 묵으면서 아이들을 위해 주로 물놀이와 운동 시설을 이용하면서 지냈다. 틈틈이 짬을 내서 시내를 관광하기도 했다.

사이판에서는 큰딸과 우리 내외만이 인근 티니언 섬으로 건너가 땅밑에 보관하고 있는 일본에 투하한 것과 같은 원자폭탄을 구경했다. 해변에서는 파도가 밀려와 뚫린 구멍을 통하여 바닷물이 솟구치는 광경은 일품이었다. 어느 해변의 한 곳 바위 옆에 하도 물이 맑고 깨끗하여 그냥 풍덩 빠지고 싶었다. 그곳에서 수영도 하면서 물고기들과 즐기기도 했다.

괌·사이판 여행은 아이들을 위한 여행으로 가능한 그들과 함께 있었으며, 호텔에서 제공하는 맛있는 각종 음식들과 놀이 시설들을 이용하면서 가족애를 쌓았다.

중국 북경

큰손자가 초등학교에 입학하자 대국의 위용을 보여 주기 위해 겨울 방학을 이용하여 북경을 다녀왔다. 넓은 천안문 광장과 웅대한 자금성을 보여줬다. 아직 어려 힘들어 해서 내가 업고 구경시키기도 했다.

청나라 실권자인 서태후가 만든 황실 정원 이화원에도 갔었다. 사람의 손으로 파서 만든 아름다운 곤명호와 그 흙으로 쌓아 올려 만든 산 만수산에 대해 설명했다. 그리고 중국의 대표 건축물 만리장성도 보여주며 인간의 힘이 얼마나 위대한가를 알려줬다.

그 외 북경 시내의 주요 문화 거리를 보여주며 호연지기를 불어 넣었다. 그 여행이 큰손자에게 얼마나 큰 감명을 줬는지는 모르겠으나 틈만 나면 우리 인간이 만든 유산들을 많이 보여 줘서 인간에게는 무한한 능력이 있다는 것을 알려야겠다고 생각했다. 둘째 손자도 초등학교에 입학하자 큰손자가 북경을 다녀온 코스를 그대로 그 어미와 함께 할머니가 보여줬다.

✼ 태국 푸껫

푸껫의 아름다운 카타베이에 있는 클럽메드라는 휴양지로 가족 여행을 떠났다. 나는 허리 수술 후 걸음걸이가 신통치 않았지만 전 가족들이 함께하는 여행이라 참석했다.

클럽메드는 사람들이 즐길 수 있는 각종 놀이와 스포츠 시설, 먹고 마실 수 있는 음식, 주류, 음료수들을 잔뜩 마련해 놓고 먹고, 마시고, 놀고, 그리고 휴식을 취할 수 있는 흔히 '지상의 낙원'이라고들 하는 곳이다.

나는 그곳에서 사랑하는 가족들과 같이 여유를 즐겼다. 카타베이의 아름다운 석양에 도취되기도 하고, 귀여운 손자들과 물놀이를 하면서 시간을 보내기도 했다. 여행 내내 가족들과 함께 있게 되어 더욱 친밀해지고 화합하는 장이 되기도 했다.

앞으로도 이런 기회를 자주 만들어 가족끼리 여행을 함으로써 가족 간의 사랑을 증대시키고 일상생활에 바쁜 아이들이 잠시나마 휴식을 취해 에너지를 충전하도록 해야겠다고 다짐했다. 그렇게 해야 우리 내외의 노년의 삶도 보다 젊은 사고를 갖게 되고 윤택하게 보낼 수 있지 않을까.

이 종 인   인 생 길

제10부

은퇴 생활

1

원주에 새 둥지를 틀다

원주에는 고종 여동생이 살고 있다. 그녀는 여름철이 되면 좀처럼 구하기 힘든 토종 황구를 구해 푹 삶아 놓고 그녀의 부모와 우리 내외를 초청했다. 먹음직스럽게 삶은 수육과 탕에 매료되어 꼭 참석했다. 행구동 그녀의 집에서 바라다본 원주의 창밖 풍경은 나를 황홀케 했다. 멀리 국립공원 치악산이 병풍처럼 쳐져 있고, 그 아래 낮은 산들과 울창한 숲들, 그 속의 주택들과 넓게 펼쳐진 푸른 들판들이 조화를 이루어 한 폭의 그림 같았다.

원주는 아름다운 산이 많아 자연 경관이 수려하며 공기가 맑고 깨끗했다. 시내도 구도심과 신도시로 나뉘어 잘 정돈되어 산뜻했다. 시내의 이곳저곳에 야트막한 산들이 있어 구릉을 따라 시가지가 형성돼 마치 숲 속의 도시 같았다. 우리는 그동안 대도시의 콘크리트 문화에 찌든 탓인지 거기에 갈 때마다 원주에서 살고 싶은 마음이 들었다.

어느 해 여름, 원주에 갔다가 산본 집으로 돌아가는 길에 도로에 걸려 있는 아파트 분양 플래카드를 보았다. 원주의 주택 사정도 알아볼 겸 고속버스 터미널 옆 중앙하이츠아파트 분양사무소에 들렀다. 아파트 건설 위치와 평형별로 구경을 하고 있는데 분양사무소장이 우리

곁에 딱 달라붙어 아파트 건설 현황에 대해 설명을 하고 건설 현장에 직접 안내까지 했다.

아파트가 들어설 위치는 백운산의 끝자락으로 중앙고속도로를 사이에 두고 산과 인접해 있었다. 고속도로가 좀 거슬렸으나 소장은 철저한 방음벽 설치로 소음은 전혀 문제없다고 했다. 전망이 가장 좋은 13층에 회사 보유분이 하나 있는데 모든 창밖은 백운산 줄기와 푸른 숲만 보인다면서 계약을 하자고 했다. 그전에 고종 여동생도 오빠가 퇴직하면 공기 좋은 곳에서 함께 모여 살자며 권한 적도 있었다. 소장의 끈질긴 권유에 못 이겨 어영부영하다가 얼떨결에 계약을 하고 말았다.

아파트 입주는 3년 후가 될 것이라고 했다. 분양금을 납기일에 맞추지 않고 사전 납부를 하게 되면 이자가 꽤 높다고 해서 돈이 모이는 대로 납부했다. 우리는 원주에 갈 때마다 분양사무실과 건설 현장에 들러 잘 추진되고 있는지를 확인하고 귀가하곤 했다.

드디어 2008년 말에 아파트 건축이 준공되어 입주하기 시작했다. 우리는 인테리어 공사 때문에 다음 해에 이사하기로 했다. 우리 아파트는 34평형으로 지금까지 살고 있었던 산본 아파트에 비하면 아주 작지만 부부 단둘이 살기에는 부족함이 없어 보였다. 그동안 살던 아파트가 매매가 되지 않아 애를 먹었는데 인천에 있는 한 점포와 교환이 되어 한숨 놓았다.

2009년 4월 말, 우리는 새 보금자리 원주시 단관공원길 111번지 중앙하이츠아파트로 이사를 했다. 우리 아파트는 분양소장이 말한 대로 창밖에 보이는 것은 전부 푸른 산뿐이었다. 아파트 앞면이 남향이고 타원형 비슷하게 지어져 있어 치악산에서 떠오르는 햇빛이 먼저 안방을 비춘 후 차례로 거실, 다용도실, 부엌, 방 2개가 있는 쪽으로 하루 종일 돌아가며 비추어 겨울에 난방을 하지 않아도 낮에는 훈훈했다. 여름에는 13층이라 창문만 열어 놓으면 아파트 옆 숲 속에서 시원한 바람이 불어 에어컨은 하나의 장식품에 지나지 않았다. 더욱이 비가 주룩주룩 내리고 눈이 펄펄 내릴 때 베란다에 놓인 응접의자에 앉아 운무에 쌓인 앞산들을 바라보며 차 한잔을 마실 때는 내로라하는 카페도 부럽지 않았다.

우려했던 중앙고속도로의 차량 소음 문제도 방음벽 설치를 잘해서 창문만 닫으면 조용했다. 여름에 창문을 열어 놓으면 좀 시끄러우나 텔레비전을 틀어 놓으면 소음을 못 느낄 정도였다. 아내는 오고가는 차량들이 보여야 덜 외롭다며 오히려 더 좋아했다. 아파트 장사꾼의 현란한 말솜씨에 계약을 했지만 잘한 것 같았다. 집들이를 하는 날, 서울의 일가친척들도 내려와서 새 아파트 입주를 축하해 주었다.

나는 이곳에서 내가 살아갈 원주부터 먼저 알아야겠기에 원주시청 공보실에 들러 안내 책자를 받아왔다. 관광안내지도에 따라 유명 관광지부터 하나하나 살폈다. 아름다운 곳이 많았다. 지금까지 일의 굴레에서 벗어나 이곳에서 한평생을 같이해 온 아내와 함께 관광도 다니고, 책도 읽고, 글도 쓰며 오순도순 재미있는 생활을 하련다.

2

노년의 클라이맥스를 찾아

지금까지 삶의 터전이었던 서울을 떠나 원주로 이사한 데 대해 말이 많았다. 어떤 이는 그 나이에 용기가 가상하다고도 했고, 또 어떤 이는 퇴직 후 무슨 사업을 한답시고 뛰어다니더니 사업이 망해서 시골로 도망을 갔다고 했다. 부인의 건강이 좋지 않아 전원생활을 하려고 갔다는 말도 들렸다.

진작 퇴직 후 바로 이런 아름다운 곳에서 은퇴 생활을 했으면 좋았을 것을, 사업을 한답시고 허비한 10여 년의 세월이 무척 후회스러웠다. 내 마지막 생을 이곳에서 보내고 싶다. 그동안 나를 짓눌렀던 모든 것들을 훌훌 털어버리고 아내와 함께 행복하게 살려고 한다.

원주에는 국립공원 치악산을 비롯하여 간현 국민관광단지와 백운산, 미륵산, 감악산, 칠봉유원지, 섬 안이 유원지 등 관광지가 많다. 이사 온 후 우리 부부는 고기가 물을 만난 듯이 이런 곳들을 두루 섭렵하며 연일 관광을 즐긴다. 특히 치악산 자락에는 유명한 사찰들이 많아 가끔 들러 노년 생활을 알차게 보내게 해 달라고 치성도 드린다. 노구지만 치악산 골짜기들을 이용해서 비로봉이나 향로봉, 남대봉에 등정도 수차례 하면서 심신을 단련시킨다. 현직에 있을 때는 이런 자유 생활은 꿈도 못 꾸었는데, 이는 은퇴자들만의 특권이 아닌가 싶기도 하다.

원주 인근에도 경관이 수려하고 공기가 맑은 청정 지역인 횡성, 평창, 영월, 정선, 태백, 충주, 제천, 단양, 영주, 청송, 봉화, 안동 등이 있고 좀 더 멀리 가면 일상생활에 찌든 답답한 가슴을 확 트이게 해 줄 동해와 국립공원 오대산, 설악산도 있다. 이 아름다운 곳에도 여행을 계속 다닌다. 우리와 떨어져 있는 가족들이 시간을 내서 오면 함께 가족 여행도 한다. 때로는 아파트 단지 내에 거주하는 동료들끼리 훌쩍 다녀오기도 한다. 얽매이지 않는 삶이 이렇게 즐거운 줄은 미처 몰랐다.

평소 나는 건강관리를 잘해왔지만 나이가 들면서 척추관 협착증으로 가끔 불편을 겪기도 했다. 그런데 어느 날 갑자기 디스크까지 터져 지독한 통증에 시달려 어찌할 바를 몰랐다. 척추 분야 수술 명의를 찾아 상계백병원에서 수술을 받게 됐다. 아침 8시에 수술실로 향했다. 나를 수발하던 둘째 딸이 수술실로 들어가는 나를 끌어안고 내 얼굴에 연신 뽀뽀를 하며 "아빠, 힘내야 돼. 엉, 꼭 힘내야 돼." 했다. 그 소리를 뒤로하며 수술대에 올랐다. 그리고 나는 깊은 잠에 빠졌다.

얼마가 지났을까, 천장에는 희미한 불빛이 어른거리고 마귀 귀신들이 지껄이는 것 같은 이상한 소리들이 귓전을 울렸다. 정신이 들고 보니 간호사들의 떠드는 소리였다. 수술부터 회복까지 8시간이나 걸린 대수술이었다. 내 나이에 이런 수술을 하게 되면 보통 환자의 절반은 중환자실로 가거나 약간의 부작용도 나타난다는데 나는 건강해서 바로 입원실로 왔다고 했다. 옛날 같았으면 벌써 죽었거나 병신이 되었을 터인데 의료기술의 발달로 거듭 태어나 덤으로 새 삶을 살게 되었다.

워낙 큰 수술을 했기 때문에 회복이 더뎠다. 3년이 지난 지금도 허리 압박으로 활동이 자유롭지 못하다. 그래도 자동차 운전만큼은 정상인과 똑같이 할 수 있어 사회생활에는 큰 지장이 없다. 졸지에 4급 장애인이 되었다.

투병 생활을 하면서 '우리 인생의 최상의 삶은 무엇일까.' 하는 생각이 들었다. 사람이 처해 있는 상황과 생각과 삶의 가치에 따라 다 다를 것이다. 황혼기에 접어든 노인들의 최고의 삶은 무엇일까. '삶은 나이 들수록 재미있어야 한다.'는 말이 있듯이 노년에는 재미있는 삶이 최고인 것 같다. 그럼 나는 지금 재미있게 살고 있는가. 그렇다고 말할 수 있다. 그런데 좀 더 의미 있고 재미있는 삶을 살 수 있게 하려면 어떻게 해야 할까.

나는 삶의 최고 가치를 '가정 화합'에 있다고 늘 생각했다. 그것을 위해서 항상 노력했다. 어린 시절 일찍이 어머니를 여읜 관계로 가정 불화가 잦았다. 그런 가정이 가족들을 얼마나 불행하게 만드는지 당해보지 않는 사람은 모른다. 남은 나의 생애는 오로지 전 가족들이 화기애애하게 사는 삶이 되도록 하는 데 있다. 그래야 내가 노년에 쓸쓸하고, 지루하고, 고통스럽지 않게 살 것 아닌가.

세상의 모든 것이 다 변하는 것과 같이 내가 늙어 가는 것도 자연스럽게 받아들여야 아름답게 보일 것이다. 바야흐로 인생 100세 시대를 맞아 할 일 없이 소일만 하는 늙은이가 되지 말고 어떤 꿈을 갖고 그것을 이룩하기 위해 노력하는 삶이 되어야 할 것이다.

그래서 나는 척추 수술을 받기 이전부터 배워 왔던 글쓰기 공부를 계속할 것이다. 글을 쓰는 것은 그동안 삶에 찌들어 딱딱하게 굳은 내 마음을 서정적으로 바꿔 순화시켜 주었다. 또한 글을 쓸 때 어떤 소재가 떠오르면 그 속에 담겨 있는 사상을 주제로 잡아 쓰기 때문에 내 마음과 머리를 계속적으로 담금 질하게 되어 정신 건강이 젊어진다. 그렇게 틈틈이 쓴 글들이 모아지면 아름다운 작품도 만들 것이다. 또 내가 살아온 과정을 돌아보고 그 사실들을 정리·기록한 자서전도 쓰고 있다. 이것이 완성되고 나면 그다음에는 또 다른 꿈을 찾고 그 꿈을 이룩하기 위해 노력해야겠지.

　얼마 남지 않은 생애 동안 내 가족들과 어울려 행복하게 지내고 즐거운 여행도 다니며 아주 작은 꿈이지만 꿈을 갖고 그 꿈을 이룩하기 위해 노년에 최선을 다하는 모습이 내 인생의 클라이맥스가 되겠지. 이것이야말로 인생 최상의 삶이 아닐까.

우연이 가져다준 행운

나는 산간벽지의 한 농촌에서 태어났다. 고등학교까지는 아버지가 하는 농사일을 도우면서 자랐다. 한때는 두메산골의 초등학교에서 아이들을 가르치며 살려고 했다. 글도 쓰고 시도 읊으며 풍금도 치고 노래를 부르며 생활하는 소박하고 서정적 삶을 꿈꾸었다. 군대를 다녀와서는 물려받은 농토에 특용작물을 재배하여 부농을 이룩하려는 꿈도 가졌었다. 그런데 길에서 우연히 만난 친구가 경찰공무원 시험을 보러 간다는 말에 자극을 받아 나도 직장을 가져야겠다고 생각했다. 한때의 꿈을 그만 저버리고 공무원이 되었다.

시골 촌뜨기가 갑자기 복잡다단한 수도 행정을 다루는 서울특별시에서 일을 하려니까 부족한 점이 너무 많았다. 이를 보완하기 위해 대학, 대학원에 진학도 했고 장·단기간의 직장 교육도 수시로 받아가며 부족한 점을 채웠다. 그래서 직장 내의 승진은 빨리 이루어졌다.

노력하는 자에게 행운이 따르듯이 그때 일생을 함께할 배우자도 만났다. 사랑하는 두 딸과 손자도 보았으며 사위도 맞았다. 이들을 볼 때마다 내 생애 가장 보람 있는 일을 했구나, 하고 늘 생각한다. 특히 아내를 만나고부터는 생활이 윤택해져 항상 고맙게 생각한다.

퇴직 후 사업을 하면서 한때 어려움도 겪었으나 인내와 노력으로 극복했다. 사업을 그만두고는 건강의 도시 강원도 원주에서 아내와 함께 노후 생활을 보내고 있다.

내 생을 되돌아보면 직장 생활할 때를 제외하고는 내 의지대로 한 일이 별로 없다. 공직에 입문하게 될 때도, 부산시에 첫발을 디딜 때도, 서울시로 보직을 옮길 때도, 일생을 같이한 아내를 만날 때도, 사업에 뛰어들 때도 우연한 계기가 찾아와서 그 기회를 놓치지 않고 노력 끝에 이루어졌다. 그런 것을 두고 운명이라 하는 것일까.

자서전을 쓰면서 내 인생의 오르막과 내리막, 그리고 전환점을 생각하며 '인생 그래프'를 그려보았다. 들쭉날쭉하지 않고 거의 굴곡이 없는 평행선인 것을 보면 평범한 보통 인간으로 단란하게 산 삶이었다고 생각한다.

내 한평생을 그렇게 무난하게 살게 해 준 주위 모든 분들께, 그리고 행운을 갖도록 우연한 계기를 마련해 주신 보이지 않는 손에게 진심으로 감사를 드린다.